KB242693

WINDSTÄRKE 17 by Caroline Wahl

© 2024 DuMont Buchverlag, Köln
Korean Translation © 2026 Dasan Books
All rights reserved.
The Korean language edition is published by arrangement with
DuMont Buchverlag GmbH&Co.KG through MOMO Agency, Seoul.

이 책의 한국어판 저작권은 모모 에이전시를 통해 DuMont Buchverlag GmbH&Co.KG 와의
독점 계약으로 "다산북스"에 있습니다.
저작권법에 의해 한국 내에서 보호를 받는 저작물이므로 무단 전재와 무단 복제를 금합니다.

windstärke 17

폭풍으로 들어가기

카롤리네 발 장편소설

전은경 옮김

다섯
책방

아빠에게
사랑해요.

일러두기

· 본문의 각주는 모두 옮긴이 주입니다.

차 례

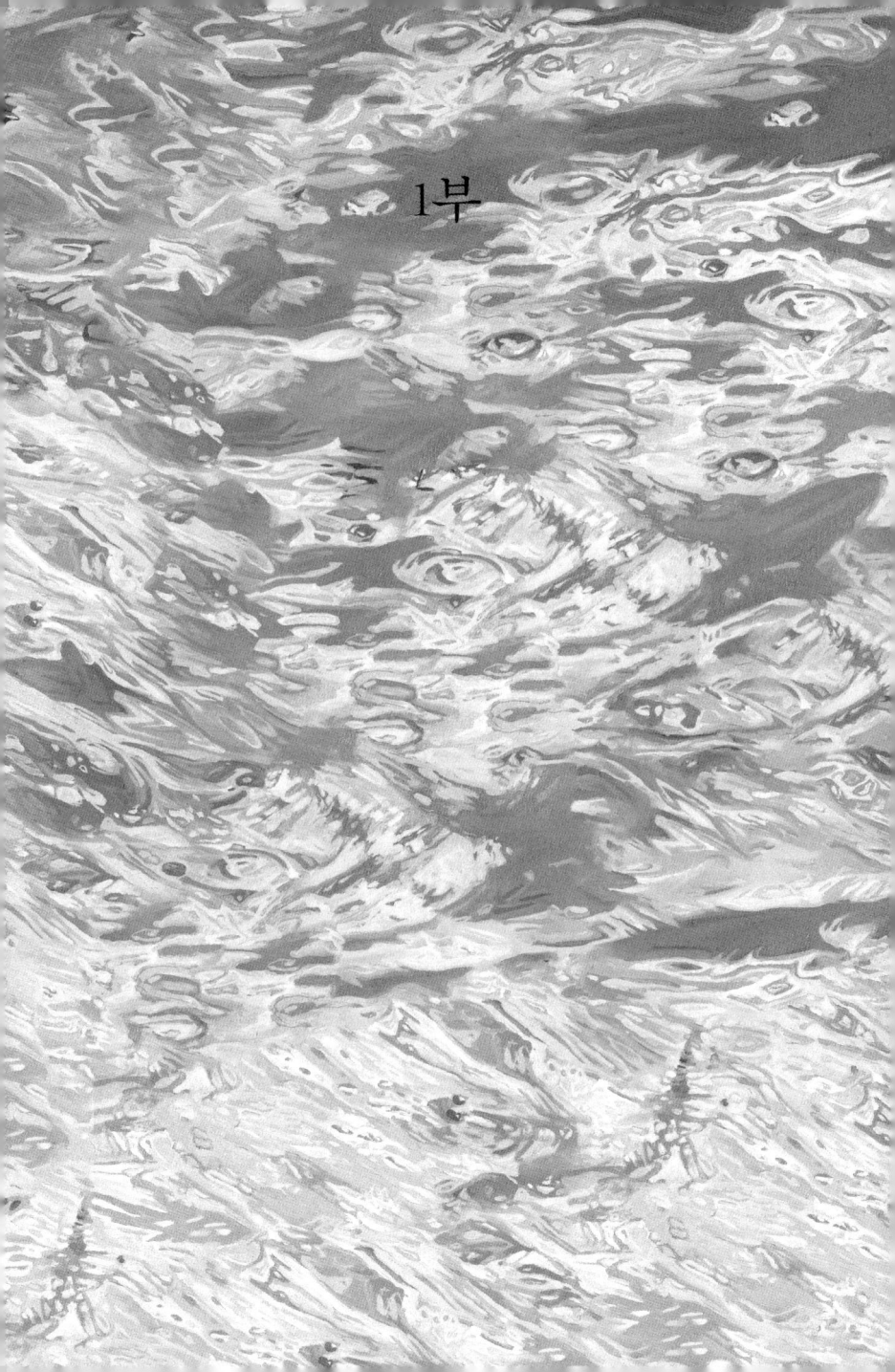

1부

백팩에는 맥북을, 엄마의 진파랑 하드 캐리어에는 자주 입는 옷들을, 귀에는 에어팟을, 슬링백에는 계약 해지 편지를 넣고 이제 더는 내 집이 아닌 행복로 37번지의 집을 나선다. 제대로 굴러가지 않는 캐리어는 손잡이 확장 기능도 고장 나서 마치 플라스틱 덩어리를 끄는 느낌이다. 들고 가자니 너무 무겁고, 옷장 때문에 다친 어깨는 아직도 아프다. 사실 달려가고 싶고, 평소에 항상 사용하는 커다란 수영 가방에 짐을 가지고 오지 않은 걸 후회한다. 하지만 선택해야 했다. 어차피 나는 뭔가 결정할 때마다 늘 후회한다. 어떤 여행을 하다 캐리어가 이렇게 닳았는지 의아하다. 내가 태어난 뒤로 엄마는 이 캐리어를 한 번도 사용하지 않았다. 틸다 언니는 열 살쯤에 엄마랑 자기 아버지와 함께 자동차로 남프랑스에 다녀왔다. 하지만 그것만으로 캐리어가 이렇게 망가지지 않을 텐데. 나는 슬링백에서 휴대폰을 꺼낸다.

나: 진파랑 캐리어.

나: 엄마가 예전에 프랑스 여행에 가져갔어?

틸다: ?

나는 언니에게 캐리어 사진을 보낸다.

틸다: 아니.

틸다: 출발했어?

틸다: 언제 도착해?

틸다: 이다, 너 오는 거지?

언니의 수많은 질문 때문에 분노가 솟구친다.

나는 걸음을 멈추고 몸을 숙여 플라스틱 덩어리를 다시 한 번 자세히 살펴본다. 오른쪽 바퀴는 거의 완전히 닳았다. 단단한 캐리어 외피에 이런저런 생채기가 나 있다. 엄마는 나에게 여행 이야기를 단 한 번도 하지 않았고, 나도 물어본 적이 없다. 언젠가 내가 양젖 치즈 요리를 했을 때 엄마는 자주 그랬듯이 먹지 않겠다고 했다. 배가 고프지 않고, 이전에 양 머리를 먹은 후로 양에 관련한 것들을 아주 싫어하게 되었다는 이유였다. 어디서 먹었는지 물었더니 노르웨이라고 했다. 나는 언제 먹었는지는 묻지 않았다.

나는 엄마가 아직 엄마가 아니었을 때, 오슬로행 기차를 타려고 베르겐 역의 계단을 달려 내려오는 모습을 상상해본다. 어쩌면 비요른이나 랑나르의 뒤를 쫓아갔는지도 모른다. 머리를 풀어 갈색 머리카락이 얼굴에 흩날리고, 갈색 눈동자는 그때만 해도 생의 기쁨에 가득 차서 반짝였겠지. 나는 엄마가 계단으로 가방을 마구 끌고 내려가며 "스톱!"이라고 외치고, 랑나르가 엄마를 기차 안으로 막 끌어당기고, 숨도 제대로 못 쉬는 둘이 손을 맞잡은 채 마주 보고 서 있고, 숨이 차면서도 너무나 행복해서 크게 웃는 엄마의 모습을 상상한다. 앞으로 무슨 일이 벌어질지 엄마가 알았더라면. 하지만 다행스럽게 도 그때는 몰랐다. 나는 랑나르가 어떻게 됐을지 궁금하다. 아마 손주들이 있고, 노르웨이 범죄소설 표지 같은 전형적인 호숫가 빨간 집에서 아내 라게르타와 살지도 모른다. 어쩌면 정원에 흔들의자도 있겠지. 예전에 한 해 여름을 함께 보낸 독일 여자를 기억하려나? 열여덟 살이었던 안드레아가 이제 살아 있지 않다고, 죽었다고 하면 그가 어떤 반응을 보일지 궁금하다. 아주 오래 보지 못한 사람의 안부가 그렇듯 관심없 을지도 모른다. 이제 더는 살아 있지 않다고 하는데도. 개자 식. 안드레아의 딸 이다가, 그가 알지도 못하는 이다가 모든 것을 그대로 남겨두고서 낡고 제대로 구르지도 않는 진파랑 하드 캐리어를 끌고—그는 이 가방도 기억하지 못할 거고, 가 방이 어떻게 되든 상관하지 않을 거다— 집에서 도망쳐도 아 무 관심이 없겠지.

　아직 짐으로 가득한 내가 두고 나온 집을, 보기 흉한 가구 와 사진이 들어 있는 박스를, 내 책들을, 엄마의 옷장을, 옷장에 든 엄마의 옷을, 엄마 냄새를 생생하게 풍기던 그 옷들을 생각한다. 그 옷의 주인인 여자는 사실 죽을 수 없고, 죽어서도 안 된다. 달콤한 향수와 살짝 풍기는 땀 냄새, 알코올 냄새가 아직 남아 있어서 엄마가 마치 옷장에 숨어 있는 듯하고 모든 게 농담 같다. 엄마 방에 엄마 냄새가 과하게 가득해서 모든 것을 부숴버리고 싶다.

집 열쇠를 넘겨주기 전까지 물건을 모두 치워야 한다. 3개월이라는 시간이 있다. 언니에게 오늘 집 계약을 해지했다고 말해야 한다.

나는 행복로를 따라 걸으면서, 노르웨이어로 '개자식'이 뭔지 검색한다. '드리트섹Drittsekk'이다. 또 '집 정리'도 검색하는데, 무엇보다도 창문으로 나를 내다보는 시선을 피하기 위해서다. 슬픈 집에 살던 죽은 알코올중독자의 딸을 바라보는 눈길. 짧은 치마와 분홍색 가죽 재킷 차림에 하늘이 잿빛인데도 검은 선글라스를 쓴 엉망인 옷차림으로, 낡고 고장 난 짙은 파랑색 캐리어를 끄는 여자애. 싹싹하게 인사하는 대신 휴대폰이나 주무르는 그 딸에 대해 주둥이를 놀리는 개자식들의 시선을 피하려고. 저 세대는 늘 휴대폰을 달고 살지. 감사를 모르는 저 괴물은 제 엄마 장례식에도 참석하지 않았어. 나는 "신경 쓰지 말고 편안하게 시간과 비용을 아끼세요. 전문적인 집 정리. 신중하고 신속한 가구 해체"라는 광고를 읽은 다음 빌어먹을 휴대폰을 슬링백에 다시 넣는다. 가구 해체. 해체라니. 그러면 남아 있는 엄마의 흔적이 모두 해체되겠지. 엄마 냄새도 더는 나지 않을 테고. 가구 해체는 틸다 언니와 빅토르가 해결할 수 있을 거야. 이미 해본 적이 있잖아. 나는 다시 한번 뒤를 돌아본다. 내 유리창. 보기 흉한 건물에 보기 흉한 우리 집. 아마 이제 다시는 이 집에 들어갈 일이 없겠지.

역에서 계약 해지 편지가 든 봉투를 우편함에 던져 넣는다. 오늘 아침, 방안지에 그 문장을 끼적였다. 밤이 지나고 나니 내가 여기 머물 수 없다는 사실이 확실해졌다. 머물면 죽을 것 같다. 내가 죽고 싶은지 어떤지 모르겠다.

트램에 앉아 야외 수영장을 지날 때면 나는 눈을 감는다. 수영장을 볼 수 없다. 두 번째 이별이라서 마음이 아프다. 이제 돌이킬 수 없는 이별이라는 걸 깨닫고 몸을 돌려 입구를 본다. 날카로운 각 얼음이 잔뜩 들어 있는 양동이의 물이 나에게 쏟아지고, 얼음처럼 차가운 물이 머리와 어깨를 파고든다. 나는 눈앞에 보이는 언니를 따라 개찰구로 들어가면서 빅토르가 예전에 알려준 대로 정신을 집중하여 4-7-8 복식 호흡법으로 숨을 들이쉬고 내쉰다. 염소와 비 냄새가 나고, 매번 달라 보이는 수영장을 바라보는 순간이 온다. 김이 올라오고, 작은 물방울들이 춤을 추며 수면을 두드린다. 언니가 우리 벤치에 파라솔을 편 다음 우리는 백팩과 옷을 벗어 놓고, 나는 빗방울처럼 수면을 가른다. 사실 가장 아름다운 것은 잠수나 물고기처럼 무중력 상태라는 느낌이 아니다. 잠수에서 가장 좋은 점은 틸다 언니다. 틸다 언니였다. 나는 언니가 레인을 수영하는 모습, 그 후에 벤치에 앉는 모습, 그저 그곳에 존재하는 모습을 계속 곁눈질했다. 우리가 함께 집으로 가서 저녁 식사를 하던 것도 기억난다. 아주 개코같던 유년기가 때때로 무척 아름답게 느껴진다는 게 참 우습다. 텅 빈 동시에 가득 찬 느낌.

언니가 떠난 후에 나는 수영 강습이 열리는 실내 수영장에만 가고 야외 수영장은 가지 않았다. 마음이 너무 아팠으니까. 그러다가 열다섯 살쯤 되었을 때 다시 야외 수영장 개찰구를 통과했지만 저녁에만, 그리고 비가 올 때만 갔다. 여전히 겁쟁이여서가 아니라, 비가 올 때 가장 아름다웠기 때문이다. 레인을 몇 번 오가는 동안에는 경쟁을 생각하지 않고 긴 거리를 계속 잠수했고, 가끔 수영을 잘하는 여자가 얼핏 보일 때면 그 사람을 틸다 언니라고 상상했다. 나는 눈을 뜬다. 오늘 하늘은 잿빛이고, 금방이라도 비가 내릴 것 같다.

캐리어 안에는 옷밖에 없다. 책은 한 권도 넣지 않았다. 이제 트램에 앉아서 유리창으로 스쳐 지나가는 것들을 보지 않으려고 제대로 눈에 들어오지도 않는 틱톡 영상을 하나씩 재생하는데, 사용 가능 데이터가 얼마 남지 않았다는 메시지가 뜬다. 휴대폰을 슬링백에 넣고 눈을 감는다. 춥고, 속이 메슥거리고, 머리가 쿵쿵 울리고, 배가 아프다. 눈을 더욱 꾹 감고서 팔다리의 긴장을 풀고 지금 수영을 하는 중이라고 상상한다. 수영 시합이다. 내 몸과 근육, 지금보다 더 빠르고 강해져야 할 팔다리에 신경을 집중한다. 끝까지 해내. 끝까지 해내라고. 물과 나는 하나가 된다. 귀에서 쇄쇄 하는 소리, 눈앞에 보이는 목표. 오른쪽 옆에 내가 떼어내야 할 경쟁자가 있다. 빨강 수영모 바깥으로 나온 검은 머리카락이 보인다. 누구지? 머리카락이 눈에 익은데. 냄새도 그렇고. 언제나 좀 많다 싶게 뿌리는 디올의 힙노틱 포이즌 향수와 살짝 풍기는 커민 냄새. 틀림없이 사마라다. 하지만 사마라는 수영을 전혀 하지 않는다. 수영을 아주 싫어한다. 사마라가 열두 살 때 내가 수영을 가르쳐줬지만 그녀는 끔찍하다고 했다. 물은 정말이지 자기랑 거리가 멀다는 거였다.

자기는 전형적인 흙의 특성을 지닌 사람이라고 늘 말하던 사마라에게 나는 항상 "별자리 타령은 쓰레기야"라고 대꾸했다.

사마라: 너도 쌍둥이자리야. 쌍둥이자리는 별자리를 믿지 않는 경우가 많아.

나는 눈을 뜨고 유리창 너머 들판을 내다본다. 사마라가 사는 주택가는 한참 전에 지났다. 사마라는 가족과 함께 보기 흉한 아파트 단지에 산다. 그들의 방 세 개짜리 집은 무척 따뜻하다. 벽은 오렌지색과 노란색 페인트로 칠했고, 집의 심장인 거실과 주방은 아주 작지만 어딘지 모르게 포근하다. 반짝이는 보라색과 파란색 쿠션이 놓인 편안한 갈색 가죽 소파, 붉은 페르시아 카펫, 금빛 다리가 있는 오래된 유리 탁자와 매번 다른 초가 꽂혀 있던 그 위의 은제 촛대, 튼튼한 참나무 목제 식탁과 흰색 쿠션이 놓인 식탁 의자들. 다양한 화분에 심긴 온갖 색깔의 난초로 가득한 창턱. 알록달록하고 언제나 반짝반짝 청소가 된 집에 서로 어울리는 가구는 하나도 없었지만 모든 것이 조화로워서, 내가 편안함을 느끼는 몇 안 되는 장소 중 하나였다. 향기는 또 어떤가. 사마라 엄마의 달콤한 향수, 커민과 계피, 난초, 바닐라 향초와 파이프 담배. 나는 즐거운 마음으로 그곳에 자주 방문했다. 그 집과 사마라의 부모님을 사랑하고 그들이 그립지만, 가지 않은 지 두 달째다.

그러는 동안에도 사마라는 일정 주기로 우리 집에 왔다. 자기 엄마표 아랍 특식이 담긴 짝퉁 타파웨어로 가득한 가방과 산더미 같은 대학 수업 출력물을 가지고서, 온다는 연락도 없이 그냥 초인종을 눌렀다. 출력물 오른편 위쪽에는 날짜와 강의 또는 세미나 제목이 쓰여 있었다. 대학생일 때 나는 텍스트를 거의 읽지 않았고, 출력은 더더욱 하지 않았다. 그러나 사마라에게 양심의 가책을 느껴 그중 몇 개는 읽었다. 1900년 무렵의 문학인류학은 아주 쿨했다.

원래 문학을 공부할 생각은 없었다. 언젠가 라이프치히 대학에서 입학 허가를 받으리라 여기며 임시방편으로 선택했을 뿐이다. 하지만 어차피 내 인생 전체가 일종의 임시방편처럼 보인다.

사마라는 지나칠 정도로 좋은 친구다. 왓츠앱으로 아침마다 아침 인사를, 저녁마다 저녁 인사를 보낸다. 이모지를 사용해 열광적이거나 간결하게, 가끔은 프랑스어 또는 영어로 보내는 등 항상 다채롭다. 내가 답장을 보내는 일은 거의 없다.

나는 사마라를 사랑한다. 사마라는 나에게 일어난 일 중 최고인데, 지극히 냉철하게 말해도 그렇다. 우리 우정에 대한 기억, 언젠가 다시 예전처럼 될 수 있다는 기대, 언젠가 대도시로, 바젤이나 리가의 바닷가로 다시 '사미다의 주말여행'을 떠날 수 있다는 그 기대만이 때때로 아주 바보 같은 결정에서 나를 지켜준다.

나는 빌어먹을 물건을 슬링백에서 꺼내 채팅창을 연다.

사마라: 6월 14일 강의 '상호 매체성' 요약본이야.

사마라: [깔끔한 필기를 찍은 사진]

사마라: 이메일로 PDF 파일도 보냈어.

사마라: 안녕, 이다.

사마라: 쿤 교수는 진짜 바보야.

사마라: 엄마가 할바랑 팔라펠 중에 뭘 만들지 너한테 물어보라
는데?

사마라: 내가 할바라고 대답했어.

사마라: 넌 단 걸 더 좋아하잖아. 안 그래?

사마라: bonne nuit(잘 자).

사마라: 사랑해.

이렇게 매일 이어지는데, 언젠가 사마라가 이걸 그만둔다
면 그리울 것 같다. 나는 처음으로 답장을 쓴다. 사마라, 안녕?

나: 나 지금 일단 출발했어.

사마라가 입력 중이다.

사마라: 어디 가???

나: 아마도 틸다 언니에게.

사마라: 아마도라고???

사마라에게 전화가 오지만 나는 받지 않는다. 다시 눈을 감
고서 수영을 한다.

중앙역에서 전광판을 본다. 15분 후에 함부르크로 출발하
는 기차가 한 대 있다. 틸다 언니는 어젯밤에 나와 통화하면
서 시간에 상관없이 탈 수 있는 함부르크행 플렉스 티켓을 보
냈다. 나는 내가 심근경색이라고 짐작했고, 누구에게 전화해

야 할지 몰랐다. 빅토르는 전형적인 공황 발작이라고 말했는데, 임사 체험을 그렇게 매도하는 건 지금 생각해도 좀 뻔뻔한 것 같다. 나는 지금까지 공황 발작을 인스타그램과 틱톡에서만 봤다.

심근경색인 줄 알고 마음이 약해져서 언니와 빅토르에게로 이어지는 통로를 내 쪽에서 열었다는 사실은 짜증이 나지만, 정말로 내가 죽는 줄 알았다. 아마도 이제 언니는 내가 실제로 도움이 필요한 상태라고 믿고서 질문과 조언 폭탄을 다시 퍼붓겠지. 엄마의 죽음을 알린 그날 밤 이후로 나는 언니에게 한 번도 전화하지 않았다. 전화를 걸거나 집에 들른 사람은 언제나 언니였다. 나는 전화를 받지 않거나, 미처 피하지 못하고 통화하게 된 경우에는 짤막하게만 대꾸했다. 언니, 날 좀 내버려둬. 잘 지내니까. 난 언니가 필요하지 않아. 내가 왜 그렇게 마음의 문을 닫았는지, 언니에게 왜 그렇게 개똥처럼 구는지 나조차도 모른다. 하지만 내면의 분노 덩어리가 나를 휘어잡고 언니에게 으르렁거린다. 나는 누구 또는 무엇에 화가 나는지, 덩어리진 분노가 언니를 향한 건지 아니면 나또는 모든 것을 향한 건지조차 모른다. 분노의 목표물을 모른다는 사실에 너무 화가 나서 빵칼로 내 손가락을 하나씩 모두자르고 싶다. 아주 느리게 또는 아주 빠르게.

이 분노 덩어리는 함부르크로 가고 싶어 하지 않는다. 한

편으로는 함부르크에 가고 싶다. 나의 일부는 내가 혼자라는 걸 더는 견디지 못해서 언니가 돌봐주기를 원한다. 나는 언니와 빅토르, 조카들을 그리워한다. 언니가 차려줄 바닐라 소스를 얹은 프렌치토스트를 생각한다. 언니가 또 하게 될 말을 떠올린다. "네 잘못이 아니야." "엄마는 어쩔 수 없었어." 그리고 질문을 생각한다. "집 계약, 해지했어?" "이제 어떻게 할 거야?" "어디서 살 생각이지?" "학업을 중단하려고?" 그런 생각을 하면서도 독일 철도 앱에서 함부르크가 종착역이 아닌 기차들의 노선을 살펴본다. 고속철도 한 대가 슈트랄준트, 발트해까지 이어진다. 괜찮을 것 같다. 하지만 두 시간 후에야 출발한다.

글을 쓰지 않게 된 이후부터 기다림이 아주 싫다. 그러니 두 시간을 어떤 식으로든 채워야 한다. 로스만 약국에서 차에서 먹을 과자 몇 개와 음료수를 산다. 셀프 계산대는 진짜 좋다. 에어팟과 귓속에서 울리는 음악 때문에 나는 안타깝게도 삑삑거리는 스캐너 소리를 듣지 못하고, 그래서 실수로 두 개 중에 하나씩만 제대로 스캔하고는 맘바 젤리와 빌리 타이거 옥수수 스틱, 제로 콜라와 킨더 조이 에그 초콜릿을 백팩에 넣는다. 기차역 잡지 상점에는 10유로 넘게 지불하기는 아까운 쓰레기 같은 연애소설과 범죄소설만 있다. 나는 원칙적으로 책은 훔치지 않는다. 가십 잡지를 몇 권 넘기며 카다시안

자매와 대리모, 영화배우들의 열광적인 주스 해독 등을 훑어보다가 8번 승강장으로 가서 벤치에 앉아 담뱃불을 붙인다. 옆에 있던 중년 남자가 헛기침을 한다. 그러고 다시 한번 헛기침한다. 어디 말 걸기만 해봐. 그러지 않아도 화풀이할 만한 전형적인 독일인이 한 명 필요하던 참이었으니까. 그가 다시 헛기침을 한다.

남자: 아가씨. 흡연 구역은 저기 앞쪽입니다.

나에게는 해당하지 않는 말처럼 들린다.

남자가 다시 헛기침을 한다.

"여기서는 담배를 피울 수 없어요." 그가 아주 크고 무뚝뚝하게 말한다.

나는 그에게로 몸을 돌리고, 영어로 묻는다.

나: 미안합니다만, 뭐라고 하셨죠?

뜻밖의 언어 변화에 준비가 되어 있지 않았던 남자는 손가락으로 흡연 구역을 가리키며 담배를 피우는 시늉을 한다. "저쪽! 흡연!" 나는 어깨를 으쓱하며 다시 영어로 "미안해요. 무슨 말인지 모르겠어요"라고 대답하고, 그의 머릿속이 요란하게 돌아가는 모습을 지켜본다. 그는 일어나서 벤치를 빙 돌아가 나에게서 제일 멀리 떨어진 곳에 앉으며 "빌어먹을 미국인들"이라고 중얼거린다.

개자식. 나는 속이 메슥거리는데도 담배 한 개비에 다시 불을 붙인다.

함부르크 방향으로 가는 앞선 고속열차가 취소되는 바람
에 승강장이 터질 듯이 붐빈다. 나는 차표를 가졌기에 절대로
서서 가고 싶지 않아서 사람들을 헤치고 기차 안으로 들어가
지만, 빈자리는 모두 예약이 되어 있다. 그러다가 두 자리만
예약된 4인 좌석을 발견해 창 쪽에 앉으면서, 옆자리에 신경
을 긁는 승객이 앉지 않기를 바란다. 검정 양복을 입은 서른
살가량의 남자가 옆에 오는데, 시선을 피하는 걸 보니 그도
나처럼 대화에 관심이 없는 것 같다. 좌석이 비었는지조차 묻
지 않고, 앉자마자 아이패드를 놓고 〈석세션〉 시즌 2를 본다.
나도 이 시리즈를 좋아해서 슬쩍 들여다본다. 내가 보는 걸
그가 눈치챈다. 우리는 시선을 잠깐 교환하는데, 그에게 방해
가 되지는 않는 듯하다. 어쨌든 그는 내가 못 보게 막지 않는
다. 내 에어팟을 그의 아이패드에 연결해도 되는지 남자에게
막 물어보려는데 어떤 여성과 여자아이가 와서 우리가 있는
4인석에 앉는다. 내 관심은 드라마 속 섬뜩한 가족에게서 다
른 가족에게로 옮겨간다.
엄마: 자, 리아. 여기가 우리 자리란다.
리아가 내 맞은편 창가에 앉고, 우리는 서로 마주 보며 탐
색한다. 다섯 살쯤으로 보이는 리아는 밝은 금발을 양 갈래로

땋았고, 커다란 갈색 눈동자에는 호기심이 가득하다.

엄마: 우리 이제 네 시간 동안 가야 해.

리아와 나는 공연을 진행하듯 백팩을 푸는 아이 엄마를 바라본다.

엄마: 여기 여러 가지 프로그램이 있어. 한 번에 하나만 할 수 있으니, 잘 생각해서 나눠.

엄마가 금속제 도시락을 꺼내 탁자에 놓는다.

엄마: 먹을 수도 있고.

엄마가 잡지를 꺼내 탁자에 놓는다.

엄마: 과학 잡지《게오리노》를 읽을 수도 있고.

엄마가 태블릿을 꺼낸다.

엄마: 만화영화〈벤야민 블륌헨〉한 회를 볼 수도 있고.

엄마가 책을 한 권 꺼낸다. 섬 시리즈인『리틀 피플, 빅 드림즈』중 한 권인『프리다 칼로』다. 아이들에게 '큰 꿈' 펼치기를 일찌감치 교육해서 어린 아인슈타인이나 린드그렌 또는 칼로가 되게 하려는 거다. 내가 생각하기에는 정말 개코같다.

엄마: 아니면 책 한 권을 읽을 수도 있어.

엄마: 어떤 걸로 시작할까? 아니면 일단 창밖을 좀 내다보고 싶어?

리아와 나는 프로그램이 가득한 탁자를 내려다본다. 나도 프로그램을 꺼낸다. 스마트폰, 킨더 조이 에그 초콜릿과 맘바 젤리, 제로 콜라, 그리고 무슨 이유에선지 이제는 전혀 관심이 가지 않는 빌리 타이거 옥수수 스틱.

리아가 킨더 조이 에그 초콜릿을 보면서 대답한다. "벤야민 블륌헨."

나는 "일단 창밖을 좀 내다보고 싶어"라고 말하지 않는다. 저 사람은 내 엄마가 아니니까. 우리가 숲과 산과 들판을 지나고 리아가 〈벤야민 블륌헨〉을 보는 동안, 나는 리아가 엄마와 어디로 가는 길인지 짐작해본다. 아마 아빠나 조부모님에게 가거나, 갔다가 집에 돌아가는 길이겠지.

리아: 이제 앉아 있기 싫어.

나도 이제 앉아 있기 싫지만, 그럭저럭 어떻게든 내 프로그램들로 기차 여행을 이어간다. 하노버까지는 〈석세션〉을 본다. 소리까지 들으면서. 아까 시선이 마주쳤을 때 남자는 블루투스를 켜고 어떻게 하겠냐고 묻는 표정으로 나를 쳐다봤다. 나는 '이다의 에어팟'을 누른다. 그러다가 시간이 흐른 후에 남자가 아이패드를 챙기고는 나에게 고개를 끄덕여 작별 인사를 한다.

그가 간 뒤에 나는 초콜릿을 집어든다. 《게오리노》에 빠져 있던 리아가 나를 쳐다본다.

리아: 나도 먹을래.

엄마가 은색 도시락통을 열자 갈색 반죽 같은 뭔가가 악취를 풍긴다.

리아: 이게 뭐야?

엄마: 당근을 넣은 렌즈콩 불구르 샐러드.

에그 초콜릿 캡슐을 열어보니 디즈니 캐릭터 뮬란이 들어 있다. 멋지다. 그런 다음 휴대폰으로 리얼리티 쇼 〈배철러레트〉 시리즈의 리액션 동영상을 보다가 이런 걸 보는 게 창피해진다. 그래서 자신의 경력이 끝났음을 슬퍼하는 나이 든 발레리노들을 다룬 아르테의 다큐멘터리를 시청한다.

함부르크에 도착하기 직전에는 눈을 감고, 귓속에서 울리는 나지막한 음악과 안내 방송을 들으며 자는 척한다. 종착역까지 가야 한다. 이제 승무원이 바뀌는 일은 없을 테지만, 혹시 바뀌더라도 내릴 곳을 놓쳐서 슈베린이나 뷔초프, 로스토크나 벨가스트에 오게 됐다고 하면 되겠지. 지난 이틀 동안 잠을 전혀 못 자서인지 계속 깜박깜박 잠에 빠진다. 반쯤 잠든 상태에서 나는 어제를, 정적을, 엄마의 방과 옷장을, 냄새를, 엄마의 냄새를 생각하다가 깜짝 놀라서 깬다. 잠이 번쩍 깨고 이제 더는 앉아 있고 싶지 않다. 에어팟 볼륨을 최대로 올린다.

"틸다에게 전화왔습니다." 시리가 말한다. 나는 "거절"이라고 말하고 계속 음악을 듣는다. 시리가 "틸다에게 전화왔습니다"라고 다시 한번 말하고, 나도 다시 "거절"이라고 대답한다. 시리가 "빅토르에게 전화왔습니다"라고 말한다. 나는 또 거절이라고 말하지 않기 위해 슬링백에서 휴대폰을 꺼내 거절하고, 또 거절할 다른 전화가 걸려오기를 기다린다. 틸다의 전화 연락이 다시 한 번 화면에 뜬 이후에 문자 여러 개가 쏟아져 들어온다. '오는 거야?' '언제 와?' '이다?' '???' 빅토르가 '내가 역으로 데리러 갈까?'라고 물어서 나는 '아니, 미안해. 이제 비행 모드로 할 거야'라고 대답하고는 비행 모드로 바꾼다. 휴대폰을 최대한 빨리 없애야 할지도 모른다. 빅토르가 내 휴대폰이나 맥북을 해킹해서 나를 찾아낼 게 분명하니까. 아니면 몇 퍼센트의 확률로 내가 어떤 기차에 타고 있을지 언니가 계산해내거나. 언니는 나에게 기차표 살 돈이 없다는 걸 안다. 내가 빈털터리라는 사실을 알고 있다. 2주 전인가 언니가 마지막으로 왔을 때 우편함을 비웠는데, 거기 체납 고지서 몇 장과 카페의 즉시 해고 통지서가 들어 있었다. 언니는 그걸 보고 내가 돈을 받지 않을 걸 알면서도 페이팔로 곧장 600유로를 이체했다. 나는 언니에게 620유로를 돌려보냈다. 언니가 매달 우리 가족 계좌로 돈을 입금하는 것만으로도 끔찍하다. 이래서 나는 언니에게서 제대로 독립할 수 없었고 지금도 독립할 수 없다. 언니는 나와 내 신용 상태가 엉망이라는 사실을 알고 있고, 내가 이성을 찾아 기차표를 사용하길 바란다.

내가 어느 기차를 타고 있는지 알아내겠지. 그 빌어먹을 큐알 코드를 통해 틀림없이 알아낼 거야. 하지만 뭐 그러거나 말거나. 내가 어디에 있는지 언니가 알든 말든 나는 언니를 보고 싶지 않다. 혼자 있고 싶다. 언니 얼굴에 깃든 연민과 나를 도우려는 행동력, 이를 위해 짜낸 계획과 언니가 쓰는 목록, 자제하려는 빅토르의 태도를 떠올리면 맥북과 휴대폰을 다음 역에서 승강장으로 내던져버리고 싶다. 몸이 아플 만큼 그 두 사람이 보고 싶다. 조카들도.

비행 모드로 해둔 탓에 이제 휴대폰으로는 아무것도 볼 수 없다. 맥북은 자판이 나에게 고함을 질러서 열어볼 엄두가 나지 않는다. 그래서 차가운 유리창에 머리를 기댄 채 눈을 감고 앉아서 생각을 차단하려고 애쓴다. 아무 생각도 하고 싶지 않다. 바깥만 생각하고 싶다. 눈을 뜨고 나무와 하늘을 본다. 연파랑 배경에 극적으로 튀어나와 있는 구름 때문에 하늘이 아름다워 보인다. 하지만 하늘과 나무가 아름답다는 것 말고 또 무슨 생각을 해야 할까. 만든 지 얼마 안 되었고 꽃도 놓여 있지 않은 엄마의 무덤을 생각한다. 아니, 어쩌면 꽃이 있을지도. 랑나르 또는 옛 애인 중 한 명이 그곳에 갔을지도 모르고, 아니면 매일 남편의 무덤을 찾아오는 어떤 할머니가 일찍 죽은 여인의 쓸쓸한 무덤에 연민을 느꼈을지도 모른다. 나는 엄마 무덤에 꽃이 있는지 없는지 모른다. 거기 가본 적이 없다. 하지만 엄마 무덤에 꽃이 없을 거라고 짐작한다.

수면제가 있다면 아주 좋을 텐데. 엄마의 수면제를 가져왔다면 종착역에서 누군가 깨울 때까지 쭉 잘 수 있었겠지. 하지만 그 약을 먹으면 때때로 끔찍한 악몽에 시달리기 때문에 지금은 잠재의식을 도발해서는 안 된다.

"잠시 후에 종착역인 슈트랄준트에 도착합니다. 모두 하차해주십시오. 아름다운 저녁 시간 보내시길 기원합니다." 지나치게 쾌활한 기관사가 말한다. 지나치게 쾌활한 기관사는 가끔 귀여울 때도 있지만 대부분은 철두철미한 보스 같다. 무엇보다도 지금은 '빌어먹을, 빌어먹을'이라는 생각만 든다. 기차를 타고 오며 슈트랄준트에서 뭘 할지 고민했어야 하는데. 기차에서 내리니 갈매기 소리가 들린다. 이곳에 부는 바람, 신선한 미풍이 좋다. 하지만 왠지 충분히 멀리 오지 않았다는 느낌이 든다. 아름다운 저녁에 대해 아직 결정을 내리고 싶지 않다. 전광판을 보니 발트해 빈츠까지 가는 기차가 있다. 뤼겐이라는 섬이다. 완벽하다. 근거리 열차도 괜찮다.

도착하니 보슬비가 내리고 어둡다. 갈매기 울음소리가 또 들린다. 이번에는 슈트랄준트에서보다 더 큰 소리이고, 미풍도 더 신선하다.

역 앞에서 나는 어떤 나이 든 부인에게 어느 방향이 바다
인지 물어보고, 여전히 제대로 굴러가지 않는 진파랑 하드 캐
리어를 그 부인이 가리킨 쪽으로 끌고 간다. 파도 소리가 들
리자 드디어 심호흡을 할 수 있다. 캐리어를 모래로 끌고 간
뒤, 그 위에 앉아 바다 냄새를 몸 안으로 들이마시고, 엄마 방
의 냄새와 집에서의 도주와 길고 힘들었던 기차 여행을 날숨
으로 내보낸다. 빌어먹을 그 무거운 공기가 바닥에 철썩 부딪
치는 소리가 들리는 듯하다. 바다가 들리고, 보이고, 바다 냄
새가 풍겨온다. 지금 바로 바다에 들어갈까 고민한다. 하지만
이성적으로 행동할 때도 있어야지. 지금까지 이 섬에서 본 사
람들은 대부분 퇴직한 노인이지만, 누군가 내 가방과 노트북
을 훔친다면 이 세상에 남은 거라고는 아무것도 없을 테니까.
내가 쓴 모든 글이 사라지면 나는 무일푼에 고향도 잃어버린
인어와 같아진다. 그 상상이 마음에 들어 바다에 들어갈까 고
민하지만, 그냥 일어나서 유스호스텔을 찾는다. 안내판을 금
방 찾아내 따라가 보니 젊은이들이 건물 앞에 서 있고, 그 모
습에 다시 바다로 갈까 또 고민이 든다. 나는 사실 젊은이들
을 좋아하지 않는다. 그들은 너무 낙천적이다. 유스호스텔
이나 호스텔도 별로다. 이곳에서는 대화를 엄청나게 좋아하
는 낙천적인 젊은이들이 재미있는 시간을 보내려고 한다. 하
지만 나는 에어비앤비에 갈 형편이 못 된다. "어디 말을 걸기

만 해봐"라는 표정으로 남은 돈을 다인실 2박 비용으로 낸다. 운 좋게도 침대 두 개만 차 있는 6인실에 배정됐는데, 손님들이 방에 없다. 찬물로 샤워하고 옷을 갈아입고 나니 피로 또는 과로가 나를 잠으로 이끈다. 어쩌면 이게 내 수면 문제에 대한 장기적인 해결책인지도 모르겠다. 나를 잠들지 못하게 하고, 잊고 싶은 장면들을 보여주며, 묻어두고 싶은 이야기를 들려주고, 또 무엇보다도 내가 잘못했다고, 더 했어야 한다고 고함을 지르는 머릿속의 요란한 생각들보다 몸을 마비시키는 듯한 피로의 힘이 더 강력해질 때까지 이틀 동안 잠을 안자는 것.

오후 1시에 잠에서 깬 나는 곧장 수영복과 커다란 셔츠를 입고 슬링백을 두른 후에 바다로 간다. 날씨가 싸늘하고 하늘은 잿빛이다. 몸을 따뜻하게 하려고 바닷가로 달려간다. 환한 바다를 보니 틸다 언니에게 사진을 한 장 보내고 싶지만 마음을 억지로 누른다. 언니도 나만큼이나 바다를 좋아하지만 비행 모드를 바꿀 엄두가 나지 않는다. 언니는 지금 분명 화가 많이 나 있을 테지.

셔츠를 벗어 슬링백 위에 올려놓고 바닷물을 향해 달린다. 예상대로 아주 차다. 물이 충분히 깊어지자 자유형으로 헤엄쳐 파도 속으로 들어간다. 내 몸과 근육, 지금보다 더 빠르게 힘을 줘야 하는 팔다리에 정신을 집중한다. 바다 수영은 수영장에서 하는 것과는 아주 다르다. 리듬을 찾기 어렵다. 하지만 절대 생각한 대로 움직이지 않는 파도를 헤치고 탁 트인 바다 먼 곳으로 수영하는 것은 엄청나게 멋진 일이다. 포기하지 마, 포기하지 마. 물과 나는 하나다. 나는 바다의 일부, 경악할 만큼 작은 일부가 된다. 생각과 고통이 몸에서 빠져나간다. 길게 버티지 못하겠구나. 팔다리와 호흡이 무거워지고 파도가 더 커진다. 이제 몸을 돌려야 할 시점이야. 나는 힘이 점점 약해진다고 제대로 판단하면서도 계속 수영한다. 아주 조금만 더 가자. 호루라기 소리를 들으면서 계속 앞으로 나아간다. 도대체 내 안의 무엇이 몸을 돌리지 못하게 하는지 알 수 없다. 그러다가 몸을 돌려 해변을 향해 헤엄친다. 발이 땅에 닿자 다리가 떨린다. 다부진 체격의 젊은 여성이 다가온다. 빨간색 인명 구조 셔츠를 입고 목에 호루라기를 건 갈색 고수머리 여자다.

젊은 여자: 정신 나갔어?

어떻게 대답해야 하나.

젊은 여자: 그렇게 멀리 나가면 안 돼. 생명이 위험하다고.

나: 난 수영 선수야.

젊은 여자: 그래도 바다에서는 소용없어.

나: 진정해. 발트해잖아.

젊은 여자가 따라와서는 셔츠와 슬링백을 집어 드는 내 옆에 선다. 나보다 어려 보이는데, 아마도 고등학교를 막 졸업한 것 같다.

나: 호루라기를 불고 돈을 받아?

여자: 일당 22유로.

나: 일당 22유로라고?

여자: 응, 하지만 숙박비도 따로 받아.

여자가 잠깐 생각에 잠긴다.

여자: 일할 생각이 있다면 상사 전화번호를 줄게. 수영할 줄 알잖아.

나: 아니야. 휴대폰을 비행 모드로 해둬서 네 상사에게 전화할 수 없어.

여자: 너 괴짜로구나. 내일 경비 초소로 와. 그러면 마이크가 있을 테니까.

나: 생각해볼게.

나는 너무 추워서 호스텔 방향으로 돌아가며 여자에게 손을 흔든다. "그런데 이름이 뭐야?"라고 외치는 여자의 말에는 귀를 기울이지 않는다.

일자리를 찾아야 한다. 하루 22유로는 너무 적다. 종업원이나 뭐 그런 걸로 일하면 하룻저녁에 100유로는 거뜬히 벌

수 있을 테지. 숙박비를 빼면 하루에 80유로를 버는 셈이네. 여기 2주 동안 머문다면 얼마가 되나……. 열흘이면 800유로군. 14일이면 1,000유로는 확실히 넘을 테고. 수학은 정말 싫다. 내 계좌는 텅 빈 상태라서 저축이 필요하다. 해변 산책로를 따라 걷다가 샛길로 접어들어, '물개'라는 바 앞에서 걸음을 멈춘다. 가게 이름이 마음에 든다. 몸이 떨릴 정도로 춥지만 간판 아래에 놓인 벤치에 앉아 담배를 피우다가, 일단 호스텔로 돌아가 몸을 덥히고 옷을 갈아입어야겠다고 결정한다. 일어서다 어지럼증을 느낀다. 어제부터 킨더 조이 에그 초콜릿과 맘바 젤리와 빌리 타이거 옥수수 스틱 외에는 아무것도 먹지 않았고, 담배를 피운 것도 몸에 안 좋았다. 그대로 앉아서 피가 몸에 제대로 돌 때까지 기다리고 있는데, 물개 주인이라고 내가 상상하던 모습과 똑 닮은 노인이 벤치 옆의 문에서 나온다. 뱃사람처럼 생겼다. 일흔 살가량에 키가 크고, 햇빛에 무두질된 갈색 피부와 파란 눈동자, 플랫 캡 아래로 보이는 은회색 머리카락, 체크무늬 셔츠와 물 빠진 청바지, 그리고 당연히 고무장화 차림이다.

나: 안녕하세요?

그가 조금 놀라며 나에게로 돌아선다. 재밌네. 뭔가에 놀랄 사람처럼 보이지 않는데.

노인: 우린 오후 6시에 문을 연다만.

나: 혹시 종업원이나 뭐 그런 사람 찾지 않으세요?

그가 나를 회의적으로 살펴본다. 내 얼굴은 아마도 흙빛일 테고, 머리카락은 젖었으며, 축축한 수영복 위에 티셔츠만 걸쳤고, 슬링백 차림에 신발도 신지 않았고, 앞쪽 바닥에는 아직 꺼지지 않은 담배꽁초가 있다.

노인: 물개에 와본 적 있나?

나: 아니요.

노인: 술집에서 일한 적은 있고?

나: 아니요. 하지만 카페에서는 일했어요.

나: 그리고 난 바보도 아니고요.

그는 생각에 잠긴 채 어두운 표정으로 내 눈을 빤히 본다. 나는 그의 눈빛을 받아낸다.

노인: 그러면 오늘 저녁에 시험 삼아 와보렴. 오후 5시에 시작이야. 시급 13유로에 팁이 더해지지.

나: 좋아요.

노인: 이름이 뭐냐?

나: 이다예요.

그가 커다란 손을 내밀며 말한다. "나는 크누트."

나는 웃음을 꾹 참으며 그의 앞발을 잡는다. 크누트의 표정에는 변화가 없다.

"종업원은 어떤 옷차림을 해야 하지?" 나는 같은 방을 쓰는 두 명의 교직 전공 학생에게 묻는다. 한나와 넬라는 방학이라 이곳에서 카이트 서핑 코스에 참가하고 있다. "경쾌하고 수수하게." 넬라가 대답한다. 나는 검정 미디스커트에 흰색 배꼽 티, 슬링백에 스니커즈를 고른다. 한나가 엄지를 들어올린다. 너무 무채색이라 분홍색 가죽 재킷을 더해 걸치고, 첫날부터 지각하지 않으려고 술집으로 달려간다.

크누트는 우선 물개 내부부터 보여주었고, 그렇게 하는 데에 시간이 얼마 걸리지 않는다. 실내는 상당히 어둡다. 뒤쪽 벽에 가로로 길게 놓인 커다란 식탁이 하나 있다. 수많은 낡은 나무 식탁과 의자들이 공간을 차지하고 있으며 앞쪽 구석에는 단골손님용 타원형 식탁이 있다. 벽에는 오래된 흑백사진들이 걸려 있다. 눈 덮인 뤼겐 해변(1921년)과 입에 담뱃대를 물고 건초 운반차에 앉은 남녀 농부(1911년). 두 사람이 나를 똑바로 바라본다. 그들은 미소를 짓지 않지만, 불행해 보이지도 않는다. 크누트가 독주는 어디에 있는지, 맥주는 어디에 보관하는지, 손님들이 어떤 음료를 제일 많이 주문하는지 알려준다. 맥주와 독주다. 칵테일은 없고 두어 종류의 롱 드링크만 있다.

크누트: 롱 드링크 만들 줄 아니?

"네." 나는 거짓말을 한다. 일했던 카페 메뉴에는 롱 드링크가 없고 케이크와 커피만 있었다. 나는 그곳에서 일하는 게 좋았다. 여러 종류의 커피를 만들고, 손님들을 관찰하고, 무엇보다도 팁을 사냥하는 게 마음에 들었다. 팁을 최대한 많이 받으려면 손님을 각각 다르게 대해야 했다. 나는 언제나 팁을 정말 많이 받았다. 사장은 나를 아꼈고, 언젠가 엄마보다 내가 훨씬 낫다고 말한 적도 있다. 그런데 몇 주 출근하지 않았다고 해고하다니. 훨씬 일을 못하는 종업원이, 다시 말해 우리 엄마가 죽어서 못 갔는데. 나는 그 빌어먹을 카페에서 5년 동안 일했다. 열여섯 살쯤에 엄마가 더는 일할 만한 상태가 아니라 그 자리가 공석이 됐고, 내가 물려받았다. 가족 계좌 말고 내 계좌도 그때 따로 만들었다.

크누트: 알코올을 200~250밀리리터 넣고.

나: 네, 알아요.

물개가 문을 열기 전에 식탁을 모두 닦고, 맥주를 냉장고에 넣고, 잔을 씻어야 한다.

오후 6시가 되자 온 손님들은 주로 주민들이고, 관광객은 적다. 손님 대부분은 맥주를 마신다. 나는 잔과 병을 가져다가 설거지하고, 가득 찬 새 잔과 병을 가져다주고, 계산한다. 9시가 되자 남자 네 명이 술집에 들어선다. 전혀 어울리지 않는 네 사람이 나란히 줄지어 들어오는 모습이 흥미롭다. 그들이 함께 있는 모습을 보니 캐스팅이 형편없던 고등학교 드라마 시리즈가 떠오른다. 지극히 다른 성향의 패거리에 속한 학생들이 낙제 때문에 어쩔 수 없이 함께해야 하는 내용이었다. 작고 다부지게 생긴 첫 번째 남자는 엥겔버트 스트라우스 작업복을 입었는데, 양손이 지저분하고 무척 음울한 표정이다. 두 번째 남자는 오만불손한 선원처럼 보인다. 보트슈즈에 뒤로 넘긴 금발, 헬리 한센 재킷과 그 아래 받쳐 입은 꽉 끼는 폴로셔츠, 어두운데도 레이밴 선글라스를 쓰고 있다. 사랑받는 멋진 어린이들 같은 나머지 두 명은 당장이라도 칼하트나 벨틴스 맥주, 오투 통신회사 광고를 찍을 것처럼 보인다.

사마라와 내가 생각난다. 우리도 언제나 서로 다른 파티에 가는 아이들처럼 보였다. 그때도 틸다 언니는 우리를 음과 양이라고 불렀다. 사마라의 첫인상은 차분하고, 신경증이 있는 사람처럼 보일 만큼 아주 깔끔하다. 검은색 생머리인 데다 제일 좋아하는 색깔도 검정이다. 이제 사마라는 쿨한 미니멀리즘 베를린 스타일을 고수하는데, 옷 대부분이 검은색이고 가끔 흰색이 섞여 있다. 나는 시끄럽고 뒤죽박죽한 스타일로, 금발 고수머리에 알록달록하고 요란한 색깔을 좋아하고, 긴 원피스가 바람에 날리는 걸 즐긴다.

사실 나중에 온 젊은 남자들은 물개에 있는 은퇴 노인들과 전혀 어울리지 않아 보인다. 하지만 그들은 단골손님용 둥근 식탁에 앉아 몇몇 노인에게 인사를 건넨다. 아마 이곳에서 자란 듯하다. 칼하트 광고를 찍을 법한 한 명은 큰 키와 잘생긴 외모로 눈에 띈다. 짧은 금발에 헐렁한 청바지, 품이 넓고 심플한 흰색 셔츠 차림이다. 그가 몇몇 손님들에게 가서 악수나 포옹으로 인사하는데, 바지 주머니 위에 칼하트 로고가 보인다. 마치 술집 주인 같은 분위기를 풍긴다.

그 식탁에 별로 서빙하고 싶지 않다. 금발 키다리가 술집을 훑어보다가 나와 시선을 마주치려고 한다. 곁눈질을 해보니 한 번은 손을 들어올리기까지 한다. 나는 느긋하게 다른 식탁들에 서빙하고 빈 잔과 병을 치우고 나서 이제 정말 더는 할 일이 없어 그쪽 사람들에게 가려고 하는데, 바가 아니라 카운터 뒤로 들어오는 키다리가 보인다.

칼하트 스타일: 너, 여기 새로 왔구나.

그가 나를 내려다보지만 나는 대꾸하지 않는다.

칼하트 스타일: 이름이 뭐야?

나: 리아.

나는 그의 이름을 묻지 않는다. 그가 어차피 말할 테니까.

칼하트: 나는 야스퍼.

나는 야스퍼가 내민 손을 잡는다.

그가 쟁반을 집더니 맥주를 차례로 따른다.

야스퍼: 코른 증류주 다섯 잔 줘. 위편 오른쪽에 있어.

나는 잔을 채우면서 묻는다. "여기서 일한 적 있어?"

야스퍼 : 여긴 우리 할아버지 가게야.

나 : 크누트 할아버지?

야스퍼가 웃음을 터뜨린다.

야스퍼 : 응, 크누트 할아버지. 너 벌써 그렇게 불러?

나는 누군가를 할아버지라고 불러본 적이 없는데 어쩌다 방금 그랬는지 모르겠다. 누군가를 아빠라고 불러본 적도 없다. 엄마만 있지. 하지만 이제는 그조차도 부를 수 없다.

나 : 아직 아니야.

야스퍼 : 사실 할아버지는 종업원을 고용하는 데 늘 반대 의견이었어.

이상하네. 나는 오늘 오후에 그를 만났던 일을 떠올린다.

나 : 평소에는 혼자 일하셔?

야스퍼 : 응. 힘들다고 하시지도 않아. 예전에는 우리 손주들이 가끔 용돈벌이를 했지.

야스퍼 : 나르는 것 좀 도와줄래?

나는 작은 유리잔이 담긴 쟁반을 들고 그 식탁으로 가서 쟁반을 내려놓지만 잔을 나눠주지는 않고, 시선을 피하며 예절에 맞게 살짝 미소만 짓고 다시 돌아선다. 왼손에 쟁반을 들고 있던 야스퍼가 내 길을 막고 50유로를 내민다. 술집이 그의 할아버지 소유이긴 하지만 나는 그 돈을 받는다.

야스퍼 : 거스름돈은 팁이야. 네가 친절하니까.

그의 태도가 오만해서 나는 "고마워"라고 대답하지 않는다. 그렇다고 돈을 포기하고 싶지도 않다.

밤 10시가 되자 크누트는 나더러 쉬라고 한다. 나는 조인트를 한 대 말아 바깥으로 나가서 술집에서 멀지 않은 모래 언덕 방향에 있는 벤치에 등을 대고 누워, 오늘은 별 하나 없는 밤하늘을 쳐다본다. 가는 보슬비의 빗방울이 뺨으로 흘러내린다. 내가 여기서 도대체 뭘 하는 거지? 멀리 오면 생각이 조용해질 줄 알았는데 여전히 시끄럽게 머릿속을 떠돌고, 이젠 머리가 지끈거리기까지 한다. 나는 강력한 조인트를 여러 번 깊게 들이마시며 머리가 마비되기를 바라지만 그렇게 되지 않는다. 엄마가 죽기 닷새 전에 내 방문을 노크하던 일을 떠올린다. 엄마는 원래 노크하지 않는다. 한 번도 내 방문을 노크한 적이 없다. 뭔가 할 말이 있으면 그냥 들어왔고, 가끔은 공격하듯 달려 들어왔다. 하지만 올해 처음 따뜻하던 그 봄날 화요일에 엄마는 노크했다. 두 번. 내가 "응"이라고 대답하자 방에 들어왔다. 잿빛 트레이닝 바지에 그러지 않아도 창백한 얼굴을 더욱 창백해 보이게 만드는 형광 노랑 스웨터 차림이었고, 머리카락엔 기름기가 번들거렸다. 눈은 무표정하면서도 구슬펐다.

엄마: 또 글 쓰니?

나는 맥북을 보느라 숙였던 고개를 들고, 엄마 기분이 어떤지 살핀다. 엄마는 싸우려는 게 아니다. 그러기에는 너무 지쳐 보인다. 원하는 게 뭘까? 약은 아직 충분하다. 나는 고개를 끄덕이고 다시 노트북 화면을 본다. 지난번에 우리가 다투고 난 뒤에 '못된 년'이라고만 써둔 파일에 아무 글자나 두드려 'fjsodksnd'라고 입력한다. 내가 집중해서 글을 쓰고 있다고 생각하고 엄마가 다시 가기를 바란다.

엄마는 문간에 그냥 서 있다. 내가 fjsodksnd라고 세 줄을 채우는 내내 문간에 서 있다가 그전에는 한 번도 하지 않았던 질문을 한다.

엄마: 그런데 너, 뭘 쓰니?

나는 쓰기를 멈추고 엄마를 쳐다본다. 내가 지금까지 쓴 글을 모두 읽어주고, 지난주에 단편으로 우승한 글짓기 대회 이야기를 들려주고, 연락해온 문학 에이전시와 앞으로 쓰고 싶은 소설에 대해 말하고 싶지만, 나는 시선을 돌리고 그저 "아무거나"라고만 대답한다.

내가 '아무거나아무거나아무거나아무거나'라고 쓰는 동안 엄마는 문간에 그대로 서 있다. 그러다가 곁눈질해보니 엄마가 몸을 돌리고 문을 닫는다. 엄마가 몸을 돌리고 문을 닫았다. 나는 '아무거나'라고 말한 나를 증오한다. 나를, 엄마를, 모든 것을 증오한다. 봄기운이 감돌던 그 화요일에 내 방문을 두드리던 엄마는 본인이 떠날 것을 알았고, 나도 왠지 모르게 알고 있었다. 나는 'fjsodksnd'와 '아무거나아무거나아무거나 아무거나'를 파일에서 지우고 '못된 년'을 남겨뒀다. 엄마가 떠나게 내버려뒀다.

부드러운 연기만 내 안에 남도록 떨리는 몸 안으로 조인트 를 다시 몇 번 깊게 들이마시지만, 두통과 메슥거림만 더욱 심해진다. 눈을 감으면 형광 노랑 스웨터를 입은 엄마가 보인 다. 엄마 목소리를 잊어버릴까 봐 두려워서 기억해내려 애쓴 다. 하지만 기억나지 않는다. 시끄럽고 정신 나간 듯한 웃음 소리가 무한 루프하는 것처럼 흐를 뿐이다. 그 소리가 점점 더 시끄럽고 더 정신 나간 것처럼 들려서 더 이상 견딜 수 없 다. 빗방울이 눈을 파고든다. 눈을 뜨니 하늘은 여전히 새까 맣고 통증도 그대로다.

발소리가 들린다. 빌어먹을. 모래 언덕 쪽에서 온다. 검은 형체. 나는 원래 두려움을 모르지만, 그냥 혼자 있고 싶다. 발 소리가 점점 더 크게 다가오는 동안 나는 눈을 감고 잠든 척 한다. 발소리가 멎는다.

"괜찮은 거야? 물이라도 줘요?"

목이 잠긴 듯한 남자 목소리다.

빌어먹을. 나는 눈을 뜬다. 검정 후드티와 통 넓은 베이지 색 턱 팬츠.

나: 괜찮아요.

후드 아래로 창백하지만 햇빛에 그을린 갈색 얼굴, 충혈된 무표정한 눈, 짙은 다크서클과 수염을 깎은 피부가 가로등 불빛에 드러난다. 상태가 안 좋아 보인다.

남자: 너, 울어?

나: 아니. 난 우는 법이 없어.

나: 비가 오잖아.

남자가 무뚝뚝하게 웃고 "알았어"라고 말하고는 몸을 돌려 술집 쪽으로 간다.

나는 그대로 누운 채 빙빙 돌아가는 세상이 멈추기를 기다린다. 일어나려고 할 때마다 아직 더 누워 있어야 한다는 걸 깨닫는다. 휴식 시간이 지난 걸 크누트가 분명히 알아챘을 테니 나를 고용하지 않겠군. 지독한 자기 연민과 구역질을 느끼며 적어도 10분은 더 누워 있다가 일어난다. 잠시 서서 시야를 뒤덮은 별이 사라지고 귓속의 소리가 작아지기를 기다리다가 천천히 물개 쪽으로 움직인다. 문 옆쪽 벽에 몸을 기대고 있던 후드티 남자가 안으로 들어가는 모습이 보인다. 그가 날 살펴보고 있었구나.

물에 빠진 생쥐 꼴로 술집에 들어선다. 몸이 떨리지만 너무 마비되어 얼마나 추운지 느끼지도 못한다. 카운터 뒤로 들어가 수돗물 세 컵을 연거푸 마시고 정신을 차리려고 애쓴다.

크누트: 괜찮아?

나: 네.

나는 그가 충혈된 내 눈을 못 보게 하려고 고개를 숙인 채 카운터의 다른 쪽 끝에 있는 손님 한 쌍에게 가서 음료를 새로 내준다. 단골손님용 식탁을 제외한 모든 손님에게 무감각한 기계처럼 기록적으로 재빨리 새 음료를 서빙한다.

후드티가 단골손님용 식탁에 앉아 있다. 약을 한 것 같은 저 남자도 저기 있네.

모아온 잔들을 씻으면서 나는 그를 곁눈질한다. 그가 후드를 벗었다. 적당한 길이에 가운데 가르마를 탄 갈색 머리카락이 보인다. 그의 시선이 자기가 매만지는 컵 받침과 친구들 사이를 오간다. 그는 다른 사람들이 웃을 때 대부분 함께 웃고, 때때로 대화에 참여해 시끄럽게 군다. 그러다가 몇 번이고 대화에서 멀어진다. 나는 다크서클이 내려앉은 그의 슬픈 눈을 본다. 허공을 떠돌던 그의 눈길과 갑자기 부딪친다. 나에게 뭔가 들킨 것처럼 화난 눈길이다.

100퍼센트 마약 문제로군. 그렇게 생각한 나는 그에게 뭔가 들켰다는 듯이 화난 눈길로 되쏘아 보고는, 빈 맥주병들을 모아서 카운터 뒤쪽 자리에 가져다두고 나무 의자에 잠시 앉는다. 여길 떠나야겠어. 틸다 언니에게 가야지. 난 왜 항상 이렇게 멍청한 결정을 내리는 걸까?

자정 직전에 야스퍼가 다시 카운터로 온다. 나는 물개가 몇 시에 문을 닫는지 궁금하다.

야스퍼: 네 전화번호를 크누트 할아버지에게 물어볼까? 아니면 너에게 직접?

나: 둘 다 아니야. 난 지금 비행 모드니까.

야스퍼: 일종의 디지털 디톡스?

나: 그런 셈이지.

정말이지 지금은 야스퍼 같은 사람을 감당할 여력이 없다. 팔꿈치를 카운터에 느긋하게 올려놓은 채 나를 빤히 보는 그를 쳐다본다. 카운터를 닦던 행주로 그의 얼굴에서 자신만만한 미소를 닦아내고 싶다. 내가 또 바보 같은 결정을 하기 전에 크누트 할아버지가 나를 부른다.

크누트 할아버지: 야스퍼, 그 어린애를 귀찮게 하지 마라. 이다, 너 이제 가도 돼. 나머지는 내가 혼자 하마. 계산은 내일 하자. 괜찮지? 6시쯤 오렴.

"어린애는 진짜 아닌데요." 나는 이렇게 말하고 분홍색 가죽 재킷을 걸친 다음, 크누트와 여전히 자신만만하게 미소 짓는 야스퍼에게 "내일 봬요"라고 말하며 웃어 보이고 자리를 뜬다.

취한 듯한 상태에서 내 집이 아닌 곳의 벙커 침대에 눕는다. 드디어 비가 내린다.

점심에 일어나보니 폭풍이 몰아친다. 밤에 엄마를 또 발견했다. 유리창이 쾅 닫히고 휘파람 같은 바람 소리가 들린다. 나는 벙커 침대 사다리를 내려와 젖은 차가운 수영복과 후드티를 입고 해변으로 달려간다. 어제보다 더 춥고 거친 바람이 휘몰아친다.

마구 달려 붉은 깃발을 지나 후드티를 모래에 집어던진 다음 물로 뛰어들었고, 충분히 수심이 깊은 곳에서부터는 자유형으로 헤엄쳐 파도 속으로 들어간다. 내 몸과 근육, 지금보다 더 빠르게 힘을 줘야 하는 팔다리에 정신을 집중한다. 오늘은 리듬을 찾기가 불가능하다. 이건 전쟁이다. 너무나 세고 큰 파도가 나를 제압하려고 한다. 나는 자기 편인데도. 파도가 나를 제압해 팔다리를 잡아당기고 숨을 쉬지 못하게 할 것 같다는 느낌이 든다. 하지만 파도는 나를 잡지 못한다. 나는 팔다리를 거칠게 버둥거리며 온 힘을 다해 물살을 가르고 숨을 쉬려고 애쓴다. 파도가 더 커지고 세진다. 보이는 거라고는 거대한 회녹색 탑들뿐이다. 나는 바람이 내는 휘파람 소리와 파도의 박수 소리를 들으며 계속 수영한다. 내 안의 무엇이 이런 상황에도 몸을 돌리지 못하게 하는지 알 수 없다. 그러다가 몸을 돌려 죽은 물고기처럼 해변 쪽으로 떠 간다. 몸이 바닥에 닿자 온몸이 떨리는데, 이렇게 깊이 안도하는 스스로가 의아하다. 나는 웃으며 모래로 기어 올라와, 젖은 모래에 지친 몸을 누인다.

"괜찮아요?"

고개를 드니 노부부가 마치 인어나 미친 사람을 보듯이 나를 내려다보고 있다.

나는 여전히 숨을 헐떡이면서 친근한 표정으로 미소 지으며 엄지를 들어 올린다.

기분이 좋다. 자연과의 소소한 싸움에서 이번에는 이겼다. 이야깃거리도 없이 해변에 떠밀려온 인어처럼 지치고 텅 빈 마음으로 모래에 누워, 잿빛 하늘을 쳐다보며 가슴에 손을 올려 휴식을 취하는 심장을 느낀다.

"넌 온갖 문제로 가득하잖아. 그러니 착각하지 마. 네가 자유롭다고. 이게 자유야." 호스텔 객실에 들어서니 래퍼 크로의 노랫소리가 들린다.

"무슨 일이야?" 한나가 묻는다. 그러게, 무슨 일일까. 좋은 질문이군.

넬라: 야, 너 입술이 파래. 그리고 떨고 있네. 뜨거운 물로 샤워해. 내가 차 한잔 가져다줄게.

둘은 훌륭한 선생님이 되겠군.

나: 너희들, 초등학교 교사 준비해? 아니면 늙은 어린이들 교사?

한나가 웃음을 터뜨린다. 늙은 어린이들, 중고등학교.

나는 명령에 따라 샤워한다. 피부가 익은 게처럼 새빨개질 때까지 아주 뜨겁게 샤워한 다음, 몸에 수건을 두르고 가방에 뭔가 따뜻한 게 있는지 찾다가 보라색 뜨개 스웨터와 사마라의 엄마가 뜨개질해 만든 진분홍 양말을 찾아낸다. 옷을 입자 넬라가 커다란 찻잔을 내 손에 쥐여준다.

한나: 카드놀이 할까?

나는 로즈힙 차를 마시며, 폭풍 때문에 오늘 서핑 코스가 취소된 미래의 교사들과 함께 카드놀이를 한다. 그러면서 두 사람에게, 엄마가 뮌헨과 포르투갈에서 1년간 일하게 되어 그곳에서 자랐고 지금 빈에 살면서 문학인류학을 공부하는 이다라는 여자에 대해 이야기한다. 그 여자는 캘리포니아에서 한 학기를 보내기도 했다. 그저 그러고 싶어서.

두 사람은 무척 감탄한다.

빈의 어느 구역에 사는지 묻는다. 내가 "2구역"이라고 대답하자, 넬라가 "굉장하네. 우리랑 친한 친구가 18구역에 살아"라고 말한다. 나는 빈에 대해 전혀 모르면서도 "거기도 나쁘지 않아"라고 대답한다.

한나: 주거공동체에? 아니면 혼자?

나: 혼자.

한나: 원룸이야?

나: 방 세 개짜리 집이야. 운이 좋았지.

넬라: 부모님이 지원해주셔?

나: 응.

넬라: 부모님은 뭐 하셔?

나: 엄마는 수학자, 아빠는 해커 비슷해.

넬라: 해커 비슷하다고?

나: 은행과 회사를 해킹해서 시스템 안전성을 시험해.

"진짜 쿨하다."

나는 폭포수처럼 수다를 늘어놓으면서 사마라를 그리워한다. 사마라와 함께할 때면 늘 편하고 좋았다. 우리는 함께 책 읽는 걸 가장 즐겼다. 하루 종일 사마라의 점박이 피크닉 돗자리나 도서관, 또는 우리 방에 늘어져서 대화는 나누지 않고 책만 읽었다. 이따금 아침부터 저녁까지 한마디도 하지 않을 때도 있었다. 먼저 말하는 사람이 패배하는 독서 시합과 비슷했다. 그러다가 나 또는 사마라가 일어나면 다른 한 명도 일어나서 먼저 일어난 사람을 따라 말없이 버스 정류장 또는 부엌으로 향했다. 둘 다 몽롱한 상태였고, 아직 책에 절반쯤 빠져 있었다. 사마라가 스파게티를 만들면 나는 식탁에 그릇 두 개와 페스토 소스를 놓았다. 그러다가 대화를 시작하기도 하고, 하지 않기도 했다.

넬라: 프로를 보러 갈래?

나는 무슨 소리냐는 표정으로 넬라를 본다.

넬라: 위쪽 해변에 윈드서핑하는 사람들이 있어. 공중회전 같은 걸 해.

나는 고개를 저었는데, 혼자 다인실에 누워 있으려니 살짝 후회가 된다. 라이프치히 대학에 떨어졌을 때, 난 어쩌면 엄마가 아니라 사마라 때문에 집에 남은 건지도 모른다. 그때 나는 남아 문학 공부를 하는 게 해롭지는 않을 거라고, 임시 방편으로 좋다고 스스로를 설득했다. 언젠가 라이프치히 대학에서 받아줄 때까지 더 나은 글을 써서 계속 지원할 예정인데, 아직 재지원한 적은 없다. 틸다 언니는 여전히 내가 엄마 때문에 집에 남았다고 짐작하지만 내 생각에 그건 틀렸다. 나는 그렇게 좋은 사람이 아니다. 이따금 언니 때문에 남았다는 생각이 들 때도 있다. 언니는 내가 기필코 다른 곳에서 공부하기를 원했다. 라이프치히 대학에 간다는 생각이 좋다고 여겼고, 거기서 거절당하자 다른 대도시로 가라고 했다. "안 그래도 글을 쓸 수 있어. 문학적 글쓰기를 공부하지 않아도 돼. 너는 그걸 안 해도 해낼 수 있다고." 언니는 전혀 모른다. 라이프치히를, 나를 이해하지 못한다. 내가 '거절'이라는 단어를 왓츠앱으로 보내자, 언니는 도시에서 내 미래를 준비하려는 계획을 품고 어느 주말에 집에 들렀다. 자물쇠에 열쇠가 꽂혀 돌아가는 소리가 들렸을 때 나는 엄마와 소파에 늘어져 있었고, 티브이에서는 케이블 채널 Vox 혹은 RTL이 저 혼자 돌아가는 중이었다. 누워 있는 우리를 본 틸다 언니의 얼굴에 연민과 약간의 혐오가 드러났다.

틸다: 수영하고 피자 먹을까?

나: 다른 사람들은 어디 있어?

틸다: 빅토르는 아이들과 함부르크에 남았어.

나: 어떤 미션을 가지고 왔어?

우리는 수영하고 돌아오는 길에 피자를 샀는데, 사각형 패밀리 사이즈가 아니라 각자 먹을 커다란 원형 피자였다. 엄마는 식욕이 없다고 했다. 언니가 갑자기 노트북을 펼쳤다.

틸다: 네가 쿨하다고 느끼는 도시들이 어디지?

나: 지금 뭐 하는 거야?

틸다: 몇몇 대학교에 네 지원서를 보내려고.

"싫어." 나는 어떤 도시가 쿨할까 고민하면서도 대답했다.

틸다: 너 여기 남으면 안 돼.

나: 아니, 남을 거야.

틸다: 왜?

"왜냐하면," 나는 왜 여기 남으려고 하는지 생각하면서 고집 센 아이처럼 대답했다. 사실은 여기 있고 싶지 않았다. 하지만 라이프치히에 가기에는 내 실력이 형편없기에 그냥 여기 남는 게 옳은 것 같았다.

틸다: 엄마 때문에?

"아니야." 나는 그렇게 대답했고, 지금도 여전히 그게 사실이라 생각한다. 라이프치히에 가고 싶은 건데, 엄마에게서 도망치겠다는 이유만으로 왜 아무 도시에나 가야 한단 말인가.

틸다: 내가 집세를 내줄게.

나: 개인주택이라도?

틸다: 이다.

"날 그냥 내버려둬. 이건 내 인생이니까." 나는 괴팍한 십대처럼 대꾸했다.

틸다: 엄마 때문이지. 안 그래?

나는 고개를 저었다.

물론 결정을 내릴 때 엄마도 한몫했다. 엄마가 집에서 홀로 죽도록 술을 마시는데 아무도 엄마를 돌보지 않는다고 상상하면 죽을 것만 같았다. 하지만 막상 집에 남게 되자 점점 더 엄마를 돌보지 않게 됐고, 엄마를 말리는 대신 쇠락을 지켜보기만 했다. 나는 못되고 약한 빌어먹을 딸이었고, 지금은 그저 혼자다.

이제 여기 다인실에 누워 그 사실을 증오한다. 조인트는 사라지고 머리는 꽉 찼다. 벙커 침대에 등을 대고 누워 천장을 노려보며, 울부짖는 폭풍에 귀를 기울인다. 내 생각은 폭풍에 끼어들어 누가 더 시끄럽게 울부짖는지 시합한다. 사다리에서 뛰어내려 음악을 귀에 꽂고, 너무 얇고 짧은 운동복을 입고 텅 빈 방에서 도망친다. 호스텔을 나와서 문자 그대로 호흡을 빼앗아가는 차가운 비와 폭풍의 벽을 향해 달려간다.

짐 가방의 용량 문제로 짧은 여름 운동복만 챙겨왔다. 전반적으로 멍청하게 짐을 싸서 실용적인 옷이 없었다. 나보다 더 나이 먹은 엄마의 원피스를 너무 많이 가져왔다. 1990년대 옷들인데, 분명 엄마가 잘 지내던 시기에 입었을 것이다. 나는 엄마가 빨강과 하양 점박이 무늬, 알록달록한 꽃무늬, 속이 비치고 바닥까지 닿는 원피스를 입은 모습을 한 번도 못 봤다. 마지막에 엄마는 거의 트레이닝복 차림이었다.

몸이 따뜻해지도록 폭풍을 가르며 질주하다가 나무들 사이에 솟아 있는 목제 전망대를 발견한다. 이 지방에서 열심히 홍보하는 나무우듬지 공중 산책로가 틀림없다. 거기 올라가고 싶다. 나치가 만든 프로라의 거대한 건물 단지를 지나, 폭풍을 뚫고 숲으로 들어가서 울부짖는 바람에 맞서 고함을 지르며 바보 같은 그 전망대를 찾는다. 바람보다 더 크게 소리치고, 내가 바람보다 훨씬 더 화가 났고, 바람과 대결할 수 있다는 걸 보여주고 싶다. 온 힘을 다해 바람에게 고함을 지른다. "꺼져!"라고 외친다. 고함을 지르면서 양팔을 펼치고 빙빙 원을 그리며 돈다.

고함지르기는 틸다 언니를 따라 한 것이다. 언니는 예전에 숲으로 자주 달려갔다. 다들 알고 있었고 그 이야기를 했지만, 그 일로 언니에게 말을 걸거나 놀리는 사람은 아무도 없었다. 언니를 두려워했기 때문이다. 언젠가 한 번은 언니를 따라갔었다. 엄마가 처음으로 약을 과다 복용한 후였다. 아름다운 여름날이었다. 그 전날 저녁에 엄마는 프라이팬에 달걀 프라이를 태우면서 이제부터 달라질 거라고 선언했다. "이다, 잠깐 뛰고 올게. 괜찮아?" 언니가 내 방문에 머리를 넣고 말했다. 나는 방에 앉아 마법의 숲으로 도망치려고 애쓰며, 응급 의사의 들것에 실린 엄마를 잊으려고 나무우듬지에 반짝반짝 빛나는 요괴의 눈을 그리는 중이었다. 나는 괜찮지 않았고 눈앞엔 오직 들것에 실린 엄마의 모습만 보였지만 고개를 끄덕였다. 혼자 있기 싫었고, 언니가 집에 있기를 바랐다. 언니가 문을 닫자 나는 운동화를 신고 언니 뒤를 따라 행복로를 달렸다. 언니는 너무 빠르게 질주했다. 땋은 갈색 머리가 흔들리며 멀어져가는 것을 막을 도리가 없었다. 숲 입구까지 몸을 끌고 겨우 올라왔을 때 토할 것처럼 속이 메슥거렸다. 나는 그때 겨우 여덟 살쯤이었고, 비탈길을 쉬지 않고 달려본 적이 없었다. 벤치에 막 앉았을 때 그 소리가 들렸다. 언니의 고함. 짐승이 울부짖는다고 해도 믿을 만했다. 언니의 비명을 듣고, 언니의 아픔을 느끼며 나도 소리 지르려고 했지만 그럴 용기가 없었다. 그래서 벤치에서 일어나 집으로 향했다. 빗방울이 뺨으로 흘러내렸다. 20분 후에 언니가 땀에 흠뻑 젖은 채 내 방 문간에 서서 물었다. "별일 없어?" 그렇다고 대답했다. 언니가 다시 왔으니까.

언니가 떠나 더는 옆에 없게 되자 나는 그 의식을 이어받았고, 밖으로 쏟아내야 할 때 자주 숲속 빈터로 달려갔다. 이따금 진정으로 도움이 되는 것은 고함지르기뿐이다. 대안으로는 팔 자르기가 있을 텐데, 은유적인 의미가 아니다. 이 빌어먹을 일들을 도대체 어디로 내보내야 한단 말인가?

내가 고함을 지르고 돌아왔을 때 트레이닝복 차림으로 소파에 누워 있던 엄마는 대부분 "아이고, 우리 소리꾼"이라며 맞이했고, 나는 "아이고, 우리 술주정뱅이"라고 대꾸했다. 마음 한편으로 나는 이런 인사가 기뻤다. 반응이 전혀 없는 것보다 나았으니까. 언젠가 나더러 어디에 갔었는지 물었으므로 엄마는 고함지르기에 대해 알고 있었다. "고함지르러"라는 내 대답에 엄마는 더 캐묻지 않고 고개만 끄덕였다. 마지막에는 우리 사이에 이런 거침없는 솔직함이 존재했다. 엄마는 완전히 지쳐 있었다. 삶의 의지가 희박했고, 틸다 언니가 그랬듯이 나도 횟수를 셀 수 있었을, "난 이제 달라질 거야"라거나 "이번에는 정말이야"와 같은 말을 더는 하지 않았다. 나에게 연기를 해보일 힘도 없었다. 우리 둘 다 포기했다.

나는 드디어 전망대 입구, 또는 개코같은 개찰구를 찾아
낸다.

"한 명인가요?" 매표소에 앉아 있는 여자가 묻는다.

나: 이 멍청한 전망대에 입장료를 내야 한다고요?

여자: 네. 공짜는 없는 법이죠.

나: 얼마예요?

여자: 학생인가요?

나: 네.

여자: 11유로 50센트예요. 학생증 가지고 왔나요?

나: 아니요.

여자: 그럼 13유로 50센트.

나: 돈도 안 가지고 왔는데요.

우리 눈길이 서로 마주한다.

나: 저기 올라가야 해요.

여자: 여섯 살 미만 아이들은 무료예요.

나: 9월에 여섯 살이 돼요.

우리는 마주 보며 슬쩍 미소를 짓고, 여자가 나를 통과시켜
준다.

날씨가 좋지 않아 우듬지 산책로에는 나뿐인 것 같다. 나
는 멍청한 독수리 둥지의 한없는 회전 도로를 달려 올라가면

서 뭔가 더 했어야 하는 게 아닐까 생각한다. 바람에 대고 소리 지른다. "내가 더 노력했어야 해?" 바람은 "그래"와 비슷한 소리를 내며 끽끽거리지만, 어쩌면 나에게 내내 모욕당해서 그냥 화가 났는지도 모른다. 정상에 도착해 좋지 않은 징조를 예고하는 새까만 하늘을 올려다본다. 뤼겐 관련 문구가 쓰인 초록색 셔츠를 입은 남자가 괜찮은지 물어온다. 나는 고개를 끄덕인다.

뤼겐 어쩌고 남자: 내려가셔야 해요. 폭풍우가 닥칠 테니.

숲을 지나 해변 방향으로 난 거리를 달리는데, 몸이 흠뻑 젖고 손에 감각이 느껴지지 않는다. 감각을 다시 찾으려고 허공에 주먹질을 한다. 추위는 고통이다. 내가 어떤 고통을 더 낫다고 느끼는지 궁금하다. 물론 내 안에 든 이 무겁고 검은 뭔가를 죽일 수 있다면 모든 육체적 고통을 감수할 것이다.

나는 감각이 마비된 채 산책로를 따라 달려서 시내 방향으로 돌아가다가 발걸음을 늦춘다. 파도 사이로 알록달록한 윈드서핑 돛들이 오르락내리락한다. 이런 광경은 처음 본다. 싸움과 춤 중간쯤에 해당하는 뭔가로 보인다. 서퍼들이 바다를 제압하려는 듯 보이다가, 또 어떤 순간에는 초록빛 탑 같은 파도와 한 몸을 이루는 것처럼 보인다. 한 서퍼가 도약하자 돛이 회전하고, 서퍼가 돛을 다시 잡는다. 다른 서퍼가 공중으로 뛰어오르더니 정말로 공중회전을 해내고, 또 다른 서퍼는 넘어진다. 바깥에서 파도와 바람과 함께 날뛰는 건 틀림없이 좋은 느낌일 테지. 산책로에는 윈드 서퍼들을 구경하는 관광객들이 서 있는데, 아마 같은 방 사람들도 거기에 있을 것 같다.

어제저녁 물개에서 젊은 남자들과 함께 있던 서퍼도 해변에 서 있다. 엥겔버트 스트라우스 작업복을 입었던 작고 다부진 남자다. 나는 다른 서퍼들 중에도 아는 얼굴이 있는지 살피지만 알아볼 수 없다. 하지만 뭐, 상관없다.

갑자기 천둥이 치고 빗방울이 떨어진다. 천둥과 함께 바람도 거세진다. 온 사방에서 불어오는 듯하다. 모래가 눈으로 날아든다. 번개가 치고 비가 퍼붓듯이 쏟아진다. 폭우다. 구경꾼들이 달리다시피 하며 산책로를 떠나지만 나는 뿌리 박힌 듯 그 자리에 선 채, 바람에 날려가기를 기다린다. 윈드 서퍼들이 해변으로 나와서 물을 바라보다가 장비를 들고 산책로 쪽으로 온다. 그중 한 명은 해변을 떠나지 않고 왔다 갔다 하며, 동요하지 않고 계속 춤을 추는 분홍 돛에게 양팔로 손짓한다. 정말 굉장하다. 고독한 분홍 윈드 서퍼와 날뛰는 파도, 검은 하늘의 번개. 그가 지치지도 않고 오르락내리락하는 모습. 번개가 위험할 만큼 그에게 가까이 다가오는 것 같다. 그는 죽을 생각인 걸까?

해변에 있던 남자가 장비를 가지고 다시 한번 바다로 뛰어들 태세를 취하자, 분홍 서퍼가 그가 있는 해변 쪽으로 와서 보드에서 뛰어내려 장비를 끌어올린다. 그가 누군지 예감하고 있던 나는 달리기 시작한다. 우리가 만나지 못하게 달린다. 폭풍우가 몰아치는 중에 내가 자기를 보고 있었다고 그가 생각하면 안 된다. 시내 쪽으로 달리면서, 우리 사이의 거리가 얼마나 되는지 확인하려고 왼쪽을 흘낏 곁눈질한다. 후드티 남자가 나를 본다. 내가 완전히 미쳤다고 생각하겠구나. 하지만 정말 제대로 미친 사람은 그 남자인데.

나는 번개와 천둥과 비를 헤치고 호스텔로 달리면서, 바다에서 나오면서 그가 웃던 모습을 떠올린다. 그는 마치 아이처럼 웃었다.

넬라: 너, 죽을 생각이야?

바보 같은 질문이군. 나는 한심한 질문과 비난하는 눈길을 피해 샤워하러 간다. 처음에만 아주 잠깐 온수가 흐르고 점점 더 차가운 물이 나온다. 쏟아지는 찬물 아래에 서서, 나는 떠나고 싶다는 생각을 한다. 차가운 샤워에서, 이곳에서. 여길 떠나고 싶지만 어디로 가야 할지 모른다. 여전히 마비되고 떨리는 몸으로 샤워를 끝내고 나와, 원피스와 아까 입었던 두툼한 보라색 뜨개 스웨터를 입고 말한다. "나 일하러 가."

물개에 도착하니 크누트가 폭풍 속에서 담뱃대를 물고 벤치에 앉아 있다.

크누트: 여어.

나는 그의 옆에 앉아 담뱃불을 붙인다.

나: 크누트, 안녕하세요. 어떠신가요?

그는 처음에 대답하지 않는다.

크누트: 너는 어떠냐?

나: 아주 좋아요.

그: 섬에 얼마나 머물 예정이지?

나: 모르겠어요. 크누트는요?

"방금 한 말은 섬뜩하라고 한 농담은 아니에요." 내가 보충 설명한다.

그의 얼굴에 미소가 슬쩍 번진다. 우리는 담배를 다 피우고 담뱃대도 비었지만 폭풍 속에 말없이 나란히 앉아 있다. 그러다가 그가 일어선다.

크누트: 계산해야지. 시급 16유로에 팁. 괜찮으냐?

어제는 13유로라고 했는데.

나는 고개를 끄덕인다.

오늘은 손님이 적다. 대부분은 어제 본 얼굴들이다. 맥주를 가져다주고 빈 잔과 병을 모아오는데, 몸이 점점 나빠진다.

춥고, 오한이 나고, 근육통이 있고, 머리가 끔찍하게 아프다. 나는 바삐 돌아다니기를 멈추고 잔을 씻으며, 죽을 생각이냐던 넬라의 질문을 생각한다. 잔 설거지를 멈추고 그냥 가만히 서 있으려고 한다. 하지만 다리에 힘이 빠지고 사방이 새까매진다. 눈을 뜬다. 모든 것이 흐릿하다. 카운터에 몸을 기댄다.

크누트: 랄프, 구급차 불러.

나: 아니, 구급차 안 불러도 돼요. 이제 괜찮아요. 병원 가기 싫어요. 부르면 도망갈 거예요.

나는 일어나려고 하지만 사방이 빙빙 돌고 별이 보여서 다시 주저앉는다.

크누트: 마리안네에게 전화해서 나를 바꿔줘.

크누트가 나를 의자로 데려가서 앉힌다. 나는 이 모든 상황을 그저 몽롱한 상태에서 대충 인식한다.

키가 크고 육십대 후반으로 보이는, 밝은색 금발 생머리에 진초록 눈동자, 카키색 파카 차림의 마리안네라는 여성이 술집으로 달려 들어와 나에게 온다.

마리안네: 아이고, 불쌍해라.

마리안네가 내 얼굴에서 머리카락을 쓸어 넘기고 이마에 손을 얹는다.

은색 파사트. 그렇지. 나는 차를 잡고 서서, 정말 타야 할지 고민한다.

"사실 아까보다 훨씬 나아졌어요." 나는 마치 술에 취한 것처럼 혀 꼬부라진 소리를 낸다.

마리안네: 일단 우리 집에 가자.

왠지 모르게 내가 듣고 싶은 말이긴 하다. 나는 고집을 꺾고 검은 인조 가죽 좌석에 털썩 주저앉아 눈을 감는다.

마리안네: 레베 슈퍼마켓에 잠깐 들를게. 괜찮겠니?

나: 네.

마리안네: 그런데 이름이 뭐야?

나: 이다예요.

마리안네: 나는 마리안네야. 크누트의 아내란다.

나는 미소를 지으려고 애쓴다.

마리안네: 고기 먹니?

나: 네.

마리안네: 알레르기 있는 음식은?

나: 없어요.

내가 대답할 수 있는 질문만 해서 다행이다. 나는 깜박깜박 존다.

어떤 손이 내 어깨에 올라온다.

마리안네: 도착했어.

벽돌집이다. 나는 멍한 상태로, 바람이 전혀 불지 않는 따뜻한 집으로 들어선다. 낯선 집의 냄새가 좋다.

마리안네: 유칼립투스 목욕을 준비하고, 입을 만한 걸 찾아볼게. 괜찮니?

마리안네가 고개를 끄덕이는 행동은 좋아하지 않을 것 같아서 나는 "네"라고 대답하고 부츠를 벗는다. 그녀가 집을 분주하게 돌아다니는 동안 나는 일 층을 둘러본다. 현관문 옆의 첫 번째 문은 작지만 무척 정리가 잘된 오렌지색 부엌으로 이어진다. 케이크와 커피 향기가 풍겨오고, 조리대에 린츠 케이크가 놓여 있다. 벽에는 스무 살 무렵의 크누트와 마리안네의 모습이 담긴 작은 액자가 걸려 있다. 마리안네는 웨딩드레스, 크누트는 셔츠에 조종사 선글라스 차림이다. 둘은 행복해 보인다. 부엌을 지나 다이닝 룸에 들어서면 하얀 식탁보가 깔린 짙은 갈색 식탁을 에워싸고 쿠션이 놓인 짙은 갈색 의자 여섯 개가 있는데, 그중 두 개는 뜨개질한 하얀 커튼이 달린 창가에 있다. 창턱에는 이름 모를 꽃이 많고 구석에는 괘종시계가, 그 옆쪽 벽에는 그림 한 점이 걸려 있다. 거친 바다에 배들이 그려진 아크릴화인데, 기본 색조는 암녹색과 재색이다. 위태롭게 보이면서도 아름답다. 창문 맞은편의 다른 두 의자 뒤쪽에는 짙은 갈색으로 반짝이는 귀여운 그릇 찬장이 있다. 그 위에 각설탕과 작은 은색 숟가락이 담긴 크리스털 그릇, 노란 튤립이 꽂힌 암녹색 꽃병과 카드들이 놓여 있다. 카드에는 알프스와 바르셀로나 풍경 모음, 꽃이 핀 들판, 태어날 때 3.1킬로그램이었던 '리브'라는 아기의 사진이 인쇄되어 있다. 나는 태어날 때 몇 킬로그램이었는지 모른다. 카드를 뒤집어서 읽고 싶은 마음을 억누르며, 다이닝 룸과 붙은 거실로 걸음을 옮겨 집 구경을 이어간다. 벽에는 상당히 큰 규모의 책장이, 그 옆쪽 구석에는 전축이 있다. 붉은 페르시아 카펫과 베이지색 소파, 안락의자 두 개, 그 중간에는 유리 탁자가 있고 탁자 위에는 책 한 권과《발트해 신문》이 놓여 있다. 그 뒤쪽에는 뜨개질해 만든 흰 커튼이 달린 창문이 있다. 여기 창턱에도 꽃이 많이 놓여 있는데, 보라색 난초를 빼고는 이름을 모르겠다. 다른 쪽 구석에는 밝은색 대나무로 만든 흔들의자가 하나 있다. 그 옆의 미닫이문은 발코니로 이어진다. 나는 흔들의자에 앉아 잠깐 몸을 흔든다. 흔들의자에 앉아보기는 이번이 처음인데, 상상했던 것과는 달리 큰 감동은 없다. 문간에서 마리안네가 고개를 살짝 기울이고 팔짱을 낀 채 섬세한 눈길에 미소를 살짝 띠고 나를 지켜본다.

마리안네: 목욕물 준비됐어.

초록 타일로 꾸민 욕실에서는 캐모마일 물티슈와 오드콜

로뉴, 유칼립투스 향기가 난다. 나는 욕조에 누워본 적이 없다. 이런 욕조와 목욕이라는 개념이 으스스하다. 왠지 모르게 항상 휘트니 휴스턴과 또 다른 이야기들을 떠올리게 된다. 당시 온갖 티브이 방송에서 그 가수의 죽음을 이야기했고, 나는 우리 집에 욕조가 없다는 사실에 안도했다. 틸다 언니는 엄마가 나를 예전에 플라스틱 욕조에서 목욕시켰다고 말해줬다. 떠올리려고 아무리 애써도 그 기억은 나지 않는다. 언니가 샤워기 아래에서 내 머리를 감겨준 일은 기억나는데, 샴푸가 항상 눈에 들어가서 나는 머리 감기를 싫어했다. 언니는 가끔 세면대에서 내 머리를 감기며 미용실 놀이를 하기도 했다. 그건 마음에 들었다. 언니는 일 년에 두 번 내 머리카락을 잘라줬는데, 그건 더욱 마음에 들었다.

목캔디 향기가 나는 김이 오르는 뜨거운 욕조에 들어가서 눕기 전에 나는 안전상의 이유로 문을 살짝 열어둔다. 온기가 놀랄 만큼 좋고, 차디찬 뼈에 생기가 돌아오는 느낌이 든다. 머리는 여전히 통증 때문에 쿵쿵거린다. 금방이라도 폭발할까 봐 걱정스럽다.

마리안네가 문 앞에서 말한다: 목욕 가운이 선반에 있어.

마리안네: 맞은편이 네 방이야. 침대 위에 입을 만한 걸 놓아뒀단다.

'네 방'이라고 했다.

더는 몸에서 냉기가 느껴지지 않고, 기분 좋게 따뜻해지자 나는 일어나서 욕조에서 나오다가 겨우 벽을 짚고 선다. 여전히 몸에 피가 제대로 돌지 않는다.

보슬보슬한 목욕 가운을 입고 터벅터벅 내 방으로 걸어간다.

문에 알록달록한 나무 글자 '**맨디**'가 걸려 있다. 베이지색 롤 카펫 바닥, 노란 무늬 벽지, 창가의 암청색 책상과 소나무 옷장. 빨강과 하양 체크무늬 커버가 덮인 폭 좁은 침대 위에 분홍색 벨벳 실내복 한 벌이 놓여 있다. 벽에는 포스터가 걸려 있던 자국이 남아 있다. 나무 글자를 제외하고는 이 방이 예전에 어린이 또는 청소년의 방이었다는 사실을 알려주는 것은 전혀 없다. 비어 있어 사람 냄새가 나지 않는다. 손님방처럼 느껴진다.

나는 보드라운 벨벳 실내복을 입고 폭이 좁은 침대에 등을 대고 누워 하얀 천장을 쳐다보며 이럴 수는 없다고 생각한다. 고함을 지르는 머리와 함께하는 삶이라니.

노크 소리가 들린다. 한 번.

나: 들어오세요.

마리안네가 찻주전자를 협탁에 내려놓는다.

나: 맨디라는 이름은 본 적이 없어요.

마리안네: 여기에는 그 이름이 많단다.

나: 맨디는 맨디처럼 보이나요?

마리안네: 맨디가 어떻게 보이는데?

나: 모르겠어요. 아마 붉은 머리카락에 파란 눈동자인지도 모르죠. 어쨌든 스타 같고요.

마리안네: 거의 비슷해.

마리안네가 슬쩍 미소 짓는다.

마리안네: 금발에 청회색 눈동자야. 약간 스타 같기는 하지. 날씬하고, 키가 크고, 세련된 옷을 입어.

마리안네: 원래는 영화배우가 되려고 했어.

나: 그런데요?

마리안네가 유리창으로 가서 창을 열자 바람이 휙 불어 들어온다.

마리안네: 임신을 했단다. 나중에 호텔 매니저 직업교육을 받았지.

그러고 몸을 돌려 방에서 나가려고 한다.

나: 마리안네는 무슨 일을 하죠?

마리안네: 난 초등학교 교장이었어. 너는?

후우.

나: 문학 공부를 하는데, 아마 중단할 것 같아요.

마리안네: 왜?

나: 다른 걸 하고 싶어서요.

마리안네는 더 이상 캐묻지 않는다. 그저 고개를 끄덕이고 문 쪽으로 간다.

나: 이제 뭐 하실 거예요?

마리안네: 수프 끓이려고.

나: 도와드려도 될까요?

마리안네: 그럼.

틸다 언니도 예전에 내가 아프면 늘 치킨 수프를 끓였다.

나: 틸다도 예전에 내가 아프면 늘 치킨 수프를 끓였어요.

내가 파를 링 모양으로 써는 동안, 마리안네는 당근을 납작한 원형으로 썰면서 틸다가 누구인지 묻지 않는다.

나: 틸다는 언니예요.

마리안네: 네 엄마는?

나는 고개를 젓는다.

나: 엄마는 요리를 잘하지 못해요.

시제가 틀렸다. 우리는 말없이 계속 칼질한다. 나는 감자를, 마리안네는 콜라비를.

마리안네: 주사위 모양으로 좀 더 작게 썰어.

나는 집중하여 좀 더 작게 주사위 모양으로 썬다. 이미 너무 작은데도 다시 한번 4등분하고, 지금까지 한 번도 하지 않았던 말을 내뱉는다. "엄마는 죽었어요." 주어, 술어. 쉽군.

이제 마리안네가 침묵하고, 나는 다른 주사위들을 또 4등분한다. 이미 가까이 와 있지만 듣고 싶지 않은 질문들을 마리안네가 하기 전에 내가 미리 말한다. "두 달 전에 약물 과다 복용으로."

나는 앞에 놓인 뭉개진 감자를 보다가, 질문하는 시선으로 마리안네를 바라본다.

그녀가 감자를 하나 더 건넨다.

마리안네: 그 정도로 작게 썰지는 마.

우리는 식탁에 앉아 말없이 수프를 떠먹는다. 나는 틸다 언니와 매일 저녁 식탁에 앉아 식사하던 일을 생각한다. 가끔은 엄마도 함께였는데, 그럴 때면 별로 편하지 않았다. 언니와 나는 식사 시간 전부터 함께 앉아 있곤 했다. 나는 숙제를 하고, 언니는 수학 잡동사니를 들고서. 이런 공존이 얼마나 아름다웠는지 언니가 떠난 후에야 깨달았다.

언니가 떠난 후에 나는 거의 혼자 식사했고, 먹는 동안 침묵을 견디기 힘들어 휴대폰으로 유튜브 동영상이나 쓰레기 같은 티브이 프로그램을 봤다.

벽시계가 똑딱거리는 소리가 들린다. 똑딱, 똑딱. 추가 왔다 갔다 흔들린다.

나: 종도 울리나요?

마리안네: 응, 하지만 안타깝게도 틀려.

나: 무슨 뜻이에요?

마리안네: 추가 자꾸 서서, 시간과 종 치는 횟수가 일치하지 않아. 이제 더는 맞추지를 못하겠어.

마리안네의 말을 증명이라도 하듯이 그 말이 끝나자마자 종이 세 번 울린다. 이미 6시 35분인데도.

마리안네가 웃음을 터뜨린다.

나: 저 시계는 어떻게 움직여요?

마리안네: 그건 크누트가 아주 정확하게 설명할 수 있어. 난 그저 똑딱똑딱 박자를 조정하는 장치가 추라는 것만 알아.

나는 고개를 끄덕인다: 멋지네요.

나: 맨디가 외동딸인가요?

마리안네: 아니. 아들도 한 명 있어. 제바스티안.

나: 둘 다 아직 섬에 살아요?

마리안네: 맨디는 그렇고, 제바스티안은 슈투트가르트에.

나: 손주도 있어요?

마리안네: 응, 야스퍼와 에밀리. 둘 다 맨디의 아이야.

나: 손주들은 섬에 살아요?

마리안네: 아니. 야스퍼는 함부르크에, 에밀리는 뮌헨에 살고 있지.

이곳 청소년 대부분처럼 그들도 독립할 나이가 되자마자 섬을 떠났다.

나: 야스퍼는 술집에서 이미 봤어요.

마리안네: 걔는 친구들이랑 가끔 와. 서핑하기 좋은 바람 예보가 있으면 말이야.

나는 후드티를 입은 남자를 떠올린다.

나: 야스퍼의 친구들도 이곳 출신인가요?

마리안네: 응. 다들 여기서 함께 자랐고, 모두 함께 떠났어. 베를린, 함부르크 등으로.

나는 더 이상의 질문을 자제한다. 나중에 마리안네가 나에게 불쾌한 반문을 하면 어쩌나 싶어서. 하지만 그녀는 그러지 않을 것이다. 마리안네는 불쾌한 질문을 하지 않고, 나는 그런 그녀가 좋다.

마리안네: 후식도 먹겠니? 린츠 케이크랑 보틴헨이 있어.

마리안네는 내가 대답할 수 있는 질문만 한다.

나: 네. 그런데 보틴헨이 뭐예요?

마리안네: 코 부분이 껌인 막대 아이스크림이야. 먹어본 적 없니?

나는 자그마한 보틴헨의 갈색 초콜릿 아이싱 머리카락을 조금씩 먹으면서 마리안네에게 묻는다. "머릿속에서 생각들이 너무 시끄러워질 때는 뭘 하세요?"

마리안네가 웃음을 터뜨린다.

마리안네: 할 수 있는 게 정말 있을까?

나는 어깨를 으쓱하며 자그마한 보틴헨의 분홍색 딸기 눈을 깨물어 먹고, 초록색 껌 코를 마리안네처럼 냅킨에 내려놓는다. 그러고 딸기 맛 입이 있는 얼굴 아래쪽 바닐라 부분을 삼키고 막대를 마리안네처럼 빈 수프 접시에 놓고, 아까 내려놓은 보틴헨의 코를 씹는다.

마리안네: 난 클래식 음악을 자주 들어. 예를 들어 스메타나의 〈몰다우〉가 도움이 되지.

나는 껌을 삼키고 마리안네의 강물 같은 초록빛 눈을 바라본다. 크리스티안 뢰플러의 〈몰다우〉는 내가 무척 좋아하는 곡들 중 하나다. 특히 글을 쓸 때 그의 음악을 자주 듣는다. 자주 들었다.

나: 그 작품, 크리스티안 뢰플러 버전을 들어보셨나요?

마리안네: 아니. 그게 누구니?

나: 음악가예요. 전자음악을 해요. 〈몰다우〉를 리믹스인가 뭐 그런 걸 했어요.

나: 그 트랙을 들려드릴까요?

마리안네가 고개를 끄덕이자 나는 벌떡 일어나 내 방으로 달려가 휴대폰을 가져와서 크리스티안 뢰플러의 〈몰다우〉를 우리 사이 탁자에 내려놓는다. 마지막 전자음이 사라지자 마리안네가 말한다. "흥미롭구나."

마리안네: 내가 원본을 들려줄까?

나는 고개를 끄덕인다.

마리안네가 전축으로 가서 판을 올리고 나는 그 뒤를 따른다. 우리는 베이지색 안락의자에 각각 자리를 잡고 〈몰다우〉에 귀를 기울인다. 내가 강과 함께 흐른다고 상상하니 어느 정도 그렇게 된다.

음악은 한참 전에 끝났는데도 우리는 그대로 앉아서, 혹시 다시 한번 〈몰다우〉가 시작되지 않을까 기다린다.

마리안네: 내일 하이킹을 갈 거야. 몸이 좀 나아지면 너도 갈래?

나는 고개를 끄덕인다.

저녁에 마리안네가 내 방으로 티브이를 밀어 넣는다.

마리안네: 티브이도 늘 좋지. 안 그러니?

끄덕끄덕.

나: 마리안네, 고맙습니다.

마리안네: 이다, 별말을 다 하는구나.

마리안네: 편안히 잘 자렴.

내가 불면에 시달리는 걸 그녀가 알까.

나: 고맙습니다. 안녕히 주무세요.

나는 케이블 채널인 프로7에서 방영하는 시시한 할리우드

로맨틱 코미디를 조금 보다가 잠들고, 집 안의 욕조에서 뭔가 일이 벌어질까 봐 매일 두려워하는 꿈을 꾸다가 깨어 다시 잠들지 못한다. 바깥에는 폭풍이 몰아치고, 집은 이 폭풍에서 살아남지 못할 것처럼 삐걱거리며 신음한다.

잠이 깬 채 누워서 천장을 보며, 두 달째 매일 밤 그랬듯이 엄마를 또 찾아낸다. 그 봄날 일요일 저녁, 나는 에어팟을 끼고 크라쿠프 러브스 아다나의 〈잇츠 마이 라이프It's My Life〉를 들으며 수영 가방을 손에 들고 버스 정류장에서 집으로 달려 갔다. 사마라와 떠난 프라하 주말여행에서 막 돌아오는 길이었다. 사마라는 부활절을 기념하지 않지만, 부활절을 맞아 나에게 그 여행을 선물했다. 사마라와 나는 교대로 이런 주말 또는 주중 여행을 선물했다. 대부분은 저렴한 플릭스 버스나 기차로 대도시에 가곤 했다. 파리, 세비야와 바르셀로나, 스톡홀름에 다녀왔고, 베를린에도 무척 자주 갔다. 우리의 '사미다 주말'은 최고였다. 오랜 시간 차를 타며 우리는 책을 읽거나 사미다 플레이리스트의 음악을 들었다. 이름은 좀 유치하지만 역사가 있는 모임이었다. 우리가 열 살 때부터 시작한 사미다 첫 주말에는 우리 집에서 피자를 굽고, 책을 읽고, 영화를 보고, 함께 잤다. 사실 사마라가 언제나 일정 전체를 계획했다. 사마라는 엄청난 조직 광이다. 사마라가 레스토랑과 숙소와 클럽을 찾아냈고, 나는 그걸 따라가기만 하면 됐다.

사실 도시 여행을 가서 하는 일도 별로 없었다. 늦잠을 자고, 식사하러 가고, 시내를 떠돌고, 공원에 누워 책을 읽고, 저녁에는 이따금 클럽에 가서 춤을 췄다. 사미다의 프라하 주말여행은 너무나 아름다웠다. 나는 동화 같은 그 도시에, 뒤따라올 여름도 그저 좋아질 수밖에 없는 아주 요란하고 강력한 봄에, 테크노 클럽에서 만난 뒷머리가 길고 옆머리가 짧은 헤어스타일에 귀걸이를 한 로만인가 마리안인가 하는 남자에게 푹 빠졌다. 하지만 클럽에서 벌어진 일에는 어쩌면 우리가 한 마약도 조금 영향을 미쳤을 것이다. 돌아오는 차 안에서 사마라가 내 어깨에 머리를 기대어 나지막하게 코를 골고 바깥으로 보헤미아의 낮은 산들이 지나갈 때 나는 내가 조금 행복하다고, 어쩌면 프라하 같은 도시에 살 수도 있겠다고 잠깐 생각했다.

데니즈 치체크의 목소리로 흘러나오는 '이게 내 인생이야. 지금이 아니면 안 돼'를 들으며 연석 하나당 두 걸음씩을 걷다 곁눈질을 해보니, 우리 집에 전등이 켜져 있지 않다. '난 영원히 살고 싶진 않아. 살아 있는 동안 제대로 살고 싶을 뿐.' 건물 문까지 마지막 몇 걸음을 달려간다. '내 마음은 탁 트인 고속도로 같아. 프랭키가 나는 내 길을 걸어왔다고 말했듯이.' 건물과 우리 현관문을 연다. '살아 있는 동안 제대로 살고 싶을 뿐.' 거실로 달려간다. 깔끔하게 정리되어 있다. 부엌으로 달려간다. 깔끔하게 정리되어 있다. 엄마 방문을 연다. 그러고 얼어붙는다. 엄마가 누워 있다. 침대에. 이불을 덮은 채. 틸다 언니와 내가 작년 크리스마스에 선물했지만 한 번도 입지 않았던 빨간 체크무늬 플란넬 잠옷 차림이다. 머리카락이 방금 감은 것처럼 반짝인다. 입을 살짝 벌리고 있다. 얼굴이 아주 창백하다. 죽은 사람처럼. 내 귓속에서 계속 〈잇츠 마이 라이프〉가 울린다. 언니의 이름을 누르니 데니즈가 드디어 노래를 멈춘다. 신호음이 너무 오래 울린다. "언니, 전화 받아!" 나는 고함을 지른다. 고함에도 엄마는 깨지 않는다.

틸다: 이다?

나: 엄마가 침대에 누워 있어. 산 사람처럼 보이지 않아.

틸다: 빌어먹을, 호흡을 체크해봐.

나: 그럴 엄두가 안 나.

틸다: 어서 해.

나는 엄마에게 다가간다.

틸다: 숨을 쉬어?

흉곽이 오르락내리락하지 않는다.

틸다: 이다?

엄마 입과 코에 귀를 대봐도 숨소리가 들리지 않는다.

틸다: 이다, 엄마가 숨을 쉬어?

공기의 흐름도 느껴지지 않는다.

나는 말이 나오지 않아서 그냥 고개만 젓는다.

틸다: 이다?

나는 계속 고개를 젓는다.

틸다: 이다?

언니의 목소리가 부서진다.

내 목소리도 부서진다.

"아니. 숨 쉬지 않아."

그날 밤, 빌어먹을 그 노래를 귀에 꽂은 채 엄마의 방문을 열 번 연다. 엄마는 거기 열 번 누워 있고 숨 쉬지 않는다. 엄마를 더는 발견하지 않는 밤이 언젠가는 올까 궁금하다. 그 주말에 내가 여행을 가지 않았더라면 어떻게 됐을까.

동이 트기 직전에 나는 지쳐서 다시 한번 잠깐 졸다가 깊은 잠으로 빠져든다.

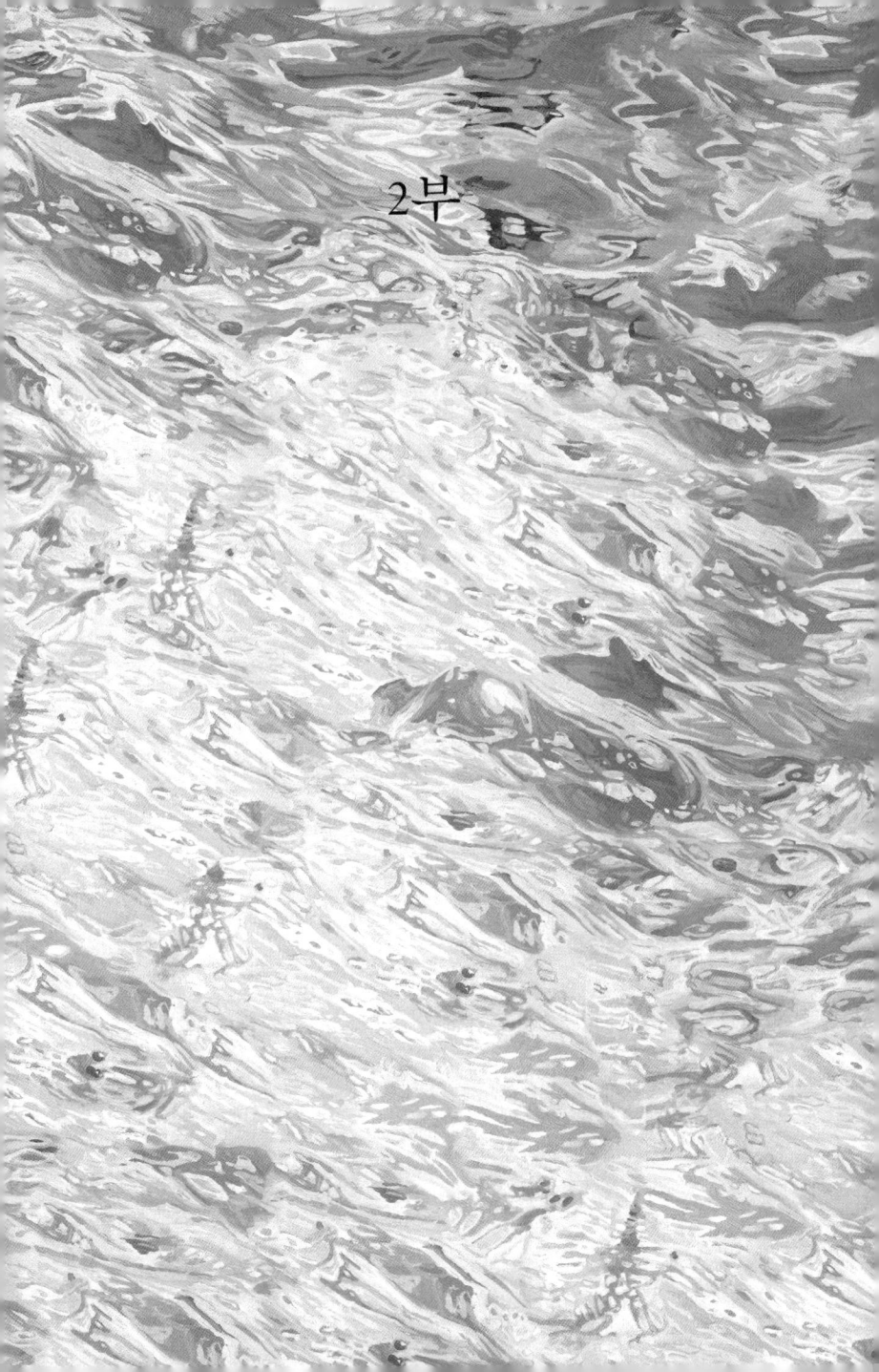

2부

아침, 기분 나쁜 감기에 걸린 채 잠에서 깬다. 내가 어디에 있는지 알아내기까지는 시간이 좀 걸리는데, 알아채고 나서는 안도의 한숨을 살짝 내쉰다. 오늘 어쩌면 마리안네와 하이킹을 갈지도 모르겠다.

코가 막혔는데도 갓 구운 빵과 커피 향기가 나고, 그 향기를 따라 다이닝 룸으로 간다. 눈앞에 있는 아침 식탁을 보니 어떤 태도를 취해야 할지 알 수 없다. 빵 한 바구니, 빨간 플라스틱 숟가락이 꽂힌 잼, 꿀, 얇게 썬 치즈가 담긴 접시, 햄 슬라이스 접시, 은제 통에 담긴 버터 그리고 에스체트 화이트초콜릿. 이런 맛이 있다는 건 몰랐는데. 앵무새와 꽃이 그려진 접시와 받침접시와 컵 세트까지. 이런 세트가 세 개다. 나는 크누트를, 그 다음에 마리안네를 본다. 두 사람도 나를 본다. 나는 아직 비어 있는 세 번째 접시를 본다. 크누트는 어제 내가 앉았던, 창을 마주 보는 의자에 앉아 있다. 마리안네의 맞은편이다.

나: 안녕히 주무셨어요?

크누트: 여어.

마리안네: 아가, 좀 어떠니?

나: 나아졌어요. 살짝 감기에 걸렸지만요. 오늘 호스텔로 돌아갈게요. 돌봐주셔서 고마웠어요.

마리안네: 일단 앉으렴.

빵이 따뜻하다. 갈라서 버터를 바르니 바로 녹는다. 나는 그 위에 초콜릿 슬라이스를 얹는다.

나: 화이트초콜릿도 있다는 걸 전혀 몰랐어요.

마리안네: 크누트는 이 맛을 좋아해.

나는 초콜릿이 녹아가는 따뜻한 빵 조각을 입에 넣고, 너무 맛있어서 잠깐 눈을 감는다.

"크누트가 이런 걸 좋아할 줄은 몰랐네요." 내가 크누트에게 말한다.

마리안네: 왜?

이다: 글쎄요. 크누트는 어쩐지 짠맛을 좋아할 줄 알았는데. 안 그래요?

크누트를 보니 그도 이제 초콜릿을 빵에 얹고 있다.

나: 혹시 단 걸 드신다고 해도 감초, 또는 쓴맛이 강한 초콜릿을 고를 줄 알았어요. 코코아 함량이 최소한 80퍼센트인 걸로요.

마리안네는 미소를 짓지만, 크누트는 웃지 않는다.

마리안네: 계속 여기 머물러도 돼. 방이 비었단다. 그러니 네 마음대로 하렴.

크누트: 네 짐은 내가 나중에 호스텔에서 가지고 오마.

"좋아요." 나는 눈물을 글썽이지 않고 대답한다.

마리안네와 내가 옆으로 나란히 인도를 따라 숲 쪽으로 걷는데, 폭풍이라고는 전혀 없었다는 듯이 햇살이 비친다. 고집을 부려 가져온 노르딕 워킹 스틱을 든 채 나는 연석 하나당 두 걸음으로 걸으며, 틸다 언니와 함께했던 동화 게임을 생각한다.

나: 틸다 언니와 나는 게임을 자주 했어요.

나: 연석에서 추월한 사람이 다시 추월당하기 전까지 이야기를 계속 이어갈 수 있었어요.

나: 대부분은 동화였죠.

마리안네와 나는 숲으로 들어간다.

나: 언니랑 나는 숲에 자주 갔어요.

이곳 숲은 그 숲과 완전히 다르다. 경사가 그다지 심하지 않고, 너도밤나무 숲이 울창하고, 숲 공기에는 바다 공기가 섞여 있다. 언니와 나는 경사진 산길을 일단 한참이나 올라가야 했다.

마리안네: 지금은 둘이 숲에 자주 가지 않니?

마리안네가 조심스럽게 나를 흘깃 곁눈질한다. 혹시 언니도 죽었을까 봐 걱정하는 것 같다.

나: 언니는 박사 과정을 하러 베를린으로 갔어요.

마리안네: 그때 넌 몇 살이었니?

나: 열한 살.

언니가 떠나던 날은 끔찍했다. 1월 어느 날이었다. 나는 눈을 치우는 소리에 깼다. 원래라면 그 소리에 신이 났을 것이다. 침대에 누워 그 소리를 들으면서, 더 오래 긴장감을 유지하고 싶어 얼른 창문 쪽으로 뛰어가고 싶은 마음을 일부러 참곤 했다. 언니와 나는 눈 오는 날이 주말이면 아침 일찍부터, 그리고 주중이면 학교가 파한 후에 낡은 나무 썰매를 가지고 숲으로 갔다. 가파른 길을 끝까지 터벅터벅 걸어 올라가, 썰매를 타고 쏜살같이 내려왔다. 그게 너무나 기분이 좋아서 내내 웃다가 딸꾹질까지 했다. 하지만 첫눈이 쌓인 1월의 그날에 나는 창문으로 뛰어가고 싶지 않았다. 몸이 안 좋았다. 두 번 빠르게, 잠깐 쉬었다가 세 번 천천히 노크하는 소리가 들렸다. 언니가 문간에 서 있었다.

틸다: 밖에 봤어?

나: 이제 볼게.

틸다: 얼른 썰매 타고 올까? 내가……

틸다 : ……떠나기 전에?

나는 고개를 저었다. 그렇게 행동한 내가 지금 생각해도 싫지만, 그때는 어쩔 도리가 없었다. 전날 저녁에 언니가 매트리스를 가져와 자기 방에서 마지막 밤을 함께 보내겠느냐고 물었을 때도, 나는 정말 그러고 싶었지만 고개를 저었다. 내 침대 옆에 쪼그리고 앉아 내 손을 잡고 말하는 언니 모습이 보인다. "이다, 내가 정말 자주 올게. 너도 방학하면 베를린으로 자주 와. 혹시 그렇게 안 된다면 내가 다시 돌아올게." 나는 언니가 베를린으로 가기를 바라기 때문에 고개를 끄덕인다. 언니는 그럴 자격이 있으니까. 하지만 슬픔이 너무 크다. 언니를 너무나 사랑해서 언니가 베를린에 가지 않기를 바란다. 잠시 후에 행복로 37번지 건물 앞에서 멀어지는 빅토르의 검은 배를 유리창으로 내다보는 내가 보인다. 그런 다음 눈송이를 지켜보다가 부엌으로 가서 토스트 빵에 누텔라를 발라 전자레인지에 잠깐 밀어 넣는 모습도.

마리안네 : 그때부터 엄마랑 둘이 지냈니?

나 : 네, 대부분 그랬죠.

나는 누텔라 토스트를 들고 엄마 옆 소파에 앉아, 엄마와 함께 케이블 채널의 정오 뉴스쇼 〈풍크트 12〉를 본다. 여자 사회자가 폭설 사태와 새해 결심을 이야기하고, 엄마는 나더러 왜 학교에 안 갔는지 묻는다. "크리스마스 방학이잖아." 내가 대답한다.

나: 가끔 엄마의 남자들이 오기도 했어요.

나: 틸다 언니도 자주 들렀고요.

강의가 없을 때면 언니는 늘 오래 머물렀고, 나도 방학이면 거의 언제나 언니에게 갔다. 아름다운 시절이었다.

나: 빅토르랑 함께할 때도 가끔 있었고요.

나: 빅토르는 언니의 남자 친구예요.

그럴 때면 우리 셋은 예전처럼 야외 수영장이나 실내 수영장에 갔다.

나: 빅토르와 언니는 야외 수영장에서 만났어요.

나는 두 사람이 서로 빤히 바라보던 6월의 그날 저녁을 자주 떠올린다. 지금도 나는 수영장에서 잠수하고, 잠시 쉬면서 내 잠수 기술을 칭찬하고 감탄하는 이야길 들으려고 언니가 앉아 있는 벤치를 바라보지만 그 무엇도 없다. 언니가 완전히 다른 데 정신이 팔려 있기 때문이다. 언니는 출발대에 앉아 있는 남자를 거의 화난 눈길로 노려본다. 그 남자가 언니를 본다. 남자가 미소를 짓고 일어나더니 머리부터 잠수하여 쉬지 않고 자유형으로 수영한다. 언니보다 더 빠르다.

"언니와 나는 비가 올 때면 늘 야외 수영장에 갔어요." 내가 덧붙여 말한다.

마리안네 때문에 나는 약간 당황스럽다. 이 쓰레기 같은 이야기를 그녀가 듣고 싶은 건지, 아니면 그저 예의상 내 수다를 내버려두는지, 이 모든 게 일종의 자가 치료인지 궁금하다.

단둘이 있는 집에서 엄마가 폭발했던 날, 빅토르가 언니를 집에 데려다줬던 그날 밤이 지금도 떠오른다. 수영하던 남자가 왜 아직도 우리 집 앞에 있는지 내가 물었을 때 언니의 얼굴, 침대에서 창문 쪽으로 뛰어가던 언니의 모습. 난 그때 겨우 열 살이었지만 뭔가 큰일을 목격하고 있다는 걸 눈치챘다.

나: 그 사이에 두 사람은 쌍둥이를 두었어요. 이제 다섯 살이에요.

나: 둘은 나중에 니코와 바나를 데리고 집에 몇 번 왔어요. 하지만 대부분은 하루나 이틀 밤만 묵었지요. 집이 너무 작아서요. 작았으니까요.

그리고 엄마가 있는 우리 집이 아이들과는 잘 맞지 않았기 때문이었을 것이다. 언젠가 바나가 '클라라의 서점' 에코백을 찾아내 그 안에 든 빈 보드카 병을 가지고 놀다가 양손을 베인 적이 있다. 엄마는 거의 언제나 술을 좀 마셨거나 취한 상태라서 두 아이들을 어떻게 대해야 할지 몰랐다. "귀엽다." 또는 "귀여워, 어린 개구쟁이들"이라고만 말했을 뿐, 할머니가 손주를 귀엽다고 생각할 때 하듯이 어린 개구쟁이들을 품에 안거나 쓰다듬어 주지는 않았다. 내 생각에 틸다 언니와 빅토르는 바나와 니코가 엄마의 이런 모습을 알아채지 않기를, 할머니가 더 나은 상태인 모습을 보기를 바랐던 것 같다. 이후에는 언니 혼자 오는 일이 점점 잦아졌다.

나: 조카들이랑 다 같이 야외 수영장에 간 적도 있어요.

마리안네: 틸다가 떠난 후에 너 혼자서도 야외 수영장에 갔니?

마리안네가 던지는 질문들은 훌륭하다.

나: 처음에는 가지 않았어요.

나: 하지만 나중에는 다시 갔죠.

나: 언니와 빅토르가 만난 이야기는 마치 영화나 소설 같았어요.

그러다가 마리안네가 말한다. "갑자기 엄마랑 둘만 남게 됐을 때 너는 어땠니?"

나: 정말 괜찮았어요.

늘 나쁜 건 아니었다. 처음에는 정말 아주 괜찮았다. 제대로 심각해진 건 나중이다.

언니가 떠난 1월의 그날, 엄마가 말했다. "이젠 둘뿐이구나." 우린 적어도 세 시간을 소파에 나란히 앉아 있었다. 티브이 사회자의 말도 끝났고, 그사이에 〈쇼핑 퀸〉이 시작되었다. 무대는 프랑크푸르트, 콘셉트는 "스틸레토나 핍토 또는 플랫폼 펌프스, 뭐가 됐든 당신과 당신의 새 하이힐을 돋보이게 하라!"였다. 그날은 서른네 살인 리자가 1등을 하기 위해 고군분투했다.

엄마가 나에게로 몸을 돌렸다. 내가 느끼는 불안이 엄마의 얼굴에도 엿보였다.

엄마: 우리, 잘해보자. 응?

리자는 황금빛 핍토를 선택했다.

나: 나중에 나랑 같이 저녁 식사할 거야?

엄마가 내 머리를 쓰다듬었다. "당연하지. 우리 아기."

그러나 나중에 나는 혼자 저녁을 먹었다.

하지만 크리스마스 방학이 끝난 다음 날, 점심에 집에 와보니 계피와 설탕을 올린 팬케이크가 있었다.

나: 크리스마스 방학이 끝나고 학교에 간 첫날, 엄마가 팬케이크를 구웠어요.

우리는 말없이 숲을 걷는다. 이렇게 많이 털어놓는 내가 짜증스럽고, 마리안네가 이상한 내 이야기 때문에 놀랄까 봐 걱정된다.

방으로 돌아온 나는 휴대폰을 들고 침대에 앉아, 설정을 열고 초록색 비행 모드 스위치를 본다. 틸다 언니를 걱정하면서도 스위치를 왼쪽으로 밀어 끈다.

사마라에게서 문자 열한 개가 와 있다. 빌어먹을, 사마라에게 비행 모드 얘길 안 했네.

빅토르의 문자 : 알았어, 잘 지내.

언니에게서 온 문자는 두 개뿐이다 : 걱정된다. 사랑해.

나는 언니에게 문자를 보낸다 : 난 잘 지내고 있어.

틸다 : 어디야?

나 : 마리안네와 크누트의 집에 살아.

틸다 : 마리안네와 크누트의 집에 산다고???

나 : 걱정 붙들어 매. 쿨한 사람들이니까.

언니가 전화를 걸지만 나는 받지 않는다. 그러다가 또 전화가 걸려와 이번에는 받는다.

틸다 : 이다?

나 : 언니, 나 통화하고 싶지 않아.

틸다 : 어디야? 뤼겐에 있어?

언니가 어떻게 알아냈지?

나 : 아니, 쥘트야. 이제 끊을게.

틸다 : 기다려.

틸다 : 이다, 너 혼자 견딜 필요 없어. 우리에게 와.

나 : 아니, 나 혼자 견뎌야 해.

틸다 : 왜?

나 : 혼자 있고 싶으니까.

틸다 : 이다.

나 : 그리고 나는 혼자니까.

틸다: 네 잘못이 아니야. 엄마는 어쩔 수 없었어.

틸다: 그리고 이다, 하나 더 있어.

틸다: 네가 끝까지 엄마 곁에 있어준 거 정말 대단해.

내 안의 무거운 분노 덩어리가 뜨거워진다. 이 이야기를 들을 때마다 너무나 화가 나는데, 이유가 뭔지 정확하게는 모르겠다. 언니는 끝까지 남지 않았다. 마지막에는 전혀 곁에 없었다. 하지만 그것 때문에 화난 건 아니다. 전혀 그렇지 않다. 언니는 내가 엄마 곁에 끝까지 남은 게 좋다거나 대단하다거나 또 뭐가 됐든 판단할 권리가 없다. 엄마 곁에 남은 건 내가 내린 결정이나 의도적인 행위가 아니었다. 그저 달리 방법이 없었을 뿐이다. 떠날 수 없었다.

도무지 말이 안 나온다.

틸다: 이다?

내가 나지막하게 말한다. "언니, 끊을게."

틸다: 사랑해.

"나도." 나는 이렇게 속삭이고 전화를 끊은 다음, 침대에 털썩 눕는다. 언니에게 가고 싶지만 갈 수 없다. 혼자 있고 싶으면서도 혼자 있기 싫다. 이 빌어먹을 자기 학대의 이유를 모르겠다.

이제 다시 휴대폰을 사용할 수 있으니 날씨 앱으로 내일 해돋이 시간을 살펴본다. 4시 30분. 이른 시각이다.

저녁 식사를 하면서 나는 마리안네에게 말한다. "내일 아침 일찍부터 수영하러 가려고요."

밤은 늘 그렇듯이 끔찍하다. 4시 20분에 드디어 알람이 울리자 안도하며 벌떡 일어나, 수영복과 후드티를 입고 해변으로 달려간다. 수평선에 떠오르는 태양을 보며 심호흡을 하고 잠깐 서 있다가 잔잔한 발트해로 뛰어든다.

힘이 다 빠지고 마음이 텅 빈 채 모래에 누워, 오렌지색과 연파랑색이 섞인 하늘을 보니 잠깐은 모든 것이 괜찮다.

집으로 달려 돌아가 '프레제 가족'의 초인종을 누르려다가 잠시 망설인다. 아직 6시도 안 되었을 것이다. 집을 빙 돌아, 열려 있는 내 방 유리창 창턱으로 기어 올라간다. 뭔가 바닥으로 떨어진다. 빌어먹을, 책상에 있던 데이지 꽃병이다. 어제 마리안네와 하이킹을 갔다가 꺾은 꽃이다.

마리안네가 문을 벌컥 열더니, 머리카락이 젖은 채 다람쥐처럼 창턱에서 뛰어내리는 나를 당황한 표정으로 바라본다.

마리안네: 초인종을 누르지 그랬어.

나: 벌써 일어나셨는지 몰라서요.

우리는 마주 서서 깨진 꽃병과 카펫의 물 자국, 우리 사이에 놓인 구슬픈 데이지를 내려다본다.

나: 죄송해요.

마리안네: 깨진 사기 조각은 행운을 가져온다지.

저녁에 물개에 가기 전에 샤워를 한 후 내 방에 들어가니, 이름 모를 보라색 꽃다발이 꽂힌 진한 청색 꽃병이 책상에 놓여 있고 그 옆에 열쇠가 하나 있다.

그렇게 큰 사건 없이 화창한 날이 며칠 지나간다. 철저하게 짜인 일과가 마음에 든다. 아침에는 발트해, 저녁에는 물개, 밤에는 엄마. 나머지 시간은 마리안네와 정원 손질, 산책, 독서와 요리를 하며 보낸다. 수요일에는 시장에 가서 대구를 산다. 혹시 마리안네와 크누트의 신경을 거슬리게 하고 있는 건 아닌지 계속 궁금하다. 내가 두 사람에게 붙어서 피를 빨아먹는 진드기처럼 느껴지지만, 짜증이 나는지를 묻지 못한다. 그들이 긍정하고 나를 빼버린다면 나는 끝장이니까.

목요일에 날씨 변화를 예고하는 검은 먹구름이 다시 피어오르고, 저녁에 물개로 가는 길에 지난 며칠과 마찬가지로 보슬비가 내리기 시작한다. 왠지 그러고 싶어서 처음으로 엄마의 원피스를 입었는데, 오늘 날씨를 보니 좋은 선택이 아니었던 것 같다. 하얀 하트를 수놓은 빨간 원피스가 너무 얇아서 몸이 떨리니까. 술집에 막 들어서는데 폭우가 시작된다. 물개 내부가 번개의 빛으로 환해지는 걸 보면서, 나는 깨진 조각이 정말로 행운을 불러온 게 아닐까 생각한다. 잠시 후에 여든 살가량의 노인이 비에 흠뻑 젖은 채 들어와서 카운터에 앉으며 소리친다. "안네그레트, 잘 있었어?"

노인: 소프트아이스크림 주문할게.

나: 여기 그건 없어요.

노인이 웃음을 터뜨린다.

노인: 아니, 있어. 안네그레트, 예전에 네가 언제나 가져다 줬던 그 소프트아이스크림 말이야.

그의 눈빛이 맑지 않다. 젖고 지저분한 베이지색 폴로셔츠만 입고 있다. 허리띠를 하지 않아서 바지가 흘러내린다.

나: 얼른 물어볼게요.

나는 카운터 다른 쪽 끝에서 맥주를 내리고 있는 크누트에게 가서 노인을 가리킨다.

나: 저분이 나를 안네그레트라고 부르고, 소프트아이스크림을 주문했어요.

크누트는 대답 대신 누군가에게 곧장 전화를 걸어 말한다. "라이프, 네 할아버지 여기 있다." 그러고 그 노인에게 간다.

크누트: 하인츠, 잘 있었나.

하인츠는 크누트를 알아보지 못한다.

크누트: 라이프가 금방 올 거야. 뭐 마시겠나?

하인츠: 아니. 난 그냥 소프트아이스크림이 먹고 싶어. 안네그레트에게 가져오라고 해.

그는 고집이 세고, 아이스크림을 받기로 했는데 받지 못해서 절망한 어린아이처럼 보인다.

나는 10유로짜리를 한 장 집어 들고 슈퍼마켓이나 아이스크림 가게를 찾으러 빗속으로 달려 나간다. 비가 쏟아붓듯이 내리지만 운 좋게도 에데카 슈퍼마켓이 금방 눈에 띄어, DDR 초콜릿 바닐라 믹스 소프트아이스크림 컵 세 개를 냉동고에서 꺼내 뛰어서 돌아온다. 물개 앞에서 후드티를 입은 남자가 술집에 들어서는 모습을 본다. 저 남자가 아직 섬에 있네? 나중에 물개로 왔던 젊은이들 중 남아 있는 사람은 못 봤는데. 그리고 마리안네가 야스퍼는 지난 주말에만 여기 머물렀다고 했잖아. 나는 술집 입구에 서서 그가 하인츠의 어깨에 한 손을 올리고 뭔가 말하는 모습을 지켜본다. 하인츠가 "소프트아이스크림"과 "안네그레트"라고 크게 말하는 소리가 들린다. 라이프라는 이름이 후드티를 입은 그에게 어울린다. 그는 도무지 펠릭스나 요나스처럼 생기지 않았다.

하인츠: 안네그레트가 아이스크림을 가지고 와야 해.

나는 천천히 남자들에게 다가가서 하인츠 앞에 아이스크림을 내려놓는다.

나: 여기 있어요.

그런 다음 크누트가 있는 카운터 뒤쪽으로 가서 숟가락 세 개를 가지고 나와, 그중 한 개를 하인츠에게 건넨다. 정신이 혼란스러운 사람들에게 이렇게 하는 게 맞는지 알 수 없지만, 아무래도 상관없다. 하인츠의 눈에 엿보였던 절망이 마음을 아프게 했는데, 이제 그게 사라졌으니까.

하인츠: 고마워, 안네그레트.

나는 크누트의 손에도 숟가락을 하나 쥐어 준다.

내가 라이프에게: 미안. 네 생각은 못 했어.

그의 입꼬리가 살짝 떨린다.

라이프: 괜찮아.

드디어 그의 눈동자 색깔이 보인다. 암녹색이다.

크누트: 이다, 이리 와라. 두 남성 분끼리 있게 하고 우린 바깥에서 쉬자꾸나.

크누트가 나에게 헬리 한센 세일링 재킷을 건넨다. 우리는 다행히 지붕이 있는 벤치에 앉아 아이스크림을 떠먹는데, 진득한 질감이라 그닥 소프트아이스크림 같지는 않다. 지난 며칠 동안의 온기는 이제 완전히 사라지고 소나기가 쏟아진다.

크누트: 망각은 빌어먹을 일이야.

나는 고개를 끄덕이고, 밤마다 죽은 모습으로 발견되는 엄마를 떠올린다.

아이스크림은 한참 전에 담배와 여송연과 자리를 맞바꾸었고, 나는 깊게 두 모금을 빨아들이며 말한다. "난 잊고 싶은 일들이 많아요."

크누트: 흐음, 인생이 신청곡을 받는 음악회는 아니지. 뜻대로 되지 않아.

서서히 그쳐가는 비를 바라보며, 나는 크누트가 정말 현명한 사람이라고 생각한다.

크누트: 네가 잊고 싶지 않은 추억이 틀림없이 있을 거야.

나는 고개를 끄덕인다. 크누트는 정말 현명하다. 틸다 언니와 처음 극장에 가서 먹었던 벤 앤 제리 쿠키 도우 맛 아이스크림이 생각난다.

문이 열리고 하인츠와 라이프가 나온다. 라이프가 우리 쪽으로 몸을 조금 돌린다.

하인츠가 우리에게 손을 흔든다. "안네그레트, 잘 있어."

라이프: 우리 이제 갈게. 이다, 아이스크림 고마워.

그가 살짝 미소를 띠며 나에게 윙크한다. 나는 고개를 끄덕이고 그가 한 손을 하인츠의 등에 대고 차로 데려가는 모습을 지켜본다. 흰색 랜드로버다.

크누트: 가엾은 녀석.

나: 왜요?

크누트: 작년에 할머니가 돌아가셨지.

나: 라이프가 조부모님과 가까웠나요?

나는 조부모님이 없다. 엄마에 의하면 내 조부모님은 아주 빌어먹을 사람들이어서 엄마는 그들과 연락하지 않았다. "나에게는 죽은 사람들이나 마찬가지야"라고 자주 말했는데, 이제는 엄마가 죽어버렸다.

크누트: 쟤는 조부모님 집에서 자랐단다.

나: 부모님은요?

크누트: 어려운 관계였지.

나: 무슨 뜻이에요?

나는 점점 작아지는 랜드로버의 뒷모습을 바라본다.

크누트: 그냥 재한테 직접 물어보렴.

그거 좋은 아이디어네. 내가 생각한다.

저녁에 나는 하인츠를, 뜻대로 되지 않는 인생을, 벤 앤 제리 아이스크림과 잊고 싶지 않은 또 다른 추억들을 생각한다. 노트북을 책상에 올려놓지만 열지는 않는다.

잠시 후 침대에 눕자 안 좋은 기억들이 다시 살아난다. 엄마가 술을 마시면 틸다 언니와 나에게 아이스크림 가게에 가자고 자주 제안했던 일이. "우리 뭔가 같이 할까? 아이스크림 카페에 가자!" 엄마는 물론 우리와 거기에 갈 마음이 전혀 없었으며, 우리도 엄마랑 거길 간 적은 한 번도 없었다. 엄마의 눈에는 불길이 일렁였고, 그저 불쾌한 분위기를 원했던 것뿐이다. 그럴 때면 언니와 나는 대부분 숲으로 갔다. 언니가 떠나고 난 후에도, 엄마가 눈에서 불길을 뿜으며 문간에 서 있을 때면 나는 거의 항상 숲에 가거나 사마라에게 갔다.

딱 한 번, 그러지 못한 적이 있다. 기분이 안 좋은 날이었다. 라이프치히에서 답장이 오기를 몇 주째 기다리던 때였고, 우체국 차를 볼 때나 우편함을 비울 때면 언제나 심장이 두근거렸다. 그날 장을 보고 막 돌아왔는데 우체국 차와 우편함에 편지를 넣는 집배원이 보였다. 이번에도 라이프치히에서 온 우편은 없을 거야. 나는 스스로를 이렇게 달랬다.

하지만 라이프치히에서 온 편지가 우편함에 들어 있었다. 장본 것들을 식탁에 내던지고는 봉투를 뜯었다. 불합격 편지였다. 컴퓨터로 작성한, 사무적이고 짧막한 두 문장만이 쓰여 있었다. 마음속에서 뭔가 깨졌다. 그때 이후로 노란 우체국 차만 보면 그 문장을 읽던 날이 떠오르고, 마음이 텅 빈 느낌이 된다.

그날 나는 장 본 것과 불합격 편지를 식탁에 그대로 둔 채 몇 시간이나 꼼짝도 하지 않고 부엌에 앉아 있었다.

"자아, 귀여운 내 딸."

아니, 안 돼. 내가 생각했다. 안 돼. 길게 잡아 뺀 '자아'는. 엄마는 너무 헐렁해진 무릎까지 오는 꽃무늬 원피스를 입고 문간에 서 있었다. 눈에 불길을 일렁이며.

엄마: 우리 뭔가 같이 할까? 아이스크림 카페에 가자!

그때 내가 무슨 생각을 했는지 아직도 기억한다. 그래, 오늘은 처음으로 아이스크림 카페에 가기 완벽한 날이야. 여름 기운이 충만한 토요일이니 카페가 틀림없이 손님들로 가득하겠지.

나: 좋아, 가자.

당황한 엄마. 나는 엄마가 냉장고를 열고, 그 안의 얼마 안 되는 물건들을 아주 요란하게 뒤지는 모습을 지켜봤다.

엄마: 맥주 어디 있지?

엄마: 냉장고에 왜 맥주가 없어? 한 개 남아 있었는데.

엄마: 네가 내 맥주 마셨어?

엄마가 나를 노려본다. 미칠 지경이다. 엄마는 이해 속도가 아주 느려서, 생각이 언제나 얼굴에 그대로 드러난다. 오늘 내가 사 온 맥주가 식탁에 있는 걸 보고는 여섯 개짜리 묶음에서 하나를 휙 잡아 뺀다.

나는 뒤로 몸을 기대고 앉아 이제 시작되는 일을 맞이할 준비를 한다. 무슨 일이 벌어지든 아무 상관도 없다. 엄마가 몇 모금 꿀꺽꿀꺽 마시더니 입안에 남은 걸 바닥에 뱉는다.

엄마: 우웩, 너무 미지근해.

나는 엄마가 두어 모금 더 마시고 절반쯤 빈 캔을 찌그러뜨리는 모습을 지켜본다. 찌그러진 캔을 바닥에 던지는 모습, 맥주가 부엌에 흩뿌려지는 모습을. 그리고 엄마가 다른 캔을 들고 부엌을 나서서 문을 쾅 닫으면서 "아이스크림 카페에는 너 혼자 가!"라고 고함을 지르자 나는 안도의 한숨을 내쉰다. 벌써 다 지나갔다고? 살짝 실망하는 마음도 든다.

나는 얼굴에 튄 맥주를 씻어냈다. 만약 라이프치히가 나를 받아줬다면 기분이 좋았을까? 그래서 내가 열여덟 살에 라이프치히로 갔더라면 무슨 일이 생겼을까 궁금할 때가 많다. 엄마는 더 일찍, 아니면 더 늦게 죽었을까. 내가 라이프치히로 갔더라면 엄마가 아직 살아 있을까. 거기서 나는 어떤 삶을 살고 있을까. 내 지원 사실을 아는 사람은 사마라와 틸다 언니뿐이었다. "다시 한번 지원해." 사실 나는 불합격 편지를 읽는 순간 다시 지원하는 일은 없으리라는 걸 알고 있었다. "계속 글을 써서 라이프치히에 본때를 보여줘." 나는 그렇게 했다. 계속 썼고, 이야기를 생각해냈고, 글짓기 대회에 참가했고, 상을 받았다. 엄마가 죽기 2주 전에 문학 에이전트가 나에게 연락해서, 혹시 좀 더 긴 이야기를 쓰는지 물었다. "아직 안 썼어요. 하지만 이제부터 쓸지도 모르겠네요?" 내가 되물었다. 그러고 쓰기 시작했다. 계속 새 글을 썼지만 분량을 더 늘려야 할 때면 멈췄다. 적어도 그날 저녁에 엄마를 그렇게 발견할 때까지는 계속 그랬다.

그때 이후로 더는 쓸 수 없다. 아무 이야기도 생각해낼 수 없다. 나에게 일어난 일, 엄마의 죽음으로 끝나는 이야기만 계속 생각하니까. 엄마의 죽음에서 내 역할이 뭐였는지 생각하니까. 안타깝게도 이야기가 아닌 이야기, 엄마의 죽음으로 끝나서 내가 쓸 수 없는 이야기를 계속 생각하니까. 맥북을 열면 자판이 나에게 고함을 지르니까.

엄마가 죽고 일주일이 지난 밤이었다. 나는 문득 깨서 침대 옆에 매트리스를 깔고 자는 언니를 넘어가 책상에 앉아 맥북을 펼치고 새 문서를 열어 언니의 말을 입력했다. "네 잘못이 아니야." 자판이 고함을 질렀다. **"아니, 네 잘못이야."** 나는 얼른 맥북을 닫고 그때 이후로 다시는 열지 않았다.

지금도 열지 못한다. 책상에서 기대에 찬 표정으로 나를 쳐다보는 맥북을 바라보다가 자리에서 일어나 백팩에 다시 넣는다.

그런 다음 잠이 들기를 기다리지만 잠은 오지 않고, 뭔가 아름다운 것을 생각하려고 애쓴다. 아름다운 라이프의 얼굴을 떠올리며 그의 이야기는 무엇일까 궁금해하다가 엄마의 이야기를 다시 찾아낸다. 4시 20분에 알람이 울린다. 집을 두드리는 바람 소리가 들리자 해변으로 갈 마음이 들지 않는다. 마리안네가 7시에 노크할 때도 그냥 누워 있다. "몸 상태가 좋지 않아요. 감기 걸렸어요."

하지만 빵 냄새가 풍기자 자리에서 일어난다. 마리안네가 나를 위해서도 두 개 구웠을 테니까. 아침 식사를 하면서 나는 마리안네와 크누트의 대화를 반쯤 귀를 닫곤 듣는다. 날씨와 사람 등등 아침 식사 때 나눌 만한 대화다. 그런 다음 크누트는 도매상에 가고, 마리안네와 나는 식탁을 치운다.

바깥에는 바람이 휘몰아치고 비가 내리는데 우리는 거실에 앉아 있다. 나는 흔들의자에, 마리안네는 소파에. 나는 가로세로 낱말 퀴즈를 풀고, 마리안네는 《발트해 신문》을 읽는다. 배경으로 〈몰다우〉가 은은하게 흐른다.

나: 노아의 장남은? 한 글자예요.

마리안네: 셈.

〈몰다우〉가 최소한 스무 번쯤 흘러간 후에 문간에서 초인종 소리가 들린다. 나는 누구냐는 표정으로 마리안네를 쳐다본다.

마리안네: 냉동식품 배달일 거야.

그녀가 일어선다. 2분 후 돌아오는 그녀의 뒤로 꿀 한 병을 손에 든 라이프가 서 있다.

마리안네: 손님이 왔어.

그의 갈색 머리카락이 젖어 있다. 분홍색 플리스 스웨터에 헐렁한 청바지와 뜨개 양말 차림이다. 나는 맨디의 분홍색 벨벳 실내복 차림인 데다 무릎에는 가로세로 낱말 퀴즈가, 손에는 연필이 들려 있다. 아이고.

나: 안녕.

"안녕." 그가 인사하며 내 옷차림을 보고는 고개를 끄덕인다.

라이프: 멋지다.

나: 고마워.

마리안네: 차 마시겠니?

라이프: 네, 고맙습니다.

라이프가 지금 우리랑 수다를 떨 생각인가?

마리안네: 우리, 게임할까?

라이프: 그럴까요?

마리안네와 라이프가 나를 본다.

나: 그러죠.

마리안네가 부엌으로 가고, 라이프는 마치 자기 집 거실처럼 내 맞은편 잿빛 안락의자에 털썩 주저앉는다.

라이프: 네 머리카락이 마른 건 처음 봐.

나: 미쳤다.

라이프가 웃음을 터뜨린다. 오늘 그는 평소와 무척 다르다. 기분이 좋아 보이고, 전혀 창백하지 않다. 하지만 사실 나는 그를 전혀 모른다.

마리안네가 찻주전자와 잔 세 개를 들고 돌아온다.

마리안네: 뭘로 시작할까?

나: '엘퍼 라우스'* 알아?

라이프: 당연하지.

나: 그 게임 좋아해?

"사랑해!" 라이프가 싱긋 웃으며 대답한다.

"좋아, 그럼." 나도 웃으며 말하고는 게임 서랍에서 카드를 꺼내 섞은 다음 나눠준다. 마리안네가 게임을 시작한다. 나는

---

* 1부터 20까지 적혀 있는 카드 중에 11로 시작하고, 그 옆에 숫자가 나란히 이어지는 카드를 내려놓아야 한다. 상대방이 순서에 맞는 카드를 내지 못하게 방어하면서 내가 들고 있는 카드를 다 내려놓으면 승리하는 게임.

엘퍼 라우스를 상당히 잘한다. 여기서 중요한 건 제대로 막는 기술이다.

라이프도 그 사실을 아는 것 같다. 제대로 잘 막는다.

나: 막으면 안 돼.

라이프: 나 안 막는데.

나: 너 방금 카드를 내려놓지 않고 가져가기만 했어. 나중에 빨간색 12가 너한테 나오면 실격이야.

라이프: 내가 나중에 그걸 뽑을 수도 있잖아.

나: 뭘 가져가는지 잘 지켜볼 거야.

라이프가 웃는다.

몇 번 진행된 뒤에 그가 빨간색 12를 내려놓으며 자기 카드를 모두 털어내고 우승한다. 안타깝게도 나는 그가 어떤 카드를 집는지 못 봤다.

바깥에서는 화분이 날리지만, 우린 그렇게 마리안네의 게임 서랍에 있는 게임을 하나씩 차례로 한다. 라이프가 모든 게임에서 이긴다. '페이즈 10'*에서는 스킵 카드를 나에게 모

---

* 1부터 12까지 쓰인 카드로 세트를 완성해가는 게임. 자기 차례가 되면 카드 한 장을 뽑은 다음, 들고 있던 한 장을 버린다. 이때 스킵 카드를 버리면 지목 당한 사람이 자기 차례를 건너뛰어야 한다.

두 주어서 이기고, '우노'*에서는 드로우 카드를 나에게 모두 주어서 이기고, '31'**에서는 내가 모으는 카드를 모두 따라 모아 이긴다. 마리안네도 믿을 수 없다. 의욕이 없고 너무 소극적으로 게임을 하고, 나와 함께 라이프에게 맞서려고 하지 않는다. 마리안네가 스킵 카드와 드로우 카드를 나와 라이프에게 교대로 나눠주자 나는 울화통이 터진다.

　　나: 마리안네, 이거 진심이에요?

　　마리안네: 이다, 넌 지는 걸 못 견디는구나. 이건 그냥 게임이잖니.

　　나: 지는 걸 못 견디는 게 아니에요.

　　나: 이제 '야찌'***를 해봐요.

　　야찌 게임에서 그는 나에게 대항할 수 없다.

　　나는 처음부터 주사위를 제대로 잘 굴리고, 라이프는 결국

---

* 손에 들고 있는 카드를 모두 털면 이기는 카드 게임. 앞에 놓인 카드의 색깔 또는 숫자와 같은 카드를 내려놓는다. 다음 사람이 억지로 카드를 한 장 뽑아서 들게 만드는 드로우 카드로 상대방의 게임을 방해한다.

** 포커 카드로 하는 게임. 손에 든 카드 3장의 점수가 점점 높아지도록 카드를 모으는데, 모을 수 있는 가장 높은 숫자가 31이다. 상대방이 어떤 카드를 모으는지 알 수 있으므로 방해하는 게 가능하다.

*** 주사위 5개로 하는 게임. 숫자 4개가 차례로 이어지면 스몰 스트레이트, 5개가 이어지면 라지 스트레이트다. 같은 숫자가 5개 나오면 야찌가 되어 50점을 얻고, 야찌에 두 번 성공하면 보너스 점수 100점을 얻는다.

라지 스트레이트를 지워야 한다. 내가 처음으로 막 이기려는 순간, 마리안네가 마지막으로 주사위를 던져 야찌를 굴린다.

보너스 점수 100점을 얻을 수 있다.

라이프: 보너스 점수 100점.

나: 그건 미리 정하지 않았잖아.

마리안네: 이다가 이겼어.

나: 아니에요. 마리안네가 100점 보너스 점수를 받아야죠. 적선은 필요 없어요.

나: 이제 '스크래블' 할까요.

이 게임에서 두 사람을 완전히 파괴해야지. 스크래블 프로라고는 할 수 없지만, 나는 야심에 찬 스크래블 게임꾼이다. 온갖 기술을 알고 있고, 일곱 개의 철자로 이루어진 단어 중에 Myxödem(점액수종)이 가장 점수가 높다는 것도 안다. C와 Q, X와 Z 같은 철자가 포함된 단어도 언제든지 생각해낼 수 있다. Yen(엔), Yak(야크), Coach(코치), Cyan(시안), Quiche(키슈), Happy(행복한), Polyp(용종), Vinyl(비닐), Phyle(종족), Acryl(아크릴), Bequem(편안한), Qualm(연기), Quasi(유사) 등등. 라이프가 Xylophon(실로폰)을 트리플 단어 점수 칸에 놓자 나는 일곱 개의 철자가 들어 있는 내 받침대를 게임판에 던져서 실로폰을 포함한 모든 단어를 망가뜨리고는, 이런 과격한 반응에 나조차 살짝 충격을 받는다. 마리안네의 놀란 얼굴을 보자 웃음이 터져 나와 그칠 수가 없다. 라이프와 마리안네는 웃느라 뺨으로 눈물이 줄줄 흐르는 나를 보며, 스크래블을 하다가 분노한 사람이 아니라, 처음으로 엄마 또는 아빠라고 말한 아기를 바라보는 부모처럼 바보 같은 미소를 짓는다.

괘종시계가 다섯 번 울린다. 5시 30분이 조금 안 됐다.

나: 난 이제 물개에 가야 해요.

마리안네: 안 돼. 너 감기 걸렸잖아.

라이프: 난 어차피 가야 해.

그가 일어난다.

라이프: 이다, 또 만나자.

나는 고개를 끄덕이고, "좀 더 있다 가"라는 창피한 말을 꿀꺽 삼킨다.

나중에 침대에 누워, 인스타그램에서 라이프를 찾아본다. 야스퍼 프레제는 금방 발견한다. 야스퍼가 팔로우하는 라이프는 한 명뿐이다. 라이프 얀젠. 팔로워가 28,900명이고 게시물은 하나도 없다. 이 사람이 그 라이프일 리는 없지. 아닌가? 라이프라는 사람이 태그된 게시물들을 클릭하니 대부분 발표 라인업이 뜨지만, 조금 전에 마리안네와 나랑 스크래블 게임을 한 그 라이프가 테크노 클럽에서 디제잉하는 영상과 사진들도 있다. 한 달 전 사진이 가장 최근인데, 검은 셔츠를 입은 그가 땀에 젖은 모습으로 암스테르담의 어느 어둡고 좁은 클럽의 디제이 부스에 서 있다. 이런 일은 예상도 하지 못했다. 휴대폰을 협탁에 내려놓는다. 나는 도대체 그가 뭘 할 거라고 예상했지? 전형적인 건달, 마약 딜러 정도라고 생각했었나? 아니면 뭔가 이례적인 것? 그에게 뭘 하는지 질문한 적은 없지만 만약 그 질문에 "선원이야"라고 대답했다면 전혀 놀라지 않았을 것이다. 그건 왠지 모르게 그럴듯하다. 아니면 수사관이거나. 스칸디나비아 범죄소설에 등장하는 수사관처럼. 그들은 항상 문제가 있다. 직업, 그리고 그와 관련된 온갖 심연이 그들을 파괴한다. 나는 왓츠앱을 연다.

나: 안녕, 빅토르.

문제가 하나 있다. 빅토르의 휴대폰은 언제나 배터리가 바닥이다. 내가 틸다 언니라면 화가 나서 펄펄 뛸 텐데. 빅토르는 테크노에 관해 잘 알고, 지금도 공연에 자주 간다.

나: 라이프 얀젠을 알아?

나는 사진을 훑으면서 라이프 얀젠이 디제잉하러 다니는 도시들을 살펴본다. 다름슈타트, 드레스덴, 프랑크푸르트, 라이프치히, 게다가 헤이그와 바르셀로나도 있고 베를린 사진은 많다. 베를린 클럽 중 두어 곳 이름은 들어봤고, 카터블라우에는 사마라와 함께 갔었다. 나는 자유로워지기 쉬운 테크노 클럽을 좋아하지만 거기에 단점도 있다. 기괴할 정도로 완전히 늘어진 사람들, 마약을 해도 때때로 빠져들지 못하는 황홀경도 그렇고. 보통 마약이 너무 많다. 도시가 깨어나고 빵과 커피 향기가 풍겨오는 아침에 완전히 망가진 채 트램에 앉아 있는 건 너무 싫다. 게다가 빵 봉지를 자랑스럽게 들고 가는 딸과 아버지를 보거나, 집에서 막 아침상을 차리고 있을 아이 엄마를 생각하면 모든 걸 바쳐서라도 자리를 바꾸고 싶다. 다녀온 후의 깊은 우울감이 싫어서 다시는 가지 않겠다고 매번 맹세한다. 2년 전인가, 알텐 바헤 클럽에서 밤을 보내고 돌아왔을 때가 지금도 기억난다. 비에 흠뻑 젖고 머리가 쿵쿵 울리는 가운데 지친 몸을 소파에 털썩 누이면서, 다시는 가지 않겠다고 또 한번 다짐했다. 거실로 터덜터덜 걸어온 엄마가 소파 앞에 서서 양손으로 옆구리를 짚고 나를 내려다보며, 왠지 모르게 만족스럽게 소리치던 모습을 기억한다. "이게 내 딸이지."

그때 내 몸을 내려다봤다. 시스루 상의, 가슴을 가린 별 자수 두 개, 달라붙는 미니 플리츠스커트, 피가 흐르는 무릎. 사마라를 따라 트램으로 달려가다가 넘어졌었다. 창백한 얼굴, 흘러내리는 화장, 젖은 머리카락. 엄마가 내 무릎 상처에 신경 쓰지 않는 걸 제치고 물었다. "이제 자랑스러워?"

엄마: 인생을 즐겨야지. 한 번밖에 살지 못하는 인생이니까.

나는 엄마를 자세히 살폈다. 창백한 얼굴, 기름기 흐르고 흐트러진 머리카락. 색이 바랜 초록 뜨개 스웨터. 지저분하고 너무 헐렁한 빨간색 아디다스 트레이닝 바지. 솔직한 인생.

나: 엄마처럼?

그 일요일 아침에 우리는 동시에 웃음을 터뜨렸다. 엄마는 내 옆에 털썩 주저앉았다. 우리는 둘 다 술기운이 남은 상태로 웃음과 기침 때문에 몸을 흔들며 소파에 나란히 누워 있었다. 엄마가 몸을 일으키고, 술과 치즈와 향수 냄새가 나는 양손으로 내 얼굴을 감싸쥐더니 젖은 머리카락을 부드럽게 얼굴에서 쓸어내던 일이 기억난다. 그러고선 말했다. "너는 내 예전 모습 같아."

나는 벌떡 일어나고 싶었다. "아니야" "난 엄마랑 전혀 똑같지 않아" "가라앉는 엄마의 배에 나를 끌어들이지 마"라고 고함지르고 싶었지만, 머리가 쿵쿵 울리고 힘이 없었다. 게다가 엄마는 내 얼굴에서 머리카락을 쓸어내는 중이었다. 어쩌면 엄마 말이 옳을 수도 있었다.

빅토르: 안녕, 이다.

빅토르: 그럼, 당연히 알지. 로버트 존슨 클럽에서 본 적 있어.

빅토르: 탁월한 사람이야.

빅토르: 그런데 왜?

빅토르: 넌 어떻게 지내?

난 어떻게 지내지? 더 나아졌나? 나에게 물어본다.

내가 어떻게 지내는지 모르겠는걸. 나는 계속 살아가고 있고 살아 있으면 하는 일들을 한다. 겉으로 보기에 마치 이겨내기라도 한 것처럼.

엄마가 죽고 두 달 동안 나는 매일 죽어갔다. 장례식이 끝난 뒤 언니가 나를 데려가려고 했을 즈음에는 완전히 미쳐버렸다. "여기가 내 집이야." "난 여기 있어야 해." "언니 가족에게, 언니 집으로 꺼져버려." 언니가 "너 어쩌면 도움이 필요할지도 몰라"라고 말하고는 어떤 병원을 웅얼거렸을 때 나는 아니라고, 나는 엄마와 다르다고 고함을 질렀다. 언니는 평소보다 더 오래 머물다가, 사마라가 정기적으로 나를 들여다보겠다고 약속한 후에 떠났다.

겉보기에 나는 극복했다고 말할 수 있을 것이다. 아침에 일어나서 걷고, 정원 일을 하고, 시장에서 대구를 사고, 요리하고, 스크래블 게임을 하고, 게다가 일도 하고, 저녁에는 잠자리에 들지만 잠은 안 자고, 아침에 다시 일어난다. 하지만 내가 마리안네와 크누트 덕분에 움직이고 있다는 것을 잘 안다. 사실은 잘 지내지 못한다는 것도 안다. 내면의 모든 것이 망가져서 이제 곧 폭발하리라는 것도 안다.

"잘 지내." 나는 휴대폰에 이렇게 입력한다.

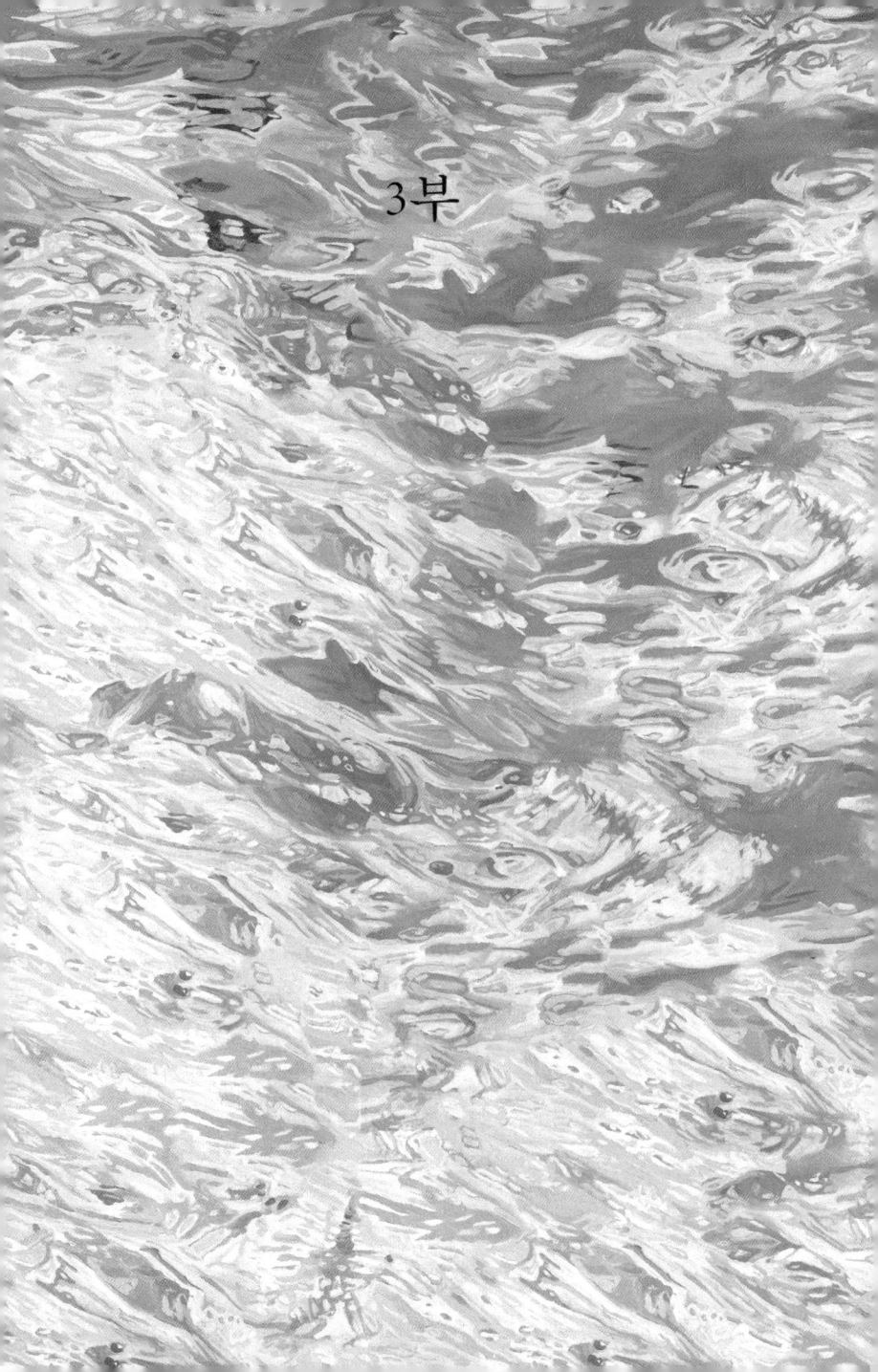

3부

다음 날 알람이 울리는데, 정적이 너무 시끄럽다. 폭풍은 마치 온 적도 없다는 듯이 사라졌다. 나는 수영복과 스웨터를 입는다. 바깥에 안개가 끼고 보슬비가 내린다. 분위기가 으스스하기는 해도 수영하기에 완벽한 날씨다.

어두운 안개와 고요 때문에 오늘의 바다는 거의 눈에 띄지 않는다. 맨발로 젖은 모래를 밟는다. 아주 잔잔한 발트해가 어느 순간 바로 눈앞에 있다. 잔잔하고, 위험할 만큼 평온한 바다. 나는 거기로 뛰어들어갈 엄두가 나지 않는다. 바다에 위험이 가득하거나 반짝이는 수면 아래에서 괴물이 나를 기다리고 있다고 해도 이상한 일이 아닐 거야. 하지만 그럴 테면 그러든가. 나는 얼음처럼 차가운 물속으로 한 발 한 발 걸어 들어가면서, 몸을 타고 잡아먹을 듯 치밀어오르는 냉기를 느끼며 나를 죽이려는 괴물을 기다린다. 그 괴물은 오지 않고, 나는 잠수하고 떠오르기를 반복한다. 오늘은 리듬을 찾기 쉽다. 몸이 따뜻해지고 텅 비도록, 가진 모든 것을 바다에 내놓고 자유형으로 계속 멀리 나간다. 이렇게 멀리까지 나온 적은 지금까지 없었다. 생각과 고통이 몸에서 빠져나와 잔잔한 발트해로 들어간다. 이제 바다가 요란해지고 비명을 지르는지 궁금하다. 그리고 더는 수영할 수 없음을, 팔다리에 기운이 빠지고 호흡이 힘들어지고 너무 멀리 왔음을 느낀다. 이제 돌아가야 할 시점이라는 걸 안다. 아주 조금만 더 가자. 아주 조금만 더. 나는 몸을 돌려, 힘없는 마지막 경련 같은 움직임으로 텅 빈 봉지처럼 해변으로 떠밀려 돌아간다. 수면에 누우려고 애쓰면서 틸다 언니를 생각한다. 수영장에서 언니는 언제나 레인을 스물두 번 오갔다. 나는 레인을 특정한 횟수로 수영한 적이 한 번도 없다. 수영을 할 때면 머리가 작동하지 않아서 횟수를 셀 수 없다. 머리를 쉬려고 수영하는 거니까. 시합에서도 세지 않았다. 머리를 내놓고, 호루라기 소리가 들릴 때까지 그냥 계속했다.

나는 지쳐서 모래에 털썩 드러누워 스웨터를 덮고 잿빛 하늘을 올려다본다. 팔다리가 간지럽고, 작은 빗방울이 얼굴로 떨어진다. 아니면 바닥으로 떨어지는 건 안개일까?

발트해는 여전히 조용하고 잔잔하다. 바다에서 하얀 아지랑이가 유령처럼 올라온다. 쥐 죽은 듯이 고요한 바다에는 새된 소리를 내는 갈매기 한 마리조차 없다.

드라마와 영화에서 본 바이킹의 바다 장례 장면에는 언제나 안개가 자욱했다. 〈바이킹스〉에 등장한 라게르타의 장엄한 장례식을, 스칼드메르의 육신이 꽃과 희생된 동물들과 함께 배에 실려 안개 낀 바다로 밀려가는 모습을 떠올린다. 배에는 스칼드메르가 발할라까지 무사히 가고, 그곳에서 전투를 치를 수 있게 무기도 함께 실린다. 궁수가 안전한 거리에서 불화살을 쏘아 배에 불을 붙인다.

엄마는 발할라까지 가지 못했을 것이다. 불화살이 배에 도달하기도 전에 엄마는 배에서 미끄러졌거나 높은 혈중 알코올 농도 때문에 시신이 폭발했을 것이다. 엄마가 전사가 아니라 다행이다.

엄마 장례식 날에는 햇살이 환하게 빛났다. 하늘이 새파랬다. 방 블라인드 틈새로 불화살처럼 쏟아지던 햇살을 지금도 기억한다. 낮게 중얼거린 부탁에 블라인드를 완전히 닫으려고 필사적으로 애쓰던 틸다 언니도. 정말 함께 가지 않을 거냐고 또 묻는 언니에게 그저 고개만 저었던 나도. 참석자가 거의 없던 장례식에 가지 않은 일이 부끄럽다. 하지만 어쩔 수 없었다. 햇살이 비치고 엄마의 재가 담긴 유골함이 땅속으로 내려가는 동안, 나는 얼굴을 침대 베개에 댄 채 꼼짝도 하지 않고 엎드려 있었다. 엄마가 정말로 화장됐다는 걸 상상할 수 없었다. "엄마가 불탔어." 나는 고요한 방에 대고, 아니 더 정확하게는 베개에 대고 몇 번이나 이렇게 중얼거리며 엄마가 불타는 모습을 상상하지 않으려고 했다. 언니와 나는 엄마가 뭘 원했는지 몰랐으므로, 그리고 엄마가 계속 부패하는 건 싫었으므로 화장을 선택했다.

그래서 이제 내게 남은 거라고는 엄마의 재와 구슬픈 추억뿐이다.

때때로 엄마에게서 남은 건 재밖에 없다는 게 싫어서 신이나 발할라 또는 그 외 다른 잡동사니를 믿으면 좋겠다고 생각했지만, 그건 해결책이 아니다. 지금 엄마가 하늘에서 내려다본다고 상상하면, 과연 나에게 무슨 말을 할지 궁금하다. "이 못된 계집애야, 나는 전사야." 나는 잿빛 하늘을 쳐다보며 뭔가 징조를 기다리지만 하늘은 그저 잿빛일 뿐이다. 끝없는 회색. 엄마가 전사라고 말해서 나는 잿빛 정적에 대고 기침을 하며 웃는다. 드디어 갈매기 소리가 들린다.

엄마에 대한 아름다운 추억도 있을 텐데 지금 기억나는 건 없다. 아니, 있다. 엄마가 죽기 몇 주 전 어느 월요일 아침에 나는 거실에 앉아 단편소설을 쓰고 있었다. 옆에서 케이블 방송 자트1의 〈아침 식사 티브이〉가 저 혼자 떠들었다. 7시 30분에 엄마가—엄마에게는 무척이나 이른 시간이다— 커피 한 잔을 들고 내 옆에 앉았다. 내 관심은 사회학자가 유명인들을 이야기하고 그 후 최신 비키니 유행을 소개하는 티브이 프로그램으로 점점 옮겨갔다.

"저걸 어떻게 입지?" 복잡하게 생긴 암녹색 랩 비키니를 보던 엄마가 억지로 웃으며 잠긴 목소리로 물었다.

나: 몰라. 하지만 저 빨간색 비키니는 정말 예쁘네.

나: B+.

엄마: B에서 C.

그렇게 나는 맥북을 닫았고, 새로 유행하는 온갖 비키니를 엄마와 함께 평가했다. 그 후 아무도 우리에게 평가를 부탁하지는 않았는데도 앞에서 다룬 유명인들에게 점수를 매겼다. 나는 보리스 베커에게 B-를, 엄마는 D를 주었다. 저스틴 비버에게 C-를 주자 엄마는 A에서 B를 매겼다.

나: 왜 A에서 B점이야? 저 사람을 알기는 해?

엄마: 몰라. 하지만 저 젊은이의 눈이 어딘지 모르게 슬퍼 보이네.

엄마: 마치 엄마가 필요한 것처럼.

나는 뭐라고 대답해야 할지 알 수 없었다.

우리는 두 시간 넘게 소파에 나란히 앉아, 9시 59분에 사회자가 작별 인사를 할 때까지 〈아침 식사 티브이〉를 봤다. 이 프로그램을 처음부터 끝까지 본 적 없는 사람은 모르는 사실이 있다. 중간부터는 이전에 한 말을 되풀이한다. 프로그램 전체를 볼 시간이 있는 사람은 아무도 없기 때문이다. 사회자가 언론인 바네사 블룸하겐과 저스틴 비버를 두 번째로 말할 때 나는 그에게 B에서 C를 쳤다. 나도 그의 슬픈 눈을 보고 어쩌면 엄마가 필요할지도 모른다고 생각했기 때문이다.

"실로폰 때문에 아직도 울어?"

나는 눈을 번쩍 뜬다. 라이프가 방금 엄마 다리를 모래성에 묻은 소년처럼 의기양양한 미소를 띠고 옆에 쪼그리고 앉아 있다.

나: 나를 스토킹하는 거야?

라이프도 내 옆에 누워 잿빛 하늘을 쳐다본다.

잠시 후에 그가 말한다. "너의 자살 시도 수영 이전부터 난 매일 아침 달리기를 했어."

나는 어깨를 으쓱하고는 내가 싫어하는 '자살'이라는 단어를 생각한다.

나: 너 디제이야?

라이프: 날 검색했어?

나: 너도 날 검색했잖아.

나는 여전히 잔잔한 발트해를, 불붙은 채 떠돌아다니는 배는 여전히 보이지 않는 바다를 바라본다.

그러다가 연파랑색으로 반짝이는 작은 창이 잿빛 속에서 열렸는데도 우리는 젖은 모래에 등을 대고 말없이 계속 나란히 누워 있다. 이렇게 오랫동안 모래에 나란히 누워 있는 건 친구들만 하는 행동이잖아. 내가 생각한다. 친구들만 이러는 거 아닌가?

나: 이제 우리 친구야?

나는 고개를 라이프 쪽으로 돌리지만, 그는 계속 잿빛 또는 반짝이는 작은 파란색 창을 바라보며 대답한다. "오케이."

나도 잿빛 또는 반짝이는 작은 파란색 창을 쳐다보며 정적에 귀를 기울인다.

라이프: 하지만 나는 그다지 좋은 친구가 아니야.

나는 고개를 끄덕이고, 좋은 친구인 사마라를 생각한다.

나: 괜찮아. 내 생각에, 나도 좋은 친구가 아니야.

날들이 흘러가고, 바다 장례 이후 머릿속은 텅 비었거나 가득 차 있다. 안개가 머릿속에 들어와 빠져나가지 않는 것 같다. 머릿속은 쥐 죽은 듯이 고요하거나 새된 소리로 가득하고, 그 중간은 없다. 그건 그렇고, 라이프는 정말이지 좋은 친구가 아니다. 그 주에 한 번도 게임을 하러 오지 않는다. 멋진 내 일정표는 구조를 잃어버린다. 안개가 낀 아침이 지나간 다음 날, 나는 빌어먹을 감기에 흠뻑 걸려버린다. 이제 밤마다 발견되는 게 엄마만이 아니다. 코에 콘크리트도 들어 있다. 코 스프레이에 중독되어 점막을 망가뜨리는 바람에, 스프레이나 그 외 무엇이든 코에 넣으면 언제나 코피가 나서 쓸수 없게 됐다. 마리안네가 제지해서 일도 못 한다. 날씨는 계속 궂은 데다가 바다 장례가 계속 떠올라 수영을 하러 갈 수도 없다. 아무것도 하지 못하니 화가 난다. 마리안네가 내 관심을 다른 데 쏟게 하려고 애쓰지만 절반의 성공만 거둘 뿐이다. 안개는 잠시 잊고 있어도 언제나 다시 나타나고, 그 생각을 하면 더욱 진해진다. 너무 진해서 아무것도 보이지 않는다.

새로운 주가 시작됐는데 안개는 여전히 걷히지 않는다. 어쨌든 내면의 안개는 그대로다. 아침에 마리안네와 함께 느긋하게 커피를 마신다. 그 후에 마리안네는 치즈케이크를 만들고, 나는 나보다 상황이 더 안 좋은 사람, 다른 말로 하면 살인 피해자 이야기가 내 고통을 상대적으로 줄여주기를 기대하며 섬 범죄소설 시리즈 중 한 권을 읽는다. 하지만 기대는 이루어지지 않는다. 그 후에 우리는 엘퍼 라우스와 스킵 보와 '리그레토'*를 한다. 마리안네가 매번 져서 나는 정말 화가 난다. 분노는 신경을 안개에서 잠시 다른 데로 돌리게 해주지만, 그녀가 야찌에서도 패하자 내 분노는 한없이 끓어오른다. 이 사람은 야망이라고는 눈곱만큼도 없다. 발트해 쪽으로는 가기 싫어서 저녁에 집 주변을 잠깐 산책하는데 갑자기 비가 쏟아진다. 마리안네는 양심의 가책을 느낀다. 열심히 설득해 산책하러 나왔는데 내가 또 흠뻑 젖었기 때문이다. "아휴, 비가 온다는 예보도 있었는데." 자신에게 화를 내는 마리안네의 모습은 귀여우면서도 당황스럽다. 나는 예전에도 내 몸을 조

---

* 자기가 가진 카드 더미의 카드를 가장 먼저 없애는 사람이 이기는 게임.

심스럽고 사랑스럽게 다루지 않았는데 뭘. 이 정도의 소소한 소나기에는 흔들리지 않는다.

마리안네: 일단 따뜻한 유칼립투스 목욕을 해. 뭘 좀 요리해줄게. 뭐 먹고 싶어?

목욕을 마치고 따뜻한 바닐라 푸딩을 먹고, 이후 원래는 음식을 먹으면 안 되는 티브이 방에서 마리안네 옆에 앉아 〈누가 백만장자가 될까?〉를 보며 차가운 푸딩을 한 그릇 더 먹게 되자 이 행복한 순간을 온전히 즐기자고, 안개에 수동적으로 굴복하지 말고 최소한 오늘 저녁만이라도 공격적으로 굴어보자고 노력한다.

그런데 16,000유로와 32,000유로 질문 사이에 마리안네가 자신이 마치 퀴즈 사회자인 듯이 불쑥 묻는다. "네 엄마의 죽음은 예상치 못한 일이었니?"

나는 객관식 보기를 기다린다. ① 네 ② 아니요 ③ 그렇기도 하고, 아니기도 해요. 사실 3번 보기는 없다. 나는 ②가 옳은 대답이라는 걸 알고 있다. 보기 ④가 없고, 〈누가 백만장자가 될까?〉에 나오기에는 너무 주관적이라는 점만 빼면 50유로짜리에 해당하는 전형적인 질문이다.

나는 엄마와의 마지막 다툼과 내가 한 말, "그러면 그냥 그만두든가"를 떠올리며 어깨를 으쓱한다.

나: 어쨌든 암은 아니었어요.

마리안네는 약물 과다 복용이 원인이었다는 사실을 알고 있다. 하지만 죽을병에 걸렸더라도 그렇게 죽을 수 있다. 내가 그 상황이라면 아마 그런 선택을 하겠지.

마리안네: 이다, 미안하구나. 바보 같은 질문이었어.

요란하고 짜증스러운 쾰른 출신 보험설계사 참가자는 정답을 맞히지 못해 32,000유로 문제에서 500유로로 미끄러진다. 모험 요소를 선택했기 때문이다.

"괜찮아요. 이제 자러 갈게요." 나는 이렇게 말하고 잠자러 간다. 그걸 잠이라고 말할 수 있는지는 알 수 없지만.

몇 시간 동안 나는 엄마를 여러 번 발견하고, 그사이에 머릿속에서 고함이 울린다. "예상한 죽음이었어." "그렇게 되리라는 걸 너는 알고 있었잖아." "그런데도 아무것도 하지 않았지." ④ "네 잘못이야."

더 강력하게 끼어들었다면, 너무 빨리 포기하지 않았다면 지금처럼 엄마가 나타나는 게 사라질까? 오늘 아침에 엄마와 〈아침 식사 티브이〉를 봤을까? 머릿속에서 "넌 그걸 결코 알아내지 못할 거야"라는 고함이 울려 퍼지는 가운데, 운동화를 신고 모두가 잠든 집을 몰래 빠져나가 숲으로 달려간다. 사방이 새까맣다. 내가 분명히 넘어지리라는 걸 알지만, 그러는 편이 오히려 낫다. 우리의 마지막 다툼을 떠올릴 때면 몰려드는 내가 찢겨나가는 고통보다, 차라리 다른 고통을 느끼고 싶으니까. 내가 부엌에서 텅 빈 워드 파일을 두고 앉아 에이전트에게 왜 긴 이야기를 쓸 수 있다고, 아이디어도 이미 몇 개 있다고 말했을까 후회하고 있을 때 엄마가 들어와 물었다. "보드카 어디 있어?"

나는 맥북을 덮고, 보드카가 숨어 있을 리 없다는 사실을 첫눈에 알 수 있는 냉장고에서 모든 물건을 성마르게 끄집어내는 엄마를 지켜봤다.

나: 없어. 맥주랑 와인은 있고.

엄마는 냉장고 문을 세차게 닫고, 꺼낸 물건들을 조리대와 바닥에 그대로 둔 채 눈을 감고 잠시 서 있었다. 마지막 2년 동안 엄마는 화장하고 원피스를 입고 뭔가 요리하거나 빵을 굽거나 그런 일을 하겠다는 핑계로 눈에 불길을 일렁이며 부엌에 온 적이 없다. 눈의 불길은 사라졌다. 엄마는 파괴하려고 하지 않았고, 한바탕 아우성을 피우기 위해 싸움을 거는 도약판을 찾지도 않았다. 그저 보드카를 찾았는데 발견하지 못했을 뿐이다. 그 불길을 언젠가 다시 원하게 되리라고는 생각도 못 했다. 다 포기해 무표정하게 텅 빈 엄마의 눈에는 그저 죽음만 보였다.

엄마가 맞은편 의자에 털썩 주저앉으며 "더는 살고 싶지 않아"라고 소리치고는 머리를 식탁에 떨구었다.

"더는 살고 싶지 않아." 나는 비에 대고 고함을 지르고, 몇 달 전 식탁에 떨군 엄마의 머리처럼 처음으로 넘어진다. 진흙 투성이 숲 바닥에 잠시 그대로 누워, 더는 살고 싶지 않다고 고함을 치던 엄마 얼굴을 떠올린다. 정확하게 무엇 때문에 내가 그런 빌어먹을 대답을 했는지 궁금하다.

나는 일어나서 있는 힘껏 다시 달리며 바람에 대고 고함을 지른다. "그러면 그냥 그만두든가." 또 넘어지지만 이번에는 그대로 누워 있지 않고, 힘이 전혀 없는데도 곧장 일어나 다시 달린다.

닫힌 나무우듬지 산책로 앞에 서서, 사실 그건 싸움이 아니었다는 사실을 깨닫는다.

엄마가 식탁에 머리를 대고 있을 때, 나는 맥북을 다시 열고 빈 파일을 들여다봤다. "못된 년." 엄마가 식탁에 대고 욕하자 나는 엄마의 분노가 살아난 게 약간 기뻤다. '못된 년'이라고 쓰니 파일은 이제 더 이상 공란이 아니었다.

내가 나무 울타리를 올라가자 엄마가 다시 고개를 든다. "내가 없다면 네가 기뻐할까?"

나는 "응" 또는 "아니"라고 대답하지 않고, "하여튼 과장이 정말 심해"라고 말한다.

전망대 회전로를 질주해 올라가면서 내가 이 빌어먹을 지구상에서 제일 못된 년이라는 걸 깨닫고 소리친다. "아니!" "아니야!" "아니, 기쁘지 않을 거야!" 하지만 너무 늦었다.

전망대 꼭대기에 도착해서 아래를 내려다보니 어둠과 밤뿐이다. 아래를 보며 엄마를, 내가 했던 "더는 살고 싶지 않아"라는 말을 생각하다가 전망대에서 더는 어둠을 내려다보지 않으려고 나무 바닥에 털썩 주저앉는다. 엄마가 서서히 몸을 일으키고, 조리대에 놓인 화이트와인 병과 맥주 캔을 들고서 나를 돌아보지 않은 채 부엌을 떠나는 모습이 보인다. 문이 쾅 닫히는 소리에 나는 화들짝 놀란다.

독수리 둥지 위에 누워 검은 하늘을 쳐다보고 빗소리에 귀를 기울이며, 원래 엄마에게 하려던 말을 모두 한다.

몇 분 또는 몇 시간이 흐르고, 소나기가 그치고 해가 난다. 나는 나무우듬지 산책로를 따라 달려 내려가 입구로 가서, 높은 울타리를 넘어 해변 쪽으로 난 길을 질주한다. 내가 꽤 드라마 퀸 같다고 생각하며, 몸을 돌려 숲으로 다시 갈까 한참이나 고민하는데, 산책로 벤치에 앉아 누군가를 기다리는 것 같은 라이프가 눈에 들어온다. 나를 본 그가 바로 일어나더니 거의 달리다시피 하며 다가온다. 새벽에 맨디의 분홍색 스누피 잠옷과 진흙이 잔뜩 묻은 운동화 차림으로, 무릎에서 피를 흘리며 숲에서 나오는 게 지극히 평범한 상황이라는 듯이 질문은 하나도 하지 않고 그저 나에게 "안녕"이라고만 인사한다.

"안녕." 고함을 너무 질러서 새된 소리가 난다. 같은 음으로

"아무 일도 없어"라고 덧붙인다. 나에게 정말 뭔가 일이 벌어졌다고 그가 생각하면 안 되니까.

그가 나를 잡더니 품에 꼭 안고, 나도 그를 세게 잡고 꼭 안는다.

우리는 벤치에 앉아, 오늘은 다시 평범해진 발트해를 지켜본다. 어쩌면 발트해에 모든 책임이 있는 게 아닐까.

라이프: 게임할래?

나는 의아한 눈길로 그를 쳐다본다.

나: 어떤 게임? 병 돌리기?

라이프: 내가 너에게 질문을 할 건데, 솔직한 대답을 해준다면 너도 나에게 질문을 하나 할 수 있어.

나는 어깨를 으쓱한다.

라이프: 넌 왜 그렇게 슬프지?

나: 넌 왜 그렇게 슬프지?

라이프: 게임 규칙을 다시 한번 설명해줘야 해?

라이프: 좋아, 좀 더 쉽게 하자. 어떻게 지내?

더 쉽다고? 나는 발트해 위쪽의 구름 낀 하늘을 바라보며 어깨를 으쓱한다.

나: 어떻게 지내?

라이프가 어깨를 으쓱한다.

라이프: 너, 여기서 뭐 해?

나는 어깨를 으쓱한다.

"몰라." 그러고 솔직하게 대답한다.

나: 너, 여기서 뭐 해?

라이프: 다른 질문을 해도 돼.

나: 하지만 내가 물은 것에 관심이 있어.

라이프: 지금 사는 게 힘들고, 또 할아버지 때문에.

이제 나도 그에게 솔직한 대답을 하나 해야 한다.

나: 엄마가 죽었고, 그게 내 책임이라서.

나: 네 부모님은 어때?

라이프: 엉망이지.

라이프: 커피 마실래?

나: 응.

빵집에 가는 길에 라이프가 나더러 추운지 묻는다. 이번에는 내가 질문할 차례인데도. "나는 원래 추위를 느끼지 않아." 내가 대답한다.

"물론 그러시겠지." 그가 검정 후드티를 벗어 나에게 준다. 그걸 입으니 따뜻하고 부드럽다.

나: 사는 게 약간 쉬워지는 조언을 몇 개 해줄 수 있어.

라이프가 웃는다. 나는 그를 좀 더 자주 웃게 해야겠다고 마음먹는다.

나: 새벽에 바다에서 위험할 만큼 멀리까지 수영해 나가. 목숨이 정말 심각하게 위험할 정도로 멀리까지 말이야.

나: 폭풍에 조깅하기, 차가운 비를 맞으며 누워 있기, 밤에 반나체로 숲을 달리기.

라이프: 너 아주 굉장한 라이프 코치구나.

나: 우리가 코칭 에이전시를 열 수도 있을 거야.

나: 이다와 파트너―행복에 겨운 비명.

라이프: 그건 이미 소유권이 있어.

나: 이다와 파트너―행복을 향해 달리세요.

라이프의 입꼬리가 떨린다. 이 순간 나는 그를 마음껏 웃게 하길 가장 바라고 있다.

우리가 자그마한 빵집으로 들어가자 종업원이 외친다. "여어, 라이프." 라이프도 인사한다. "여어, 레나테." 내가 "여어, 레나테"라고 하지 않자, 레나테와 판매대 뒤에 있는 다른 젊은 여성의 시선이 곧장 나에게 날아온다. 탁자에서 아침 식사를 하는 노부부와 레나테 옆의 젊은 여성이 응대하는, 아이를 데리고 온 어떤 엄마도 나를 본다. 잠옷 위에 검정 후드티만 걸치고, 다리에 피가 나고 진흙이 잔뜩 묻은 나는 어쩐지 벌거벗은 느낌이다. 게다가 어떤 엄마의 어린 아들이 큰 목소리로 묻는다. "엄마, 저 누나 왜 저래?" 나는 문 쪽으로 한 걸음

물러나고, 그런 나를 라이프가 본다. "레나테, 테이크아웃 할 커피 두 잔 만들어줄래? 밖에서 기다릴게." 그러고 문을 열어주고, 한 손을 내 등에 얹고 나를 바깥으로 민다.

프레제 가족 집으로 오는 동안 우리는 말이 없다. 사는 게 왜 힘든지 그에게 묻고 싶지만, 그런 질문을 할 상황이 아닌 것 같다.

문 앞에서 나는 허접한 하이스쿨 로맨스 영화처럼 잠깐 들어오겠는지 그에게 묻는다. "마리안네가 어제 치즈케이크를 만들었어." 그는 훌륭한 독립영화 등장인물처럼 대답한다. "아니, 난 치즈케이크를 좋아하지 않아." 라이프가 재미있어서, 그리고 그가 좋아서 나는 크게 웃는다. 그는 우리가 만난 이후 처음으로 눈까지 미소 짓는다. 정말 즐거워 보이는 진짜 미소라서 나는 또 웃는다. 너무 진짜라서 나는 웃음을 그친다.

나: 넌 아주 좋은 친구야.

그는 한참이나 말이 없다. "너도 그래" 같은 대답 대신 그의 얼굴에서 미소가 사라진다. 아주 심각한 표정, 거의 화가 난 얼굴이다.

"내 생각에, 나는 너에게 전혀 필요하지 않은 사람인 것 같아." 그러다가 그가 입을 뗀다. 드디어 라이프도 허접한 하이스쿨 로맨스 영화 속으로 들어왔군.

나: 그래, 알았어. 고마워. 다음에 봐.

우리 같은 이상한 친구들이 오늘처럼 이상한 아침을 보낸 후에는 어떻게 작별해야 할지 몰라서 내가 어색하게 몸을 돌리려는데, 그가 나를 안더니 뺨에 입을 맞춘다. 곁눈질을 해 보니 마리안네가 창문 커튼 뒤에서 우리를 엿보고 있다. 마리안네도 로맨스 영화 세계로 들어왔네. 이렇게 생각하고는 얼굴이 새빨개진 채 몸을 돌려 안으로 들어간다. 내 몸이 이런 감정을 느끼리라고는 예상하지 못했는데. 그의 냄새가 좋아서 나는 검정 후드티를 코로 끌어올려 냄새를 맡고, 허접한 하이스쿨 로맨스 영화에서처럼 닫힌 현관문에 등을 대고 선다. 아니면 훌륭한 영화에서처럼.

나: 안녕히 주무셨어요? 마리안네.

식기세척기를 정리하던 마리안네가 나에게 몸을 살짝 돌리고 말한다. 잘 잤니, 이다.

나는 그녀 맞은편 싱크대에 걸터앉는다. 앉아도 되는지 안 되는지 알지도 못하면서. 마리안네가 일을 멈추고 반쯤 찬 식기세척기를 닫더니 거기 기대서는 나를 위아래로 훑어본다.

마리안네: 소소하게 야간 산책을 했니?

나: 내가 나가는 소리 들었어요?

그녀가 고개를 끄덕인다. 우리는 마주 본다. 마리안네가 눈빛으로 무슨 말을 하려는 듯한데, 나는 그게 뭔지 모른다. 아니, 어쩌면 알지도 모른다.

마리안네: 이다, 네가 원하는 일은 해도 돼. 하지만 조금 더 몸조심해. 알겠니?

'조금 더 몸조심하기'를 잘하지 못하면서도 나는 고개를 끄덕인다.

마리안네: 일단 목욕부터 하고 아침으로 뭘 좀 먹으렴. 바닐라 푸딩이 아직 남았어.

이게 바로 지금 나에게 필요한 마리안네다. 나는 고개를 끄덕이고 지시에 따라 곧장 욕실로 간다.

마리안네가 나 때문에 평화로운 집에 재깍거리는 시한폭탄을 들이게 된 것 같아 미안하다. 내가 시한폭탄이 아니라면 좋을 텐데.

그대로 놓치고 싶지 않은 자극과 아이디어가 치솟아 올라나는 욕조에서 벌떡 일어나 목욕 가운을 걸치고 방으로 달려간다. 백팩에서 맥북을 꺼내 책상에 놓고, 일단 거기 두자고 다짐한다.

기운이 없고 피곤하지만 기분은 깔끔하게 맑아졌다. 마리안네가 세탁하여 침대에 올려둔 보들보들한 분홍색 벨벳 실내복을 입고, 힘도 없고 식욕도 없지만 일단 아침 식사를 하러 간다. 오늘은 마리안네를 화나게 하고 싶지 않고 그녀가 원하는 건 뭐든 할 작정이다. 그렇게 하기로 욕조에서 결심했다. 오늘은 '마리안네의 날'이다.

틸다 언니는 예전에 이따금 나와 함께 '이다의 날'을 진행했다. 대부분은 엄마가 좋지 않은 행동을 한 뒤였다. 우리는 영화 디브이디를 빌리고 하이킹을 했고, 저녁으로는 프렌치 토스트나 직접 만든 바닐라 소스를 얹은 뭔가를 먹었다.

나는 누텔라를 바른 빵 반쪽과 바닐라 푸딩을 두 숟가락 먹은 후에 숟가락을 그릇에 내려놓는다.

나: 토해야 할 것 같아요.

너무 많이 토한다. 어제 먹은 바닐라 푸딩과 오늘 아침에 마신 커피, 그 외 모든 것이 나온다. 내 안에 이렇게 많은 것이 들어 있는 줄 몰랐다. 다 토하고 난 순간부터 다시 편해진다. 힘이 없고 피곤한 느낌도 사라진다. 그래도 마리안네는 나더러 일단 누우라고 하고, 그녀가 원하는 거라면 난 뭐든지 다 한다. 마리안네가 침대로 캐모마일 차를 가져다주고, 내 부탁에 노트북도 가져다준다.

나는 우선 라이프부터 검색한다. 그는 정말 대단하다. 프라하와 이비사 섬 등에서 열린 콘서트. "탁월한 음악 취향 덕분에 독일 출신인 그는, 최근 유튜브의 다양한 보일러 룸 라이브 세트에서 볼 수 있듯이 현재 전 세계를 투어 중이다." 어딘가에 이런 글이 있다. "모든 투어가 취소됐다." 다른 곳에 이런 글도 있네. 흥미롭군. "건강상의 이유로." "의심할 여지 없이 라이프 얀젠은 독일 디제이 시장에서 매우 탁월한 재능을 가진 사람 중 하나다. 명성이 높아진 덕에 그는 자주 투어를 한다." 그런데 이제는 독일 동부 섬에 늘어져 있구나. 나는 생각한다. "뤼겐 출신인 그는 디제잉을 하지 않을 때면 음악 잡지 《그루브 매거진》이나 《스팩스》에 글을 쓴다." "함부르크 테크노 씬의 핵심 인물 가운데 한 명이다." "당신이 예전에 모든 것을 이미 들어봤다고 생각할 때쯤, 리터 부츠케 클럽에서 불현듯 라이프 얀젠 같은 사람을 만나게 된다. 이 독일 남자는 트랙에서 디스코-펑크-애시드-하우스-신스팝-네그로니라고 표현할 만한 혼합물을 라이브로 믹스해낸다."

스포티파이로 〈인디언 나이트〉라는 그의 트랙을 들으면서, 나는 '못된 년'이라는 단어만 남은 채 두 달 전부터 더는 열지 않았던 파일에 며칠 전부터 머릿속을 돌아다니는 문장을 쓴다.

그런 다음 에이전트에게 "이제 다시 씁니다"라는 제목이 달린 빈 메일을 의기양양하게 보내고는, 내 시간표에 새로 생긴 프로그램을 생각하고 미소 짓는다.

나: 슈퍼마켓에 얼른 다녀올게요.

세탁물을 정리하던 마리안네가 손을 멈추고 몸을 돌리더

니 나를 자세히 살핀다. "괜찮겠니?"

　나: 이제 좀 나아졌어요. 바닐라 푸딩을 너무 많이 먹었나 봐요.

　오늘은 '마리안네의 날'이니 내가 저녁상을 차리기로 하고, 준비하기 위해 오후 5시부터 부엌에 진을 친다. 바깥에 소나기가 내리고 너무 어두워 전등을 켜야 한다. "빵에 뭐 좀 발라 드려도 될까요?" 나는 마리안네가 신문을 읽고 있는 거실을 향해 소리친다. 분위기가 무척 편안해서, 종을 잘못 울리는 괘종시계를 창밖으로 던져버리고 싶다.

　자랑스러운 마음으로 내가 차린 상을 내려다본다. 짭짤하고 바삭한 라우겐 빵과 브레첼, 통밀 빵 몇 조각이 담긴 빵 바구니, 토마토와 파프리카로 장식한 치즈와 햄 접시, 요거트와 겨자 드레싱을 얹은 양상추, 둥근 빨간색 무로 만든 장미, 허브차, 초코칩으로 장식한 파라다이스 휘핑크림 캐러멜. 각자의 접시에는 버터를 두툼하게 바르고 빨간 무를 올린 다음, 베게타를 뿌린 얇은 갈색 토스트를 놓았다.

　"저녁 드세요!" 나는 내 목소리가 자기 방에 박힌 위층 아이들에게도 전해져야 한다는 듯 아주 크게 고함 지른다.

　마리안네가 내 옆으로 온다.

　마리안네: 어머나, 너 속이 정말 완전히 나은 모양이구나.

　나는 "어때요?"라는 질문을 입술에 매단 채 빨간 무를 올린 빵을 먹는 마리안네를 지켜본다. "맛있어"라는 대답을 입술에 매단 마리안네가 고개를 끄덕이고, 나는 준비해둔 말을 꺼낸다. 마리안네는 그 말을 들을 자격이 있으니까.

나: 엄마는 알코올중독자였어요. 엄마의 죽음은 예상치 못한 일이 아니었죠.

나: 이따금 내가 뭔가 더 했어야 한다고 생각해요.

마리안네는 아무 말도 하지 않는다.

그녀가 우리 둘의 잔에 허브차를 따르자 나도 빨간 무를 올린 빵을 먹기 시작한다.

마리안네: 아니야.

나: 뭐가 아니에요?

마리안네: 너는 더 할 수 없었어.

괘종시계가 네 번 종을 친다.

마리안네: 그 생각에서 벗어나렴.

오늘은 마리안네의 날이라서 나는 뭐든 그녀가 원하는 대로 할 생각이니 고개를 끄덕인다.

나: 그런데 어떻게 벗어나죠?

무표정하게 웃은 마리안네가 밖을 내다보며 허브차를 한 모금 마신다.

나도 그녀를 따라 바깥을 내다보면서 허브차를 한 모금 마신다.

마리안네 : 이다, 나도 모르겠구나.

마리안네가 라우겐 빵을 하나 집어 들고, 나도 그 빵을 들어 그녀처럼 버터를 바르고 하우다치즈 한 장을 얹는다. 뭐가 좋은지 마리안네가 안다는 걸 나는 아니까.

마리안네 : 우리 아버지.

나는 그 말을 바로 이해하고 고개를 끄덕인다.

우린 치즈 라우겐과 식탁에 있는 다른 음식들을 말없이 먹는다. 창밖에서 우리 쓰레기통이 날아다닌다.

나 : 아이고.

마리안네 : 어차피 비었어. 세워둬야 소용없지. 또 날아다닐 테니까.

나는 고개를 끄덕이고, 마리안네에게 라이프의 주소를 묻는다.

나 : 내일 찾아가 볼까 하고요.

마리안네 : 좋은 생각이구나. 치즈케이크를 좀 가져가렴.

나 : 라이프는 치즈케이크를 좋아하지 않아요.

마리안네 : 이상한 녀석이네.

나 : 파라다이스 크림 드실래요?

마리안네가 고개를 끄덕이고, 나는 사과 모양의 유리 접시 두 개에 파라다이스 크림을 산처럼 쌓으며 이 크림 이름이 왜 파라다이스인지 묻지 않는다.

자정 조금 전에 엄마를 한 번 보고, 엄마를 발견한 이후 처음으로 나는 아기처럼 잠을 잔다. 알람이 울리지만 이렇게 기분 좋은 잠을 흘려보내기 싫어서 그대로 누워 있다. 지친 내 몸이 다음에 언제 힘을 얻게 될지 누가 알까. 게다가 바깥에는 소나기가 내리고, 이제 나는 면역 체계를 보호하고 싶다.

빵 냄새가 풍긴다. 아침 식사가 차려진 식탁의 내 자리로 터덜터덜 걸어간다. 크누트는 벌써 자리에 앉아 신문을 읽고, 마리안네는 아직 부엌에 있다.

크누트: 여어, 이다.

나: 안녕히 주무셨어요, 크누트.

'여어'는 입에 붙지 않는다. 나는 비 내리는 창밖의 잿빛 풍경을 내다본다.

크누트: 내일 고기압권이 되면 네가 드디어 해변에서 종일 지낼 수 있겠구나.

그는 마치 내가 그날을 기다리기라도 했다는 듯이 말한다.

"크누트도 가끔 종일 해변에서 보내나요?" 그에게 묻는다.

그: 아니야. 이제 더는 그러지 않아. 햇살을 못 견뎌.

나: 나도 비가 더 좋아요.

마리안네가 커피 주전자를 들고 부엌문을 나온다.

마리안네: 잘 잤니, 이다. 내일부터 날씨가 좋아진다는구

나. 그러면 종일 해변에서 지낼 수 있을 거야.

왜 두 사람은 내가 종일 해변에 있길 바라지?

나: 오늘 물개에 다시 갈게요. 믿음직한 인력이 아니라서 죄송해요.

크누트: 괜찮아. 요즘은 별로 바쁘지 않단다.

마리안네: 이다, 너 이제 더는 일하지 않아도 돼.

나는 두 사람 집에서 얼마나 있을지 언급한 적이 없는데, 그걸 깨닫자 이 상황이 얼마나 말이 안 되는지 명확해진다. 물개에서 일하지 않으면 나는 이곳에 머물 자격이 없다. 내가 뤼겐의 노부부 집에 그냥 살고 있다는 건 정말 웃기는 상황이니까.

크누트: 이다, 여기 머물러도 된다.

마리안네: 원하는 만큼 얼마든지 있어도 돼. 네가 여기 산다면 우리는 좋아.

빵 위에서 녹아가는 에스체트 화이트초콜릿 슬라이스를 보며, 왜 마리안네가 내가 여기 계속 사는 걸 좋아할까 생각한다. 내가 마치 잃어버린 딸이라도 되는 것마냥. 맨디는 어릴 적 자신이 살던 방에 내가 들어와서 자기 엄마의 돌봄을 받는다는 걸 알면 어떤 생각을 할까. 이 섬에 사는 맨디가 왜 아직까지 한 번도 오지 않았는지 궁금하다. 또 내가 무슨 자격으로 이걸 누리는지, 특히 늘 그렇듯 모든 것이 다시 무너질 때까지 시간이 얼마나 남았는지 궁금하다.

두 사람이 나를 더 오랫동안 견딜 수 있게, 소풍을 몇 번 다녀오는 식으로 두 사람에게 '이다 없는 시간'을 줘야 할 것 같다.

나: 조만간 틸다 언니에게 다녀올까 싶어요.

마리안네가 크누트에게: 틸다는 이다의 언니야. 함부르크에 살아.

마리안네: 그래, 그렇게 하렴. 우리 파사트를 몰고 가. 나는 다음 주 월요일에만 차가 필요해. 약속이 있거든.

파사트를 몰고 가라는 건 차를 다시 돌려주라는 의미, 그러니까 돌아와야 한다는 뜻이다. 하지만 안타깝게도 나는 운전면허가 없다. 취득 비용이 너무 비쌌다. 언니가 운전학원 비용을 대주겠다고 몇 번 제안했고, 한 번은 필기 과정에 등록하기까지 했다. 운전면허는 중요해. 어쩌고저쩌고, 이러쿵저러쿵했지만 나는 가지 않았다. 자동차가 별로였고, 덜렁대는 성격이라 도로에서 자전거를 타는 것만으로도 이미 완전히 피곤해졌다. 게다가 사마라가 성차별적인데다 몸을 더듬기까지 한 운전 강사 개자식에 대해 말해주었다. 그렇다면 무임승차가 차라리 낫다. 요령 있게 행동하면 어차피 훨씬 저렴하니까.

마리안네와 함께 식탁을 정리한 후에, 이제 어느 정도 내 방처럼 느껴지는 맨디의 방으로 가서 글을 좀 쓰지만, 무엇보다도 하루 중 언제 라이프에게 가는 게 가장 좋을지 고민한다. 라이프는 하루 종일 뭘 할까.

틀림없이 11시까지 잘 테고, 깨어나자마자 조인트를 한두 대 피울 거야. 자기랑 할아버지가 먹을 음식을 요리할 테지. 스크램블드에그나 구운 소시지처럼 간단한 것으로. 아니다, 11시까지 잔다는 건 말이 안 돼. 아침마다 달리기를 하잖아. 상당히 이른 시간에. 그 후에는 아마 샤워할 거야. 100퍼센트 냉수 샤워를 하겠지. 그런 다음 어릴 때 쓰던 자기 방에서 음악을 듣거나 아니면 뭐든 할 거고. 그의 일과가 어떤지 전혀 상상할 수 없군. 하지만 분명 블랙커피는 많이 마실 테지.

나는 커피를 가지러 터덜터덜 부엌으로 간다.

나: 점심에 뭐 먹어요?

마리안네: 간 소시지랑 달걀프라이랑 구운 감자. 아니면 으깬 감자가 더 좋니?

나: 으깬 감자가 좋아요.

마리안네가 감자 껍질을 벗기는 동안 나는 커피를 끓이며 말동무를 한다.

마리안네: 오늘 라이프 집에 가려고 하지 않았니? 언제 가

려고?

나: 아직 모르겠어요. 오후쯤 그 집으로 산책을 갈까 해요.

고민 끝에 나는 오후가 괜찮다고, 저녁은 약간 이상하다는 결론을 내렸다. 하지만 라이프는 내가 최악일 때를 봤으니 사실 어떤 상황이든 상관없을 것 같다. 아니면 내일 갈까. 그럼 오늘 차분하게 계속 글을 쓸 수 있을 거야. 아니면 아예 가지 않는 게 나을까. 라이프는 사이코 소녀에게 틀림없이 충분히 질렸을 테니까. 아니면 우연히 지나가 볼까. 그가 사는 동네에 가볼 만한 건물이나 가게가 분명히 있을 테지.

나: 라이프가 사는 곳 근처에 서점이나 귀여운 카페, 빵집이나 정육점이 있을까요? 아니면 시장이나 자전거 대여점 같은 곳은? 아니면 볼 만한 관광 명소는?

마리안네가 무슨 소리냐는 표정으로 나를 바라보는데, 창밖으로 보이는 흰색 랜드로버가 내 계획에 끼어든다.

마리안네가 나에게 윙크한다. "집 근처에 어떤 관광 명소가 있는지 라이프에게 직접 물어보렴."

나는 문간으로 달려간다.

라이프: 안녕, 네 몸 상태가 어떤지 보려고 잠깐 들렀어.

후드 아래로 보이는, 바람에 헝클어진 갈색 머리카락, 노란색 긴 소매, 헐렁한 검정 청바지 주머니에 양손을 꽂고 무엇보다도 사람을 무장해제시키는 미소를 띤 채 쿨하게 서 있는 그를 보니 나는 거의 화가 날 것 같다. 라이프는 절대 당황하는 법이 없다. 그가 하는 모든 행동은 너무나 자연스럽다.

게다가 그를 만날 때면 나는 언제나 맨디의 이 빌어먹을 분홍색 벨벳 실내복이나 진흙과 피로 얼룩진 스누피 잠옷을 입고 있다. 말도 안 된다.

내 뒤에 있는 마리안네: 라이프, 잘됐다. 이다가 너를 찾아가려던 참이거든.

나는 화난 눈길로 그녀를 노려보며 고개를 젓는다.

라이프: 안녕하세요, 마리안네.

마리안네가 "네가 사는 동네에 관광 명소나 정육점이 있는지 이다가 나에게 물었어"라거나 "너 정말 치즈케이크 안 좋아하니?"와 같은 멍청한 말을 덧붙이지 못하게 나는 "이리 와, 내 방으로 가자"라고 말한다. 내가 마치 십대가 된 듯한 느낌이다. 전형적인 십대였던 적도 없고, 지금도 아닌데.

"식사하고 갈래? 이제 곧 간 소시지를 먹을 거야." 마리안네가 우리 등 뒤에서 소리친다.

라이프: 네, 그럴게요. 간 소시지 좋아해요.

나는 맨디가 청소년 시절에 쓰던 방문을 연다. 90센티미터 폭의 침대와 작은 책상이 방을 가득 채웠다.

대안이 없어서—침대는 우스울 것 같고— 나는 카펫에 양반다리로 앉고, 라이프도 나와 똑같이 앉는다. 우리는 병 돌리기 게임을 하려는 두 명의 십대처럼 그렇게 마주 보고 앉아 있다.

라이프: 몸은 어때?

나: 나아졌어.

나: 너는 어때?

라이프가 어깨를 으쓱한다. "아주 좋아."

라이프: 오늘 뭐 했어?

나는 책상에 놓인 맥북을 고갯짓으로 가리킨다. "노트북으로 일을 좀." 질문 놀이가 우리의 소통 방식일까? 사실 무척 정당한 방식이긴 하다.

나: 오늘 뭐 했어?

라이프: 서핑.

라이프: 글을 써?

나를 검색한 게 맞군. 그럴 줄 알았다.

나: 너는 디스코-펑크-애시드-하우스-신스팝-네그로니를 디제잉하고?

라이프가 웃음을 터뜨린다.

라이프: 지금 뭘 쓰는 중이야?

나: 어제 새로운 걸 시작했어. 아직 자세히 말은 못 해.

라이프: 소설?

나: 그렇게 되길 바라.

나: 투어는 왜 다 취소했어?

라이프: 건강상의 이유로.

라이프: 연애소설?

나: 아니야.

나: 연애소설 자주 읽어?

라이프: 가끔.

그의 다음 질문이 이미 입에 들어 있는 게 보인다. 질문하기 전에 죽은 파리 또는 모래알이라도 찾는다는 듯이 그가 내 눈을 빤히 들여다본다.

라이프: 가족이 있어?

나: 언니, 틸다.

나: 건강상의 이유라고?

라이프는 망설이며 내 시선을 잠시 피한다.

라이프: 사는 문제나 할아버지. 여러 일들이지.

라이프: 네 엄마는 어떻게 돌아가셨어?

나: 약을 좀 많이 먹었어.

그 후에 우리 둘 다 잠시 휴식이 필요하다. 우리는 상대방의 시선을 피하지 않고 마주 본다. 시선 피하지 않기도 질문 게임의 일부인 듯하다. 나는 그를 당황하게 만들어 게임에서 이기려고, 그러지 않아도 큰 눈을 더욱 크게 뜬다. 틸다 언니와 사마라에게는 이 방법이 언제나 통했다. 그의 입꼬리가 재미있다는 듯이 움찔거리고 콧방울이 떨린다. 그의 얼굴이 아주 천천히 다가와, 우리 코끝이 거의 닿을 만큼 가까워진다. 우리 코끝이 닿는다. 나는 꼼짝도 하지 않는다. 그가 나에게 키스하지 않고 다시 뒤로 물러나면서 시선을 떼지 않은 채 말한다. "네가 정말 존재하는지, 아니면 내가 마약을 너무 해서 보이는 환각이 아닌지 가끔 의심스러워."

정말 낭만적이네.

나: 고마운 건가?

노크 소리.

마리안네: 식사하자.

"식사하자." 나는 그 말을 반복하며, 벌떡 일어나서 문으로 향한다.

나는 긴장한 채 음식을 너무 빨리 삼키다가 으깬 감자에 질식할 지경이고, 마리안네와 라이프는 섬의 이런저런 사람과 사건에 관해 이야기 나눈다. 내 접시는 비었는데 두 사람은 내내 대화를 나누느라 음식을 거의 먹지 않아 나는 소외감을 느낀다. 으깬 감자를 더 떠와서 다시 먹다가 마리안네에게 케첩이 있는지 묻는다. 내가 케첩 이야기를 꺼내면 마리안네가 아주 싫어하기 때문이다.

마리안네: 함부르크로 언제 돌아가니?

라이프: 당분간은 아니에요.

마리안네: 어쩌면 조만간 이다가 언니 집에 가게 될지도 몰라.

마리안네가 때때로 말을 걸어오는데, 나랑 전혀 관계없는 대화에 엮이면 짜증이 난다. 대부분 내 입이 가득 차 있기 때문이다. "이다, 잉고는 우리가 얼마 전에 대구를 샀던 생선 가게 주인이야." 그러면 나는 볼이 불룩한 채 접시를 내려다보며 고개를 끄덕이지만, "이다는 예전에 글짓기 대회에서 1등을 했대"라든가 "어쩌면 조만간 이다가 언니 집에 가게 될지도 몰라"와 같이 내 이야기를 하면 좀 더 화가 난다.

라이프: 나도 어쩌면 다음 주에 함부르크에 갈지도 몰라. 일 몇 가지를 처리해야 하거든. 같이 갈래?

나는 깜짝 놀라 그를 쳐다보며, 입안에 음식을 가득 문 채 어깨를 으쓱한다.

마리안네: 보틴헨 먹겠니?

라이프와 나는 고개를 끄덕인다.

우리는 아이스크림 포장을 뜯는다. 라이프가 빨간 코를 더 좋아한다며 나더러 바꿔주겠느냐 묻고, 나는 그게 그저 색소일 뿐이라는 말을 하지 않고 바꿔준다. 우리 둘은 초콜릿을 입힌 자그마한 보틴헨의 갈색 머리카락과 분홍색 딸기 눈을 거의 똑같은 속도로 먹는다. 나는 초록, 라이프는 빨간 껌 코를 냅킨에 내려놓고, 딸기 맛 입술이 있는 바닐라 얼굴 아래쪽을 먹고, 막대를 빈 접시에 내려놓고, 마지막으로 보틴헨의 자그마한 코를 씹는다. 그러는 내내 재미있다는 듯이 나를 보는 그의 눈길과 뻔뻔한 웃음, 달아오른 내 얼굴을 느낀다.

마리안네: 너희들, 내일은 해변에서 하루를 보낼 수 있을 거야.

나는 또 한 번 놀란다. 내가 대화를 전혀 통제하지 못한다는 느낌이 든다. 마리안네는 나와 단둘일 때면 이렇게까지 말이 많지 않다. 그녀가 도대체 언제부터 연애 조력자 역할을 하기로 결정했는지 의문이다. 무엇보다 그 역할을 하면서 왜 저렇게 행복해 보이는지. 지극히 객관적으로 보기에 라이프는 그다지 환상적인 사윗감은 아니고, 라이프도 해변에서 하루를 보내고 싶어 하는 것 같지 않다.

라이프: 그러죠.

마리안네: 그러면 네가 이다에게 관광객들이 별로 붐비지 않는 곳을 보여줄 수 있을 거야. 저 위쪽 글로베 리조트는 어때?

라이프: 좋은 아이디어네요. 이제 가야 해요. 마리안네, 식사 고맙습니다.

마리안네: 라이프, 언제든 와도 괜찮아. 이다에게 해적 계곡도 보여줘.

나는 그가 마리안네의 부담스러운 방식에 놀라, 그래서 나를 귀찮은 어린 사촌 동생이나 새로 전학와 인기 없는 학교 친구처럼 느낄까 봐 걱정스럽다. 싫단 말을 하지 못해 돌봐줘야 하는 짐스러운 존재 말이다. 하지만 사실 그는 싫다는 말을 무척 잘한다. 치즈케이크만 해도 그렇지 않은가.

문간에서 라이프가 미소를 띠고 말한다. "네 전화번호 알려줘. 함부르크나 해변에서의 하루, 뭐 그런 일 때문에 그래."

나는 하얀 랜드로버의 뒷모습을 지켜본다. 내가 그에게 이국적인 매력을 가진 존재인지 아니면 마약 중독처럼 재미있는 존재인지 궁금하다.

나는 열한 살에 틸다 언니, 빅토르와 함께 처음으로 바다에 갔다. 언니가 집을 떠난 첫 여름이었다. 방학하던 날, 사마라와 함께 버스 정류장에 가려는데 빅토르의 G클래스가 학교 앞에 서 있던 모습을 지금도 기억한다. 차 유리창이 열리더니 소아성애자가 아니라 언니의 머리가 나왔다. "바다로 가고 싶어?" 언니는 이미 짐을 모두 챙겨왔다. 나는 언니가 왔다는 것조차 모르고 있었다. 원래 언니는 내가 베를린에서 방학을 보내도록 그다음 주에 나를 데리러 올 예정이었다. 우리는 늘 그렇게 계획을 세웠고, 겨울방학과 부활절과 오순절 방학도 같은 방식으로 보냈다. 언니가 나를 다시 집에 데려다줄 때나 기차에 앉힐 때면 너무나 슬펐지만, 그래도 나는 베를린에서 보내는 방학을 아주 좋아했다. 작별이 힘들 때마다 매번 베를린에서 방학을 보낼 가치가 있는지 스스로에게 물었고, 당연히 완벽하게 그럴 가치가 있었다.

그해 여름, 언니가 나를 네덜란드 바다로 데려가던 그날은 인생에서 가장 아름다운 날이었고, 모든 작별을 견딜 만했다. 한없이 오래 걸리는 자동차 여행, 온갖 짐을 싣고 여행을 가는 다른 가족들과 함께 겪는 교통체증, 고속도로에서 바라보는 해넘이, 언니와 빅토르가 산 과자와 음료, 다가올 일에 대한 기대감, 맥도날드에서 누린 휴식, 나는 자동차 여행과 기대감을 온전히 즐기기 위해 잠들지 않으려고 애썼다. 저녁이 되어서야 호텔에 도착했는데, 나는 바다에 가겠다고 고집을 부렸다. 끝없이 이어질 것 같은 구불구불한 모래 언덕길, 귀뚜라미 울음소리, 맑은 공기. 마지막 경사면을 오르기 전에 파도 소리가 들렸다. 어떤 순간이 더 아름다웠는지 기억나지 않는다. 처음으로 바다 냄새를 맡고 파도 소리를 들은 순간인지, 아니면 다음 날 바다를 보고 거기 첨벙 들어간 날인지. 완벽하게 행복했다. 때때로 엄마가 지금 뭘 하는지, 내가 없으니 더 좋은지, 함께 오고 싶은데 우리가 같이 오기 싫어하는 걸 아니까 물어볼 엄두가 안 났는지를 생각하면 행복이 조금 흐려졌다.

바다에 처음 갔을 때, 언젠가 바닷가에서 살고 말겠다고 혼자 약속했다. 바다는 세상 무엇보다 나를 매혹했다. 엄청나게 아름답고 거대한 바다는 보잘것없는 내가 아주 작고 아무것도 아니라는 사실을 알려준다. 나는 아무 의미도 없다는 사실을. 처음 바다에 갔을 때, 엄마가 집에 남지 말고 함께 왔더라면 어땠을까 상상했던 일을 지금도 기억한다. 엄마와 함께 해변에 앉아 말없이 바다를 바라보는 모습을 상상했다. 엄마도 바다를 엄청나게 아름답고 거대하다고 느끼고, 나처럼 바라봤을 거라고. 해일이 닥치면 파도가 엄마와 나를 휩쓸어갈 거야. 해변에 앉아 있는 다른 엄마와 아이들도 쓸어가겠지. 해변의 모든 사람을 쓸어갈 거야. 바다는 엄마가 알코올중독자인지 아닌지, 나쁜 엄마인지 훌륭한 엄마인지 신경도 쓰지 않는다는 점이 왠지 모르게 마음에 들었다. 바다에게는 전혀 문제될 게 없었다. 모든 사람이 똑같았다. 바다는 엄청나게 아름답고 거대한데, 사람들이 바다를 존중하지 않는다면 그건 본인들 잘못이었다.

바다에서 수영할 때면 나는 매번 바다에게 나를 휩쓸어가서 죽일 기회를 주지만, 바다는 그렇게 하지 않는다. 나는 그 점을 높이 평가한다. 날씨가 어떻든 상관없이 언제나 이렇게 아름다운 모습으로 내 눈앞에 있고, 가끔 거칠게 춤을 추고, 내가 무례하게 굴어도 나를 죽이려 하지 않는다. 아주 드물긴

하지만 바다가 나를 자신의 일부로 받아들이는 기분이 들 때가 있다. 가장 아름다운 느낌이다. 바다는 때때로 내가 물고기나 인어라고 생각하는 것 같다.

다음 날, 라이프의 차는 우리 집 앞 도로에 없다. 그는 "바다에 가고 싶어?"라고 묻지 않고, 문자도 보내지 않는다. 나는 전날 저녁에 짐을 대충 챙겨뒀다. 마리안네에게 선크림과 가방이 어디 있는지 물었던 일이 한없이 창피하다. "라이프에게 분명히 뭔가 일이 생겼을 거야." 점심 식사를 하면서 마리안네가 말한다.

나: 난 해변에서 종일 시간을 보내고 싶은 마음이 없어요.

저녁에 라이프에게서 문자가 온다: 미안, 그 사이에 일이 생겼어.

라이프: 내일 9시 어때?

나는 휴대폰을 책상에 내려놓고, 저녁상을 차리는 마리안네를 돕는다. 라이프도 한번 안절부절못해 봐야지, 뭐. 대답할 시간을 미루려고 저녁 식사 후에 보틴헨이 더 있는지 묻고, 마리안네를 도와 식탁을 치우고, 하기 싫은 식기세척기 정리도 도맡는다. 그런 다음 침대에 앉아 답장을 여러 번 시도한다.

해변에서 하루 보내자고 한 말이 진담인 줄 전혀 몰랐어. 하하, 괜찮아. 어차피 농담이라고 생각했는데 뭘. 너무 길고 복잡하다. 쿨하지 못하다.

무슨 소리야? 나 감기 걸렸어. 내일은 할 일이 있어. 그러다가 '응'이라고 써서 보낸다.

읽었다는 파란 체크 표시 두 개.

라이프 : 잘됐다.

라이프 : 몸 상태는 어때?

지금 혹시 나랑 문자를 주고받자는 건가?

나 : 좋아.

나 : 이제 물개에 가야 해.

나 : 내일 만나.

나 : 그사이에 너에게 일이 생기지 않는다면.

마지막의 충동적인 문자는 바로 삭제하려고 했는데 이미 늦었다. 수신 확인 표시가 떠서 나는 휴대폰을 카펫에 던진다. 창피하다.

휴대폰을 바닥에 그대로 둔 채 물개로 향한다. 원래 그럴 계획은 전혀 없었지만, 어쩌면 기분도 나아지고 크누트도 기뻐할지 모른다. 게다가 내가 물개에 있는 줄 알고 라이프가 나중에 왔는데 없으면 이상한 상황이 되니까. 하지만 물론 라

이프는 물개로 오지 않는다. 내일 그의 랜드로버가 우리 문
앞에 서 있을 확률도 그다지 높지 않을 것 같다.

괘종시계가 8시 45분을 가리키자 나는 초조해진다. 라이프가 나를 또 바람맞히겠지. 나는 원래 바람맞는 타입이 아니다. 보통은 내가 첫눈에 흥미롭다고 느낀 사람들을 손아귀에 넣고 마음대로 주무르는데, 지금은 어쩌 보통 때와 다른 것 같다. 마리안네는 신문을 읽고, 나는 보프로스트 냉동식품 카탈로그를 넘기며 마리안네가 다음에 주문할 때 참고하도록 구미가 당기는 물품에 연필로 체크한다.

괘종시계가 한 번 울린다. 9시 55분 조금 안 된 시각이다. 발트마이스터 바닐라 아이스크림에 체크하다가 곁눈질해 보니 창밖에 라이프의 하얀 랜드로버가 보인다. 검정 수영복에 헐렁한 흰색 탱크톱, 분홍색 선글라스 차림의 그가 차에서 내리는 걸 보고 나는 문으로 달려간다.

"재미있게 지내고 선크림 잘 바르렴!" 마리안네가 내 등에 대고 소리친다.

차를 타고 가는 동안, 그리고 결과적으로 하이킹이 되어버린 길을 걸어가면서 우리는 새로운 게임을 하는 것 같다. 먼저 말을 거는 사람이 지는 게임이다. 나는 '그사이에 너에게 일이 생기지 않는다면'이라고 쓴 문자가 여전히 너무 창피해서 카펫에 내던진 휴대폰을 보지 않았고, 그래서 그가 뭐라고 답장을 보냈는지 모르므로 말을 걸고 싶지 않다. 라이프도 별말이 없지만 내내 재미있다는 표정을 짓고 있어서 미치겠다. 숲 입구에서 그가 곤충 스프레이를 내밀며 숲을 고갯짓하자, 나는 그의 말을 알아듣고 악취가 나는 스프레이를 흠뻑 뿌린다.

물오른 초록 숲, 축축하고 더운 너도밤나무 숲을 걷는 동안 우연인 듯 우리 둘의 손이 계속 스친다. 우연히 스쳤는지, 이번에도 우연이었는지 알아내려고 라이프를 쳐다보면 거의 그의 시선을 마주하게 되고, 비죽비죽 나오는 웃음을 참을 수 없다.

땀에 푹 젖은 채 사람들이 없는 해변에 드디어 도착한다. 오늘은 전혀 다르게 반짝이는 푸른 발트해 앞에서, 나는 달려가며 가방과 옷을 바닥에 던진다. 뒤를 돌아보니 라이프는 그냥 팔짱을 낀 채 서서 웃으며 고개를 젓고 있다. 나도 웃음이 터진다. "내가 이길 거야." 그렇게 소리 지르고는, 내가 말하지 않기 게임에서 졌다는 걸 깨닫고 계속 달려간다. 다시 한번 돌아보니 수영복만 입고 내 뒤를 따라 달려오는 라이프가 보인다. 나는 적어도 이번 게임은 이기려고 의기양양하게 "이 겼다!"라고 외치며 발트해에 몸을 던진다.

우리는 먼바다로 수영해 나간다. 나는 아플 정도로 깊게 잠 수하는데, 가장 깊게 들어간 지점에서 그의 손이 내 발을 스 친 것 같다. 내 몸은 그의 손이 또다시 스치기를 바란다. 그런 일은 일어나지 않는다. 왠지 그와는 언제나 이런 상태일 것 같다. 스킨십이 또 일어난다고 믿을 수 없는 상태. 그사이에 언제나 뭔가 일이 생기고, 나는 스킨십을 바라지만 아마도 그 는 그다지인 상태가 계속되리라는 것.

물에서 고개를 내밀고, 그가 나를 찾아 두리번거리는 모습 을 보자 얼른 다시 잠수한다. 다시 고개를 내밀자 그가 겨우 몇 미터 떨어진 곳에서 나를 빤히 보고 있는데, 이번에는 장 난꾸러기 같은 미소가 없다. 나는 서 있을 수가 없어서 그에 게 수영해 간 다음, 발밑을 더듬어보지만 바닥이 없다. 나는 그의 목에 팔을 감아 꽉 안은 채, 그의 초록빛 눈동자에서 내 수많은 질문에 대한 답을 찾으려고 한다. 하지만 아무것도 발 견하지 못한다.

라이프가 양손을 내 뺨에 대고 엄지로 얼굴에서 발트해를 쓸어낸다.

라이프: 무슨 생각해?

나: 너에게 키스할까 고민 중이야.

라이프: 그래서?

나는 어깨를 으쓱한다.

"모르겠어." 거짓말을 한다.

그의 코끝이 내 코끝을 아주 살짝 스치자 나는 그에게 기필
코 키스해야겠다고 생각하며 묻는다. "무슨 생각해?"

라이프: 너에게 키스할까 고민 중이야.

나: 그래서?

라이프의 입술이 내 입술을 미풍처럼 아주 잠깐 스친다.

"모르겠어." 그의 속삭임에 나는 게임을 더는 계속할 마음
이 사라져 아무 말도 하지 않는다. 우리는 십대가 아니잖아.
나는 그에게 제대로 키스하며, 이제 돌이킬 수 없다는 걸 깨
닫는다.

사흘 후에 우리는 함부르크로 향하는 그의 랜드로버에 나란히 앉아 있다.

나는 도로를 빤히 내다보는 라이프의 기색을 살핀다.

나를 흘끗 본 그가 흐릿하게 억지 미소를 짓는다.

나: 라이프, 괜찮아?

라이프는 나를 보며 고개를 끄덕인다. 나는 손을 그의 손에 얹고 엄지로 쓰다듬는다.

나: 라이프, 왜 그래?

라이프: 거기 오랜만에 가거든.

그의 휴대폰과 연결된 자동차가 여러 번 울린다. 화면에 '막스'라고 뜬다. 라이프는 신호음이 다섯 번 울린 후에야 전화를 받아 스피커폰으로 통화한다.

남자: 어이, 라이프. 주말에 여기 온다고 들었는데? 꼭 만나자. 토요일에 즉흥 공연 할래?

라이프: 어, 아니야. 막스.

막스: 그러지 말고 하자. 두 시간만.

라이프는 말이 없다. 그가 무슨 생각을 하는지 알 수만 있다면 뭐든 할 텐데. 어쩌면 내가 이제 소설이라고 부르는 텍스트의 처음 몇 페이지를 줄 수도 있다. 나중에 지워지고 잊힌다고 해도.

해변에 다녀온 후에, 라이프와 보낸 시간이 너무나 아름다워서 그 생각만 해도 속이 메슥거린다. 망가진 내 몸이 그렇게 많은 긍정적인 감정을 도무지 견디거나 처리할 수 없기 때문이다.

발트해로 소풍을 다녀온 다음 날, 내가 '안녕' '몸 상태 어때?'라고 문자를 보냈지만 그는 답장하지 않았다. 그럼에도 나는 그와 잔 것을 전혀 후회하지 않았다.

바다로 소풍을 다녀오고 이틀째 되던 날, 이 사악한 개자식은 다시 아침 8시 30분에 문 앞에 서 있었다. 키스를 하고, "오늘은 너에게 드디어 이 섬을 보여줄게"라고 말했다.

바다로 소풍을 다녀오고 사흘째 되는 오늘, 우리는 그의 차로 함부르크로 간다. 나는 차를 타는 내내 그를 지켜보며 그의 얼굴을, 그의 움직임을, 우울해 보이는 그의 초록색 눈을, 그을린 피부를, 코에 난 귀여운 주근깨를, 수염 깎은 자리를, 아름다운 그의 입을, 갈색 머리카락과 가까이에서만 보이는 밝은색 몇 가닥을 잊어버리지 않으려고 마음에 각인한다.

바다에 간 날, 사실 그전부터 십대처럼 그에게 푹 빠진 나는 비죽거리며 새어나오는 웃음을 계속 참는다. 어제 저녁을 먹을 때 마리안네는 내가 반딧불이처럼 반짝인다고 했다. 그 상상이 마음에 든다.

어제는 라이프와 손을 잡고 자스니츠 항구를 산책했는데, 나는 아주 유치하고 멍청하게도 내 손에 그의 손이 있다면 인생이 충분하다고, 더는 필요한 게 없다고 생각한다. 동시에 그의 손이 빠져나갈지도 모른다는 불안을 엄청나게 느낀다. 머릿속에서 내내 그에게 지나치게 빠져들지 말라는 경보가 울린다. 이 모든 것이 좋은 결말로 끝나지 않으리라는 예감이 왠지 모르게 들기 때문이다. 하지만 다른 한편으로, 난 이런 실망감을 잘 견뎌낼 것 같다. 이제 뭐든 아주 잘 견딜 수 있다. 어느 정도는. 어쨌든 나는 실망에 익숙하고, 이 뜨거운 불길과 고조된 기분이 존재하는 한 즐기고 싶다. 모든 게 엄청나게 아름답고, 따뜻하고, 반짝거리니까. 그의 손과 내 손을 수갑으로 묶으면 제일 좋을 것 같다. 라이프가 도망치지 못하게, 그리고 아침부터 저녁까지 손을 맞잡고 자스니츠 항구를 산책할 수 있게.

라이프와 함께 있을 때면 나는 이따금 그도 반딧불이처럼 반짝이고, 그의 눈에서도 반짝임이 보인다고 생각한다. 하지만 그가 마치 작별하듯 나를 아주 이상하게 바라보고, 엄지로 내 뺨을 너무나 슬프게 쓰다듬는 순간도 있다. 우리 둘 중에 하나가 또는 둘 다 죽을병에 걸린 것처럼. 그러다가 갑자기 그는 자신을 완전히 닫아버린다. 뤼겐을 돌아다닌 다음에 나는 그에게 우리가 그의 집으로 가는지 물었다. 그는 싸늘하게 "아니"라고 대답했다. "너를 집에 데려다줄게." 헤어지면서 그는 내 뺨에 키스하고 "미안"이라고 말했다.

하지만 그가 나에게 팔을 두르며 당겨 안고, 머리를 비비는 고양이처럼 그의 뺨이 내 뺨에 닿거나 나에게 키스하지 않으면 질식할 것 같다는 듯이 갑자기 키스하려고 멈춰 서면 나는 그가 행복하다는 걸 느끼고, 그의 "아니"와 "미안"과 이상한 눈빛은 잊어버린다. 내 손에서 그의 손이 빠져나가는 불안감은 원래부터 있지도 않았던 것처럼 사라진다.

라이프가 막스에게 전화한다. "공연 할게. 두 시간만."

틸다 언니는 내가 가는 걸 모른다. 라이프가 언니 가족이 사는 장크트 파울리 소재 다세대주택 앞에 나를 내려주고 헤어지면서 키스한다.

라이프: 문자 보낼게.

멀어지는 랜드로버 뒷모습을 바라보자니 왠지 모르게 기분이 가라앉는다.

나는 초인종 안내판에 '슈미트/볼코프 가족'과 다른 이름들이 쓰여 있는 문 앞에 5분인지 50분인지 서 있으면서, 한 번은 이름 옆의 버튼을 살짝 만지기까지 하지만 누르지는 않고 몸을 돌려 공원으로 간다. 알터 엘브 공원, 큰 성벽 유적과 작은 성벽 유적 공원, 담토어 공원과 플란텐 운 블로멘 공원을 지나서 돌아온다.

언니를 마지막으로 본 건 내가 도망치기 2주 전이었다. 언니가 나에게 600유로를 보내고 내가 언니에게 620유로를 돌려보낸 후에 우리는 심하게 다퉜다. 다퉜다기보다는 지치고 슬픈 눈길로 "너 어쩌면 도움이 필요할지도 몰라"라고 말하는 언니에게 내가 심하게 고함을 질렀다. 언니는 자신이 심리적 도움을 권하는 위치에 있다고 생각하고, 나는 그 점에 아주 많이 화가 난다. 나는 소리 지르지 않고 무척 나지막했던 언니의 말, "너 어쩌면 도움이 필요할지도 몰라"와 고함이었던 내 말, "여기가 내 집이야" "난 여기 있어야 해" "언니 가족에게, 언니 집으로 꺼져 버려" "나는 엄마와 달라"를 떠올린다.

그 후 2주 동안 언니는 계속 전화하고 문자를 보냈지만 내가 전화를 받는 경우는 드물었고, 문자에 답장한 적은 한 번도 없었다. 언니는 나더러 함부르크로 오라고 했지만 나는 그러기 싫었고, 언니가 "내가 빅토르와 아이들과 함께 좀 길게 갈 수도 있어"라면서 들르려고 하는 것도 싫었고, 빅토르와 아이들과 같이 오래 머문다는 건 더욱 싫었다. 도대체 무슨 상상을 하는 거람? 집주인이 죽었으니 갑자기 다시 찾아오겠다고? 그 행복한 가족은 엄마 침대에서 잘 생각인가? 모두 같이? "언니가 오면 내가 떠날 거야." 떠난다는 말이 정확하게 무슨 뜻인지 밝히지 않은 채 나는 전화기에 대고 씩씩거렸다.

틸다: 이다…….

나: 진짜야.

내가 이렇게 흥분하고 극적으로 행동하는 게 가끔은 창피하다. 내가 왜 그러는지 이따금 궁금하지만 물론 이유를 알고 있다. 사실은 창피하지도 않다. 내 안에서 나오는 것은 진짜다. 하지만 나도 놀란다. 마지막으로 이렇게 싸운 후에 언니의 눈에 깃든 체념과 슬픔을 봤다. 엄마와 또 뭔가 일이 생겼을 때 자주 봤던 감정이었다. 그래서 두렵다. 언니가 엄마를 볼 때 언니의 눈에 깃들었던 체념과 슬픔이 다시 엿보여서 나는 정말 불안하다.

나는 이제 문이 열릴 때 언니의 눈에 깃들 체념과 슬픔을 상상한다. 어떻게 지내는지, 공황 발작을 또 한 번 겪었는지, 앞으로 어떤 계획이 있는지 묻거나 아니면 내가 또 달아나거나 화를 낼까 봐 걱정스러워 아무것도 묻지 않을 때 언니에게 생겨날 체념과 슬픔. 언니 얼굴에서 명확하게 읽게 될 질문, "병원에 가는 게 좋지 않을까?"를 상상한다. 무엇보다도 집 계약을 해지했다고 알리고, 짐이 가득한 집을 어떻게 해야 할까 언니와 이야기해야 한다는 사실을 떠올린다. 짐이 가득한 집을 어떻게 하지? 짐들을 어떻게 하지? 엄마에 대한 마지막 기억을? 불태워야 하나? "불태워야 하나?" 나는 나지막하게 속삭인다.

사실, 내가 부끄러워한다는 점이 가장 끔찍하다. 장례식에 참석하지 않아서 부끄럽고, 그저 집과 가정이 있고 자기 삶을 잘 통제한다는 이유로 언니에게 너무나 끔찍한 말을 마구 퍼부은 게 부끄럽다. 하지만 다른 한편으로는, 언니에게 집과 가정이 있고 자기 삶을 잘 통제한다고 해서 내 처지를 부끄러워해서는 안 된다고 소리치는 분노 덩어리가 내면에 존재해서 부끄럽지 않다. 나에게 있는 거라고는 오로지 이 분노 덩어리와 부끄러움과 죽은 엄마와 온갖 빌어먹을 일들뿐인데, 이건 너무 부당한 일이라 이 분노 덩어리를 내 배에서 잘라내버리고 싶다. 배에 이런 분노 덩어리를 품고 도대체 얼마나 오래 살 수 있는지 궁금하다.

사마라의 엄마가 만든 아랍 특식이 담긴 짝퉁 타파웨어를 생각한다. 그게 없었더라면 아마 나는 굶어 죽었겠지. 행복로에 살던, 짧은 기간에 연거푸 사망한 모녀. 폭발 직전, 심근경색이라고 착각한 공황 발작, 언니가 왓츠앱으로 보낸 함부르크행 플렉스 티켓, 뤼겐으로 향했던 도주를 생각한다.

구글 지도를 연다. 중앙역까지 32분 걸린다. 아동용 트레일러를 매단 자전거로 나를 추월하는 어떤 아버지를 보며, 저런 트레일러 이름이 뭘까 생각한다. 바나와 니코에게도 저런 게 있거나 예전에 있었다. 다섯 살짜리도 저 안에 앉아 있을 수 있는지 궁금하다.

독일 기차 앱을 열어본다. 22시 54분에 출발하면 새벽 6시 55분에 뤼겐 빈츠에 도착한다. 빌어먹을 독일 기차. 나는 걷다가 거의 달리다시피 해 초인종으로 돌아간다. 아주 짤막하게 "안녕"이라고 인사할 수 있겠지. 어른이라면 그렇듯이 "집 계약을 해지했어" 그리고 "나는 그럭저럭 괜찮아. 잘 지내?"
라고 인사하고. '병원'이라는 단어가 나오거나, 너무 많거나
너무 적은 질문을 받거나, 분노 덩어리가 점점 커져서 불붙기
시작한다는 걸 느끼면 22시 54분 기차를 타도 늦지 않아. 마
리안네가 틀림없이 아침 일찍 나를 데리러 올 거야.

　건물 앞에는 자전거가 무척 많고, 그중 몇 대에는 아동용
트레일러와 안장이 달려 있다. 건물 벽을 쳐다본다. 고풍스러
우면서도 세련된 주거용 건물 발코니 대부분에 꽃이 가득하
고 예외 없이 모두 잘 손질되어 있다. 틸다 언니는 임신했을
때 베를린에서 함부르크로 이사했다. 나에게는 힘든 시기였
다. 이때 우리 둘 사이에서 뭔가 부서졌다. 나는 조카들을 사
랑하지만, 아이들이 아직 언니 배 속에 있을 때는 그저 '빌어
먹을, 이제 곧 언니에게는 자기 가족이 생기는데 나는 엄마밖
에 없어'라고 생각했다. 언니 가족이 함부르크로 이사하면서
부터 나는 예전과 달리 자주 찾아가지 않았다. 베를린에 살
때는 왠지 모르게 양녀의 역할을 좀 했는데, 그 자리는 쌍둥
이로 대체됐다. 나는 부활절에 마지막으로 왔었고, 그때 엄마
는 아직 살아 있었다. 소파에 누워 있던 엄마가 평소처럼 "베
를린 사람들과 재미있게 지내렴"이라고 말했던 걸 기억한다.
엄마는 베를린 사람들이 그사이에 함부르크로 이사 갔다는
걸 알면서도 그렇게 말했다. 내가 "행복한 부활절 보내"라고

인사하자 엄마는 크게 웃음을 터뜨렸다. 언니와 아이들과 지내는 시간은 늘 그랬듯이 행복했다. 우린 달걀에 그림을 그렸고, 아이들은 흥분해서 초콜릿과 손바닥만 한 그림책이 든 부활절 바구니와 달걀을 찾아 나섰다. 언니는 내가 찾을 바구니도 하나 숨겼다. 내 바구니에는 『코니가 이사 가요』라는 그림책이 들어 있었다.

나는 '슈미트/볼코프 가족'과 '민덴 가족' 초인종 안내판 옆의 버튼을 어루만지면서 민덴 가족은 누군지, 어떤 발코니가 민덴 가족의 것인지, 언니 가족이 민덴 가족을 좋아하는지 궁금해하다가, 더는 다른 생각을 하지 말자고 결심하고 '슈미트/볼코프' 옆의 버튼을 아주 재빨리 누르고는 도망치려는 마음을 억누른다.

인터폰에서 언니 목소리가, 그 뒤에서 아이들 목소리가 들리고 내 목구멍에 덩어리가 걸린다.

틸다: 누구세요?

틸다: 누구신데요?

나: 안녕.

정적.

틸다: 이다?

언니가 나를 품에 안는다. 나는 언니 품에 폭 안긴다. 언니가 그리웠다.

포옹을 풀고 우리는 조심스럽고 약간 긴장한 마음으로 마주 보고 선다. "너, 탔구나." 언니의 말에 나는 "응"이라고 대답한 뒤, "뤼겐은 독일에서 일조량이 무척 높은 지역 중 하나야"라는 마리안네의 말을 덧붙이고는 무슨 말을 해야 할지 몰라서 "계단실에서 친환경 상점 냄새랑 채소 죽 냄새가 나"라고 말한다. 잠옷 차림으로 달려와서 강아지처럼 뛰어올라 "이다, 이다, 이다 이모"라고 부르며 나에게 얼른 새로운 소식을 전하려는 바나와 니코에게 고마움을 느낀다.

"나는 돌고래가 그려진 책가방이 있어!"

"나는 행성이 그려진 책가방!"

"우린 자전거를 타고 유치원에 가!"

"우린 해마가 있어!"

"아빠가 발코니에 작은 수영장을 만들어줬어!"

나는 이 어린 생명체들을 사랑하고, 허접한 온갖 일이 아이들에게는 얼마나 흥미진진하고 아름다운지 늘 굉장하다고 생각한다. 빨강과 하양 줄무늬 잠옷을 입은 아이들은 또 얼마나 귀여운가. 바나의 금발 생머리는 길게 자랐고 니코의 갈색 고수머리는 이제 구불거림이 약간 줄었다. 아빠에게서 물려받은 파란 눈동자는 지난번에 봤을 때와 똑같이 푸르게 반짝인다.

언니와 나는 아이들을 침대로 데려가고, 나는 예전에 잠들기 전에 언니가 그랬듯이 아이들에게 이야기를 들려준다. 언니는 침대 옆 바닥에 앉아 책을 읽는다.

니코와 바나는 여행을 가서 물장난을 치다가 너무 멀리 수영해 나가는 바람에 괴물과 마법의 존재들이 잔뜩 있는 마법의 섬으로 밀려갔다. 이제 둘은 돌아올 길을 어떻게든 찾아내야 한다. 니코는 어린 마법사의 능력을, 바나는 변신술 능력을 발견한다.

아이들은 무척 기가 죽었는데, 특히 바나가 그렇다. "하지만 우리는 바다에서 수영하면 안 돼. 엄마가 그랬어." "괴물은 없어." "니코는 마술을 하나도 못 해." 나는 "엄마가 금지하는 일도 가끔은 해야 해" "괴물은 당연히 있어. 네가 못 봤다고 괴물이 없는 건 아니야" "니코는 분명히 마술을 부릴 수 있어. 이제 배우기만 하면 돼"라고 대답하며, 책을 읽던 언니가 끼어들까 슬쩍 곁눈질을 하지만, 언니 입술에는 미소가 담겨 있다.

니코: 엄마 말로, 이모도 섬에 산대.

나: 맞아.

니코: 거기 친구 있어?

나: 응.

니코: 몇 명?

나: 세 명.

니코: 이름이 뭐야?

나: 마리안네랑 크누트.

나: 그리고 라이프.

바나: 난 유치원에 친구가 훨씬 더 많아. 안톤, 안나, 마라, 야라, 에밀리아…….

니코: 나는 친구가 다섯 명이야.

나는 이야기를 하다가 길을 좀 잃어서 줄기를 너무 많이 치고 등장인물을 수없이 나열하는 바람에, 아이들을 재우기는커녕 오늘 저녁에 이야기를 마칠 수도 없게 된다.

늑대 모습인 바나는 사악한 섬의 여왕이 만든 나무우듬지 산책로에서 길을 잃은 니코를 찾던 중에 상처 입은 용 라푸스를 만나는데, 용은 바나가 니코를 찾는 일을 도우려고 한다. 나는 이 지점이 아주 훌륭한 클리프행어라고 판단하고 이렇게 말한다. "바나가 라푸스의 도움으로 니코를 미로에서 구해낼지, 둘이 과연 집으로 돌아오는 길을 찾을지는 다음에 이야기해줄게."

아이들도 나처럼 이런 클리프행어를 좋아하지 않는다. 바나는 내 무릎에 기대어 우는 반면, 니코는 아주 차분하게 묻는다. "언제 계속 얘기해줄 거야?"

나: 어쩌면 내일?

니코: 어쩌면 내일, 아니면 그냥 내일?

나는 아이의 고수머리를 얼굴에서 쓸어낸다.

나: 내일.

바나: 약속한 거지?

나: 약속했어.

니코: 라푸스가 우리를 데리고 다시 날아올 수 있어?

나: 어쩌면.

바나가 소리친다: 하지만 라푸스는 날개를 다쳤잖아!

언니가 아이들에게: 아이고, 이 개구쟁이들. 오늘밤에 흥미진진한 꿈을 꾸겠구나.

언니가 나에게: 나는 이 이야기를 더 지어내지 않을 거고, 지어낼 수도 없어. 그러니 어쩔 수 없이 네가 여기 있어야 해.

나중에 빅토르와 언니와 나는 맥주를 들고 발코니에 앉는다. 죽은 엄마와 공황 발작, 병원, 가구 해체, 미래 계획과 그 외 온갖 허섭스레기에 대해서는 말하지 않는다. 그 대신 언니는 부담 없는 대화를 나누면서 동시에 내 현재 상황에 대해 좀 알아내려고 애쓴다. "자, 뤼겐에서 뭘 하는지 말해봐."

나는 언니가 자기 손을, 그런 다음 빅토르의 손을 주무르고 내 시선을 오래 버티지 못하고 피하는 모습을 보며 긴장했다는 걸 눈치챈다. 언니와는 전혀 안 어울리는 행동이군. 만약 내가 언니고, 나처럼 문제 있는 동생이 찾아왔다고 해보자.

대화는 완전히 지뢰밭이 되겠지. 뭔가 잘못 말하면 문제 있는 동생이 달아날까 봐 내내 걱정할 테고. 그렇게 생각하니 언니가 약간 안됐다. 그래서 마리안네와 크누트, 마리안네와 지내는 나날, 생선 시장, 정원 일과 게임, 물개와 발트해에 대해 조금 말해준다. 언니가 고개를 끄덕이며 미소를 짓지만 나는 그 미소에 깃든 슬픈 기색을 알아본다. 언니는 나를 돕는 사람이 자기가 아니라서 슬프거나 안타까운 것이다.

어쩌다가 프레제 부부와 같이 살게 됐는지에 대해, 또 아침에 하는 위험한 수영이나 밤에 숲으로 갔던 일에 대해서는 언급하지 않지만, 그 대신 다시 글을 쓴다는 말은 한다.

나: 나, 다시 글을 써.

언니가 고개를 든다. 깜짝 놀란, 두려운 듯한 표정이다.

틸다: 뭐에 대해서?

나는 어깨를 으쓱하고, 언니 마음에 들지 않을 거라고 짐작해서 대답하지 않는다.

틸다: 라이프가 누구야?

나: 친구.

빅토르: 라이프 얀젠이 네 남자 친구라고?

나: 그냥 친구.

틸다: 라이프 얀젠이 누군데?

빅토르: 상당히 훌륭한 디제이야.

틸다: 그 사람이 네 남자 친구야? 어떻게 만났어?

나: 그냥 친구라고. 뤼겐에서 만났어.

틸다: 좋은 사람이야?

언니는 내가 개자식들에게 약하다는 사실을 알고 있다. 나는 어깨를 으쓱하면서, 이런 반응이 그를 설명하기에는 충분하지 않다는 생각을 한다.

나: 괜찮은 사람이야.

"하지만 언니, 누구나 빅토르 같은 품위 있는 기사를 찾아내지는 못해." 나는 이렇게 덧붙이고 빅토르에게 윙크한다.

언니는 한 손을 빅토르의 목에 얹고 품위 있는 기사의 얼굴을 거칠다 싶을 만큼 세게 자기 쪽으로 끌어당긴다.

틸다: 그리고 누구나 나 같은 품위 있는 여자 기사를 찾아내는 건 아니고 말이야.

나는 그것도 맞는 말이라고 생각한다.

잠시 후에 빅토르는 품위 있는 기사에 어울리는 역할을 하며 자리에서 물러난다.

둘 다 스몰 토크를 아주 싫어하면서도, 그리고 방에 있는 거대한 코끼리가 우리에게 그림자를 드리우며 위협하는데도 우리는 중요하지 않은 이런저런 이야기를 나눈다. 언니는 자기 교수직과 학생들, 아이들과 장크트 파울리에 있는 아이들의 유치원, 짜증을 돋우는 극성 부모들, 빅토르에 대해 이야기한다. 나는 언니에게 뤼겐과 나무우듬지 산책로와 날씨 이야기를 한다. 날씨는 오래 이야기할 만한 주제다. 얼마나 이상한 여름인지, 폭풍과 비가 얼마나 잦은지.

그러다가 이상한 올해 여름에 관한 이야깃거리가 다 떨어지자 우리는 서로 마주 본다. 나는 언니의 눈에서 이제 불편한 이야기가 시작되리라는 것을 알아본다. 코끼리가 발을 쿵쿵 구른다. 나는 일이 시작되기 전에 일어나 떠날까 고민한다. 지금까지는 아이들과 놀고, 아이들을 재우고, 수다를 떨고, 날씨 이야기를 하고, 지극히 괜찮았다.

틸다: 이다.

나는 고개를 젓는다.

이다: 언니, 하지 마.

틸다: 이다, 내가 뭘 해야 할지 정말 모르겠어. 너를 어떻게 도와야 할지.

나: 그럴 거 없어. 나는 도움이 필요하지 않아.

틸다: 이다, 걱정스러워.

이다: 걱정할 필요 없어.

이다: 지금까지 나 혼자 아주 잘해냈잖아.

내가 방금 정말로 이렇게 말했나? 의문이 들지만, 언니의 눈을 보니 정말 그렇게 말했다. 우리 둘 다 눈물이 날 정도로 웃는다.

나는 말을 고친다 : 지금까지 나는 살아남았어.

정신을 차리고 웃음의 눈물을 말린 후에 우리는 영원처럼 느껴지는 긴 시간 동안 침묵한다. 그러다가 언니가 다시 한번 시도한다. 물론 그래야겠지.

틸다 : 너는 스스로를 완전히 닫아버렸어. 그때 이후로⋯⋯.

틸다 : 나랑 이야기를 하지 않아.

틸다 : 그러고 그날 밤에 전화해서 죽는다고, 네 심장이 멈출 것 같다고 말하고는 그 섬으로 가고. 전화는 비행 모드로 해두고. 이다, 이건 빌어먹을 짓이야.

나 : 그래, 난 소소한 위기를 좀 겪었어.

나 : 하지만 이제 거의 다 극복한 것 같아.

언니는 전혀 믿지 못하겠다는 듯이 눈썹을 치켜세우고 나를 빤히 본다. 나도 내 말을 믿지 않는다. 기본적으로 전혀 안 믿긴다.

나 : 우리 날씨 이야기로 돌아갈까?

틸다 : 심장 문제가 또 있었어?

나는 고개를 저으며 내 심장을, 심장을 찌르는 느낌을, 호흡 곤란을, 죽음을 생각하지 않으려고 한다. 다시는 생각하고 싶지 않다.

틸다 : 왜 우리에게 오지 않았어?

나 : 왜냐하면.

틸다: 왜?

나는 언니의 시선을 피해 탁자를, 케첩 맛 곰 모양 스낵을, 다리가 없는 곰 한 마리를 보다가 어깨를 으쓱한다. "나도 몰라." 그렇게 대답하고는 내 내면의 분노 덩어리를, 냉장고 안쪽에 붙어 있는 네 칸짜리 가족 일정표를, 건물 앞에 세워져 있는 아동용 트레일러가 달린 자전거들을, 계단실에서 풍겨오는 친환경 상점과 채소 죽 냄새를, 민덴 가족과 이곳에 사는 다른 가족들을 생각한다. 나는 곰 스낵에서 언니에게로 시선을 옮긴다. "나 혼자 이겨내야 해."

"이건 내 지옥이지, 언니의 지옥이 아니야"라거나 "내 안에 있는 빌어먹을 불길을 꺼야 해"라는 말은 하지 않는다.

틸다: 왜 다른 사람의 도움은 받지 않아?

나: 언니, 그만해.

분노 덩어리가 타오르기 시작하고, 언니 마음을 아프게 하고 싶다. "언니, 나는 도움이 필요하지 않아. 언니는 떠났고, 이제 일은 이렇게 됐어. 언니가 바꿀 수 있는 일이 더는 없어. 엄마는 죽었고, 나는 아직 남아 있어. 이건 내 삶이야. 언니 삶이 아니라."

언니는 아무 말도 하지 않고 그저 또 슬픔과 체념이 깃든 눈으로 나를 본다. 마음이 아픈 것이다. 언니 마음이 아프고,

분노 덩어리가 한 말 때문에 내 마음도 아프다.

우리는 둘 다 입을 다문 채 이 이상한 여름의 어두운 밤을 내다본다.

나: 그리고 마리안네가 나를 도와줘. 지금 내 가족과 비슷한 사람이야. 나에게 좋은 일을 해.

언니는 숨을 꿀꺽 삼키고 거의 들리지 않을 만큼 작은 목소리로 "다행이야"라고 겨우 내뱉는다. 나 때문에 언니가 말문이 막힌 건 드문 일이다. 내 말이 언니에게 명중했다. 하지만 그 일은 예상과 달리 그다지 만족스럽지 않아서 나는 어떻게 제2의 가족이 생겼는지, 어쩌다가 마리안네와 크누트를 만나게 됐는지, 그리고 마리안네가 어떻게 나를 보살폈는지 이야기한다. 어미를 잃고 추락하여 다친 참새를 돌보듯 마리안네가 나를 보살핀 이야기를.

언니는 내 상태가 정말로 예전보다 나은지 묻고, 내가 대답한다. "응, 그런 것 같아."

그런 다음 우리는 침묵하며, 케첩 맛 곰 스낵으로 정적과 우리 입을 채운다. 곰 스낵을 다 먹은 후에 내가 드디어 말한다. "집 계약을 해지했어."

언니가 나를 보더니 아무 말도 없이 그저 고개만 끄덕인다.

나: 이제 정리해야 해.

틸다: 우리가 해낼 수 있어.

10년쯤 전과 똑같은 소파 베드에 빅토르가 누워 있다. 이런 빅토르 덕분에 자기 옆에서 자겠냐고 늘 물어오는 언니에게 고집 센 아이처럼 "아니야"라고 대꾸하지 않아도 된다. 약간 다행이다. 따로 잘 곳도 없고, 바닥에서 자거나 빅토르 옆의 소파에서 자는 것도 이상하고 웃겨서 선택의 여지가 없다. "좋든 싫든 달리 선택의 여지가 없네."

언니 옆에 누워 창밖을 내다보며, 나는 적어도 이 상황은 변하지 않았다고 생각한다.

언니가 예전처럼 한 팔을 나에게 얹고, 나도 예전처럼 언니 손을 꽉 잡는다. 언니가 속삭인다. "이다, 다 괜찮아질 거야." 나는 "그거야 언니가 모르지"라고 대답하지 않고 그냥 잠이 들어, 바나와 니코와 라푸스 꿈을 꾼다.

그리고 엄마 꿈도.

금요일 아침, 언니와 함께 아이들을 유치원에 데려다주면서, 어쩌면 외출한 사이에 라이프가 보낼지도 모르는 문자를 깜짝 반기고 싶어 휴대폰을 집에 두고 간다. 두 아이는 나에게 자기들이 자전거를 얼마나 잘 타는지 보여주느라 흥분해서 바나는 건물 문 앞에서 바로 두 번 넘어지고, 니코는 어떤 십대 소년과 부딪치고 만다.

그런 후에 언니와 나는 날씨가 좋은데도 야외 수영장에 간다.

언니는 레인을 스물두 번 돌고, 나는 언니보다 더 빨라서 몇 번 더 수영한다. 그 후에 우리는 벤치에 앉아 커피를 마시고 막대 아이스크림을 먹는다.

나: 언니 일과가 이렇구나? 아이들을 유치원에 데려다주고, 수영하고, 막대 아이스크림과 커피를 먹고 마시고, 가끔은 조금 일하고?

언니가 웃는다.

틸다: 안타깝게도 그렇지 않아. 나는 종일 대학교에 있어. 빅토르가 아이들을 유치원에 데려다주지.

틸다: 하지만 요즘은 저녁에 여기 자주 와.

나: 넷이서?

언니가 고개를 끄덕인다.

이런 부모가 있는 바나와 니코가 살짝 부럽고, 맨디처럼 마리안네와 크누트 같은 부모가 있는 집에서 자랐다면 오늘날 내가 어떤 사람이 되었을지, 궁금하다. 그랬더라면 아마 머릿속에 고함도, 배 안에 분노 덩어리도 없겠지. 어쩌면 행복한 젊은 엄마가 되어 남편과 아이와 함께 뤼겐에 살면서, 지금쯤은 분홍색 벨벳 실내복을 입고 해변에 쪼그리고 앉아 야스퍼가 만든 모래성에 감탄하며 손에 삽을 든 아이들의 사진을 찍고 있을지도 모른다.

하지만 엄마와 틸다 언니, 사마라와 기타 등등과 함께한 내 과거도 왠지 모르게 다 괜찮다는 생각이 든다. 다 괜찮다. 맨디든 바나든 그 누구와도 내 유년과 이후를 바꾸고 싶지 않다. 나는 언니를 사랑한다. 엄마를 사랑한다. 엄마가 아팠던 건 빌어먹을 일이다. 엄마의 때이른 죽음은 더 빌어먹을 일이다. 내가 아무것도 바꾸지 못한 것, 너무 조금 노력한 것, 포기한 건 정말로 빌어먹을 일이다. 포기해버린 나를 너무나 증오한다. 인간은 엉망이고 망가졌다. 나도 그렇다. 엄마처럼. 나는 위팔이 아플 때까지 손톱으로 꽉 누른다. 언니의 위팔도 꼬집고 싶다. 언니도 포기했으니까. 이런 분노를 품은 내가 밉지만 어쩔 수 없다. 머리가 고함을 지른다. 그냥 엄마와 나 같은 사람도 존재한다고, 그들은 엉망이고 망가졌다고 고함 친다.

틸다: 네 일과는 어때?

"상관하지 마." 나는 씩씩거리고 일어나서, 분노를 없애려고 물에 뛰어들어 거의 죽을 만큼 깊게 잠수한다. 그런 다음 숨을 헐떡이며 다시 언니 옆에 앉아 대답한다. "아침마다 제일 먼저 하는 일은 발트해에서 수영하는 거야."

"좋구나." 언니가 말한다.

다시 집에 와보니 휴대폰 액정에 두 시간 전에 온 라이프의 문자가 떠 있다.

라이프: 같이 식사할래?

나는 곧장 '응'이라고 대답하고 소파에 앉아 그의 답장을 기다리지만, 지금은 휴대폰을 안 보는 것 같다.

틸다: 너, 왜 히죽거려?

언니는 내 맞은편 식탁에 앉아 연습문제 쪽지를 채점하는 중이다.

나: 밈을 보고 있어.

나는 노트북을 펼치고 작업하는 척한다.

라이프: 5시에 데리러 갈까?

나: 좋아.

원래는 저녁에 빅토르와 언니, 조카들과 다시 한번 야외 수영장에 갔다가 피자를 주문하려고 했다.

나: 이따 라이프랑 저녁 먹을 거야. 5시에 데리러 온대.

틸다: 신사분더러 집에 올라오라고 해.

나: 신사분더러 집에 올라오래. 언니의 말이야.

라이프: 신사분이 기꺼이 올라갈게.

라이프는 젤리 믹스를 가져와서 아이들의 마음을 곧장 사로잡는다. 쉴 새 없이, 순식간에 젤리를 먹어치우는 바나와 니코가 감탄스럽다.

니코: 다른 두 친구는 어디 있어?

나: 섬에.

바나: 마법의 섬은 아니지?

나: 응.

우리는 발코니에 앉고, 바나와 니코는 작은 수영장에서 첨벙대며 논다. 우리 넷은 탁자를 에워싸고 앉아 맥주를 마시는데, 내가 느끼기에는 지나치게 화목하다.

언니와 라이프가 서로 좋아하리라는 것은 이미 예상했다.

언니와 나는 대부분 같은 사람을 좋아하니까. 라이프는 유머러스하고 연약하면서도 공격적인 뭔가가 있는데, 이게 무척이나 매력적이다.

빅토르와 라이프는 음악 이야기를 나누고 언니와 나는 둘의 말에 귀를 기울인다. 언니가 나에게 윙크해서 내가 눈썹을 치켜세우며 입 모양으로 "왜?"라고 묻자, 언니는 고개를 저으며 입 모양으로 "귀여워"라고 대답한다.

나는 고함을 지르고 싶다: 라이프는 귀엽지 않아. 믿음직하지 않고, 뭔가 있어! 분명히 내 마음을 아프게 할 거야! 하지만 항상 분위기를 깨는 사람이 되고 싶지는 않아서 침묵한다. 그리고 라이프는 사실 무척 귀엽다.

라이프: 네, 오늘 밤에 공연이 있어요. 어떻게 될지 두고 봐야죠.

나는 여기가 지나치게 화목해지기 전에, 내가 폭발하거나 우리가 이 가족과 함께 야외 수영장에 가기 전에 끼어든다. 라이프와 둘이 있고 싶으니까. "자, 이제 가자."

니코: 그럼 이야기는? 오늘 끝까지 해준다고 했잖아!

바나: 이모가 약속했어!

나: 내일 해줄게. 약속해.

니코: 어제, 내일 해준다고 했잖아.

아이들이 내 약속을 믿을 수 없게 되어 안타깝지만, 나랑

하는 일이 늘 이렇다. 나는 다른 방식은 배우지 못했다.

우리는 항구로 가면서 생선 샌드위치를 먹다가 산책로 벤치에 앉는다. 라이프와 함께 있을 때면 평소에 떠오르던 생각들이 잠잠해지는데, 이유는 모른다. 아마 그가 무슨 생각을 하는지 내내 궁금하기 때문일 테지. 특히 그의 정신이 다른 곳에 가 있는 것처럼 보이고 시선이 허공을 향할 때면. 그가 너무 아름다워서 내가 그를 보는 데 집중하기 때문일지도 모른다. 아니면 그가 내 최악의 상태를 이미 보았는데도 나와 함께 벤치에 앉아 생선 샌드위치를 먹기 때문일 수도 있다. 아니면 나는 그저 사랑에 빠진 멍청이라서, 이제 더는 제대로 된 생각을 하지 못하기 때문인지도 모른다.

그가 한 팔을 나에게 올려 나를 자기 쪽으로 끌어당기고, 나는 그가 손을 빼지 못하게 꽉 잡고 있다. 내 몸은 온전히 꽉 찼다. 라이프와 영원히 이럴 수도 있다고, 아니면 최소한 한동안 이럴 수도 있다고 잠시 상상해본다. '영원히'라는 건 존재하지 않으니까. 어쩌면 우리 둘이 잘될지도 모른다. 하지만 항구의 모든 것과 생선 샌드위치가, 그가 아이들에게 가져다준 젤리 믹스가 너무 아름다워서 나는 이런 생각을 곧장 그만하기로 한다. 금지된 아름다움, 깨지기 쉬운 아름다움, 잘못된 아름다움, 진짜가 아닌 아름다움. 무엇보다 라이프와 있으면 매 순간이 작별처럼 느껴진다. 늘 마지막일 수 있으니 그와 함께하는 모든 순간을 피에 굶주린 거머리처럼 빨아들여야 할 것 같다.

라이프가 너무 귀엽게 웃어서 나는 그의 볼을 꼬집고 말한다. "여기 길들여질 것 같아."

"그러면 길들여져." 나는 그가 소리 내어 말하도록 그의 아름다운 얼굴에 대고 고함을 지르며 묻는다. "뭐에 길들여지라고?"

그의 입꼬리가 떨린다. 그는 대답하지 않고 내게 키스한다. "그런 너한테." 그가 말한다.

그에게서 얻어낼 수 있는 가장 낭만적인 말은 아마도 그가 나에게 길들여진다는 것일 텐데, 그 말은 실수로라도 나오지 않는다.

"낭만주의자." 내가 말한다.

그가 내 뺨을 쓰다듬는다.

"아이고, 이다."

나는 그의 거친 뺨을 쓰다듬으며 속삭인다. "아이고, 라이프."

"넌 참 독특한 포획물이야."

나는 눈썹을 치켜세우고 그를 빤히 본다.

라이프: 조개를 먹다가 발견한 진주처럼 말이야.

"그걸로 뭘 해야 할지는 전혀 모르지."

"그저 조개를 먹으려다 이 괴상한 진주를 갖게 됐으니 말이야. 아무 데나 막 떨어지는 진주."

나는 조개를 먹다가 진주를 발견하면 어떻게 할까. 물에 다시 던져 넣을까? 만약 라이프가 조개에서 발견한 진주라면, 구멍을 뚫어 목에 걸고 다니면서 보살펴야겠다고 생각한다.

나: 그냥 조심스럽게 보살피면 돼.

나: 난 조개를 먹다가 진주를 발견한 적이 한 번도 없어.

나: 넌 정말 행운아야.

라이프: 맞아, 정말 행운아지.

나: 난 조개를 먹어본 적도 없어.

그러다가 시간이 좀 지난 후에 그가 자기 집을 구경하겠는지 묻는다. 나는 드디어 그의 뭔가를 볼 수 있게 되어 조바심이 난다. 하펜시티 항구 지역 강가에 있는 최신식 건물 앞에 섰을 때, 나는 그가 디제이로서 무척 윤택하게 생활한다고 예감한다. 내가 아는 그는 언제나 뤼겐에 있는 조부모님 집에 살고, 나는 그 집을 겉에서도 본 적이 없어서 기분이 묘하다. 승강기 문이 열리고 그의 집을 바로 들여다본 나는 어리둥절해진다. 열린 부엌과 연결된, 넓고 밝고 세련된 거실과 다이닝 룸이 보인다. 바닥까지 오는 창문 뒤편에 항구가 있다. 높은 천장과 재색 콘크리트 바닥. 이런 집이 뉴욕이나《건축학

다이제스트》잡지가 아니라 독일에 실제로 있다니.

나: 바닥이 콘크리트구나.

라이프: 응.

나: 대박.

나: 이런 걸 로프트라고 하지. 안 그래?

라이프는 양손을 바지 주머니에 넣은 채 문간에 서 있다. 이 상황이 약간 불편한 것처럼. 나는 집을 이리저리 돌아다닌다. 분홍색 복고풍 부엌, 방 한가운데에 놓인 빨간색 소파, 벽쪽에 있는 많은 음반들, 책장, 디제이 믹서, 대형 유리 책상과 그 위에 놓인 맥 컴퓨터. 거주자의 내면이 인테리어를 통해 표현된다는 말은 이 경우에 전혀 맞지 않다. 나에게 집이 있다면, 그 집이 내면을 표현한다면 과연 어떨까. 엄청난 혼란 상태겠지. 사방에 쓰레기가 가득하고, 비도 들이칠 테고.

나는 약간 소심해진다.

나: 나 약간 소심해졌어.

라이프: 하필 집으로 널 그렇게 만드는 데 성공하다니.

서가의 책 중에 내가 읽은 것도 몇 권 있다. "네가 책을 읽는 줄은 몰랐어." 그가 나보다 우월하다고 느끼지 못하게 하려고 이런 말을 하는 거다.

라이프: 그냥 장식용이야.

거실 탁자에는 이미 읽었거나 어쨌든 읽기 시작한 책들이 놓여 있다.

복도는 없고 문만 두 개 있다. 나는 그중 하나를 열어 침실을 들여다본다. 방 한가운데에 놓인 밝은색 대형 목제 침대 하나가 전부다. 바닥까지 닿는 유리창을 통해 보이는 반짝이는 물과 햇빛이 하얀 벽을 빛나게 만든다. 침대는 무척 안락해서 난 더 이상 일어나고 싶지 않다. 방에서 해가 지는 모습은 또 어떤가. 마법 같은 세계의 종말 분위기다. 작별과 폼페이 분위기가 느껴진다.

나 : 거의 폼페이 느낌이네?

라이프 : 화산 폭발 때문에?

나 : 바보.

나 : 너, 오늘 거기 가야 해?

라이프 : 언젠가는 다시 시작해야지.

라이프 : 아직 몇 시간 남았어.

"그 후에는?" 나는 알고 싶어서 묻는다. "얼마나 쉬었어?"

라이프 : 3개월.

나 : 이제 휴식은 끝난 거야?

이 질문을 시작으로 수많은 다른 질문들이 터진다. 특히 궁금한 것 : 이제 다시 함부르크로 올 거야?

라이프 : 어쩌면 조금씩 시작할지도 몰라. 난 사실 디제잉보다는 음악을 하고 싶어. 밤 생활이 나한테 좋은 것 같진 않

아서.

몇 시간이 지나간다. 나는 여전히 침대를 떠나고 싶지 않다. 무엇보다도 라이프가 디제잉하는 클럽에 가고 싶지 않은데, 그 이유는 나도 모른다. 라이프도 내가 거길 가는 걸 원하진 않는 듯한데, 그래도 동행하겠는지 묻는다. 나도 "응"이라고 대답한다. "아니"는 무례한 대답이 될 테니까.

새벽 2시에 우리는 집을 나선다. 그의 팔이 내 어깨에, 그의 손이 내 손에 놓여 있다. 밤을 즐기는 다른 사람들 눈에 우리는 콘서트나 낭만적인 저녁 식사가 끝나고 집으로 돌아가는, 사랑에 빠진 한 쌍처럼 보이겠지. 어쩌면 그들은 우리가 조개를 먹었다고 생각할 수도 있다. 나도 우리가 조개를 먹은 후에 집으로 돌아가는 길이면 좋겠다고 생각한다. 난 어쩌면 진주를 발견했을지도 모른다.

"라이프, 반가워." "라이프, 어떻게 지내?" 또는 영어로 "라이프, 돌아왔구나"라는 인사가 들려온다. 라이프가 나를 소개한다. "이쪽은 이다야. 친구." 이따금 그는 영어로 말한다. "내 친구야(A friend of mine)." 난 뭘 기대했던가. 내가 이제 그의 '여자 친구'라고? 그저 그의 집에 갔고, 방에서 해가 질 때 함께 그의 침대에서 잤다는 이유로? 나도 불특정 소유대명사를 주장하긴 했지만, 이제 난 그를 남자 친구라고 소개하고 싶은 걸까. 나는 그가 자기에게 쏟아지는 관심을 즐기는지 궁금하지만, 지금은 그를 꿰뚫어볼 수가 없고 생각을 전혀 읽을 수 없어서 답을 모른다. 그는 완벽하게 자신을 닫아버렸다.

약간 힘들어진 나는 그 자리를 떠나 진 토닉을 두 잔 마시고 춤을 좀 춘다. 춤추는 사람들 틈에 끼어들어 음악이 있는 앞쪽으로 최대한 가까이 다가가고, 자신을 닫은 라이프의 문제에서 멀어진다.

그가 잠깐 나에게 들러 팔을 쓰다듬고 뺨에 살짝 키스하고는 금방 다시 사라진다. 나는 혼자라고, 텅 비었다고 느낀다.

그 후, 라이프는 부스에서 디제잉을 한다. 그 사람은 명백하게 다른 라이프다. 나는 우리가 처음 만났던 때를, 충혈된 무표정한 눈과 짙은 다크서클을 떠올린다. 마약에 취한 눈으로 무대에 서 있는 그를 보며, 나는 그에 대해 아는 게 전혀 없다고 생각한다. 나는 아는 게 전혀 없다고, 그가 나에게 아무것도 말하지 않았다고. 바닥이 차가운 콘크리트인, 환하고 개방적이고 트렌디한 로프트. 그가 옆에 있지만 다시 사라진다는 것, 나는 그에게 아무것도 아니라는 것, 나는 그에게 그저 마약에 취한 것처럼 재미있는 상황이며, 이제 진짜 마약을 하게 됐으니 나는 더 이상 필요하지 않다는 것. 그가 조개와 진주에 대해 이상한 수다를 떤 것. 밤 생활이 좋지 않다는 그의 말. "나는 너에게 전혀 필요하지 않은 사람인 것 같아"라는 그의 말을 떠올린다. 어쩌면 정말로 그는 나에게 전혀 필요하지 않은 사람인지도 모른다. 나에게 필요한 게 뭘까. 재키 콜라가 필요하다.

바로 가서 재키 콜라 두 캔을 순식간에 마시고, 엄청난 속도로 군것질거리를 삼키던 바나와 니코를 생각한다. 지금 그 아이들 옆에 있다면 좋을 텐데. 둘은 아마 평화롭게 자고 있겠지. 야외 수영장에 다녀오면 무척 피곤하니까. 화장실에서 마주친 누군가가 약이 있는지 물어서 아니라고 대답하고, 다른 사람에게 약이 있는지 묻는다. 그는 가지고 있다길래 나는 받아서 약을 한다. 코피가 흐른다. 지혈하고 댄스플로어로 돌아가지만, 코카인이 왠지 쿨하게 제대로 먹히지 않는다. "빌어먹을, 너 코피 나." 누군가 영어로 말한다. "나젠슈프레이를 너무 많이 뿌려서 그래." 나는 코에 뿌리는 스프레이가 영어로 뭔지 몰라서 이렇게 대답한다. 아마 노즈스프레이겠지. 좀 전에 슬링백에 쑤셔 넣은 화장지로 얼굴을 누른다.

그러고 라이프를 쳐다본다. 그는 땀에 젖은 채 눈을 반쯤 감고, 정신이 완전히 다른 곳에 가 있다. 〈라이프 이즈 라이프 Life Is Life〉 멜로디를 듣는데, 라이프가 〈라이프 이즈 라이프〉의 일부를 샘플링하는지 아니면 내가 그저 상상하는 건지 확실하지 않다. 하지만 저 위에 서 있는 라이프는 나에게 필요한 사람이 전혀 아니라는 것을, 지금 이 순간 완벽하게 확신

한다.

　귓속에서는 음악이 울리고 나는 행복로를 따라 걷는다. '이게 내 인생이야. 지금이 아니면 안 돼'라는 가사를 들으며 연석 하나당 두 걸음씩 걷는데, 우리 집에 전등이 켜져 있지 않다. '난 영원히 살고 싶진 않아. 살아 있는 동안 제대로 살고 싶을 뿐.' 건물 문까지 마지막 남은 몇 걸음. '내 마음은 탁 트인 고속도로 같아. 프랭키가 나는 내 길을 걸어왔다고 말했듯이.' 건물과 우리 현관문. '살아 있는 동안 제대로 살고 싶을 뿐.' 거실과 부엌. 깔끔하게 정리되어 있다. 엄마 방문. 나는 얼어붙는다. 엄마가 누워 있다. 침대에. 이불을 덮은 채. 틸다 언니와 내가 작년 크리스마스에 선물했지만 한 번도 입지 않았던 빨간 체크무늬 플란넬 잠옷 차림이다. 머리카락이 방금 감은 것처럼 반짝인다. 입을 살짝 벌리고 있다. 얼굴이 아주 창백하다. 죽은 사람처럼. 내 귓속에서 계속 〈잇츠 마이 라이프〉가 울린다. 내가 소곤거린다. "엄마가 침대에 누워 있어. 산 사람처럼 보이지 않아." 언니가 "빌어먹을, 호흡을 체크해봐"라고 말한다. "그럴 엄두가 안 나." "어서 해." 나는 엄마에게 다가간다. "숨을 쉬어?" 흉곽이 오르락내리락하지 않는다. "이다?" 엄마 입과 코에 귀를 대봐도 숨소리가 들리지 않는다. "이다, 엄마가 숨을 쉬어?" 공기의 흐름도 느껴지지 않는다. 나는 말이 나오지 않아서 그냥 고개만 젓는다. "이다?" 나는 계속 고개를 젓는다.

피가 바닥에 떨어진다.

"아니. 숨 쉬지 않아."

바닥에 피를 흘리면서 나는 엄마의 방문을 계속 다시 연다. 죽은 채, 죽은 채, 죽은 채 엄마가 거기 누워 있다. "어이, 너 코피 나." 멜로디가 도무지 그치지 않는다. 라이프는 다른 노래는 샘플링하지 못하나? 수백만 곡의 노래가 있는데. 내가 그를 잡지 못하는 것만으로도 이미 충분한데, 이제 그가 나를 죽이려고 한다.

그는 지금 부스에 없다. 마약 빠는 시간이 되어 잠깐 쉬는 중이겠지. 멜로디가 내 안에 있는데, 이걸 어떻게 없애야 할지 알 수 없다.

나는 몇 번이고 계속 침실로 향하고, 몇 번이고 계속 방문을 연다.

그런데 불현듯 엄마가 아니라 라이프가 누워 있다. 시체처럼 창백하게. 눈을 감고. 죽은 채.

그러고 내가 누워 있다. 시체처럼 창백하게. 눈을 감고. 죽은 채.

라이프 이즈 라이프, 죽어서, 나는 엄마를 찾아내고, 라이프를 찾아내고, 나를 찾아낸다. 죽은 채, 죽은 채, 죽은 채. 우리가 서로를 죽이는구나. 나는 엄마의 침실에서, 이 클럽에서 달려 나간다. '지금이 아니면 안 돼.' 머릿속을 울리는 노래를 들으며 엘베강이나 알스터강을 찾는다. 나를 안정시킬 수 있는 거라고는 물뿐이니까. 물이 어디에 있는지 다른 사람들에게 묻는데, 내가 약간 혼란스러워 보이는지 사람들이 도움이 필요한지 물어온다. "도와줄까요?" "경찰을 부를까요?" "아니, 물만 있으면 돼요." 물을 찾는 동안 나는 여러 번 토하다가, 어둠 속에서 가로등 불빛에 반짝이는 알스터강의 수면을 드디어 보고 안도의 한숨을 내쉰다. 차단목을 넘어 제일 앞쪽의 판자 다리에 앉아 반짝이는 알스터강을 바라보다가, 머릿속의 음악 소리가 줄어든 것을 깨닫지만 더 생각하지 않으려 한다. 그렇게 생각하면 다시 커질지도 모르니까. 어쩌면 강에 들어가야 하는 게 아닐까. 그러면 혹시 모든 게 다시 좋아질지도 몰라. 하지만 그건 너무 자살하려는 것처럼 보여서 다들 내가 죽으려 했다고 생각할 테지. 난 죽으려는 게 아니야. 아닌가? 죽으려는 건 아니다. 바나와 니코에게 이야기를 끝까지 들려줘야 해. 발트해가 보고 싶다.

새벽에 토하고 코피를 다 흘린 후에 언 몸으로 다세대주택의 고풍스러운 무거운 문을 열고 깨끗한 계단을 올라 언니 집으로 가는데, 기이할 만큼 정신이 맑고 다시 내 삶을 어느 정도 통제할 수 있게 됐다는 느낌이 든다. 먼저 아이들 방문을 열고 바나와 니코의 뺨에 입맞춤을 하고 속삭인다. 약속 깨서 미안해.

니코가 눈을 뜨고 미소 짓더니 다시 눈을 감는다. 오랜만에 무척 아름답다고 느끼는 순간이다. 물을 마시러 부엌으로 간다. 빅토르가 노트북 앞에 앉아 있다.

나: 안녕.

그가 노트북을 덮는다.

나: 아직 안 잤어?

빅토르: 이제 일어난 거야. 이다, 무슨 일이지?

나: 그게 무슨 말이야?

빅토르: 울었고, 얼굴에 피가 묻어 있잖아. 무슨 일이야?

나는 웃음을 터뜨린다: 아니, 아무 일도 없었어. 피는 코카인 때문이야.

빅토르는 아무 말도 하지 않는다.

나: 그리고 운 거 아니야. 비가 와.

비가 오지 않는다는 걸 우리 둘 다 알지만 빅토르는 고개를 끄덕인다.

나는 그의 맞은편에 앉는다.

나: 뭐 해?

빅토르: 일.

나: 멋지다.

나는 아이들의 고구마와 사과, 코코넛과 옥수수 맛이 나는 유기농 바사삭 사자 과자 포장을 뜯는다. 빌어먹을 맛이다. 두꺼운 종이 같고, 단맛이 너무 적다.

나: 지금 일에 열중하고 있어?

빅토르의 찡그린 이마는 정말로 자기 일에 관해 이야기하고 싶은지를 묻는 듯하다. 나는 빅토르와 대화하기를 좋아하고, 때때로—엄마가 죽기 전에— 언니보다 앞서서 그에게 조언을 구하기도 했다. 빅토르는 언니보다 훨씬 더 사려 깊고 객관적이다. 하지만 그가 하는 프로그래밍 일에 관해서는 대화하지 않는 게 원칙이다. 내가 그 일에 대해 전혀 모르고, 그가 하루 종일 뭘 하는지 모르는 편이 왠지 좋기 때문이다. 틸다 언니가 숫자와 수학으로 뭔가를 하고, 전문 분야가 확률론이라는 건 어느 정도 알고 있다. 나는 언니가 학생들을 욕할 때면 좋다. 그럴 때면 언니가 나를 더 좋아한다는 생각이 항상 든다. 하지만 언니는 최근에 채용한 내 또래 여학생 조교를 좋아한다. "일을 잘해." 언니가 말했다. 왠지 모르게 빌어먹을 기분이 들었다.

정신을 집중한 채 노트북 앞에 앉아 있는 빅토르를 볼 때면 나는 그가 지금 프로그램 기술로 전쟁에서 우크라이나를 지원하거나 멕시코 마약 카르텔을 해킹한다고 이따금 상상한다.

나: 지금 멕시코 마약 카르텔을 해킹하는 중이야?

빅토르는 웃지 않고 나를 바라본다. "하고 싶은 말을 어서 해봐." 그의 눈빛이 이렇게 말해서 나는 입을 연다.

나: 내 생각에, 라이프는 나에게 전혀 필요하지 않은 사람인 것 같아.

빅토르는 여전히 말이 없다.

나: 우린 서로에게 좋지 않은 영향을 준다는 생각이 들어.

빅토르의 입꼬리가 움직인다. 이제 웃는군. 이게 우습다는 건가?

나: 지금 왜 웃어?

빅토르는 다시 진정하려고 애쓴다. "미안. 그런데 너 지금 형편없는 영화의 대사처럼 말해."

나는 절망해서 두꺼운 종이 같은 사자 과자를 입에 마구 쑤셔 넣는다.

나: 그래, 알아. 하지만 어딘지 모르게 난 지금 그런 영화 속 등장인물이 된 것 같아.

나: 어떻게 생각해?

빅토르는 파란 눈동자로 나를 똑바로 보며, 무슨 말을 할지 고민한다. 그가 너무 신중해서 화가 난다. 어쩜 저렇게 신중하고 사려 깊을 수 있지?

"내 생각에, 나는 라이프를 잘 모르는 것 같은데……." 고민한 것에 비해 보잘것없는 수확이다.

나: 그런데?

빅토르: 라이프도 아마 네가 필요할 거야.

이게 무슨 뜻이지? 그리고 라이프'도'라니? 이게 도대체 무슨 교활한 행동이람? 난 지금 형부라는 사람과 훌륭한 대화를 나누면서, 내가 내릴 신중한 결정에 대한 확신을 얻을 거라고 기대했는데.

나: 라이프에게는 내가 필요하지 않아. 그는 내가 어떻게 되든 그다지 관심 없어.

빅토르: 라이프는 너에게 관심이 없지 않아.

우리는 서로 노려보며 눈싸움을 한다. 나는 그러지 않아도 큰 눈을 이기려고 더욱 크게 뜬다.

빅토르: 이다, 너에게 뭐가 좋은지는 스스로가 제일 잘 알 거야.

빅토르가 지금 정말 저런 말을 했나? 그가 이겼다. 나는 웃음을 터뜨리고, 그도 조금 웃는다. 나에게 뭐가 좋은지 난 전혀 모른다는 것, 나는 사실 나를 파괴하는 행동만 한다는 것을 우리 둘 다 알고 있다. 웃는 바람에 다시 코피가 흐르기 시작한다.

빅토르가 나에게 롤휴지를 밀어준다.

나: 쿨하네. 빅토르, 좋은 대화였어. 엘베강에 몸을 던져야겠다! 디즈니 캐릭터들이랑 재미있게 지내.

틸다 언니가 문간에 나타난다.

틸다: 여기서 무슨 파티 중이야?

빅토르: 이다가 엘베강에 몸을 던지려고 하고, 자기가 어떻게 되든 라이프는 관심이 없다고 생각해.

언니가 사랑을 가득 담아 미소 짓는다: 이다, 너 정말 바보야.

잠깐 잠에서 깼을 때 바나가 소파 베드 바로 앞에서 인형을 가지고 노는 걸 본 것 같은데, 정말 바나였는지 내가 마약 때문에 헛것을 봤는지 모르겠다. 하지만 나중에 보니 바나는 여전히 거기 앉아 있다. 머리가 고함을 지른다. 지난밤이 그저 악몽이 아니었다는 걸 깨닫자 나도 고함을 지르고 싶다.

바나: 이모, 뭐 해?

나: 천장을 깨무는 중이야.

바나: 왜?

나: 소리 지르지 않으려고.

바나가 고개를 끄덕이고 작은 플라스틱 인형을 손에 든 채 소파 끝으로 기어 올라와 내 표정을 흉내 내며, 작은 고양이처럼 침대에 들어와도 될지 어떨지 눈치를 본다. 옆자리를 두드리자 작은 고양이가 내 옆으로 기어와 이불 속으로 들어와서 놀이를 계속한다. 인형이 오르락내리락하며 이불 산을 하이킹하고, 바나는 내가 이해하지 못할 말을 혼자 중얼거린다.

휴대폰이 진동한다.

바나: 이모 휴대폰이 계속 웅웅거려.

휴대폰을 들고 액정을 보니 문자메시지가 가득하다. '어디야?' '이다???' 화면을 잠그니 이상할 만큼 정신이 맑다. 나는 화면 잠금을 해제하고 독일 철도 앱을 열어 뤼겐행 기차를 예약하고는, 마리안네에게 문자를 보낼까 고민하다가 그만둔다.

바나: 이모, 뭐 해?

나: 돌아가는 기차를 찾는 중이야.

바나: 섬으로?

나: 응.

나: 너는 뭐 해?

바나: 놀아.

나: 무슨 놀이? 이 인형은 누구야?

바나: 이름이 없어.

나: 인형이 뭐 하지?

바나: 놀아. 뛰어다녀. 그리고 날 수도 있어.

바나는 인형이 어떻게 나는지 보여준다.

나: 우와.

점심 식사 후에 뤼겐으로 돌아가겠다고 말하자 틸다 언니는 살짝 실망한 채 고개를 끄덕이고, 바나는 나더러 이야기를 끝내야 한다고 항의한다.

그래서 나는 이야기를 끝까지 들려준다. 둘 다 집에 돌아오는 데 성공했지만 니코는 왠지 결말이 개코같다고 생각한다. "라푸스의 심한 상처를 고치기에는 네 마법의 힘이 약한데 나더러 어쩌라고?" 내가 어린 마법사에게 묻는다.

나: 방법을 하나 생각해내.

"나도 어떻게 해야 할지 모르겠어." 나는 풀이 죽은 채 조금 덜 공격적으로 덧붙인다.

니코가 대답하지 않는다. 아이가 너무 슬퍼 보여서 나는 또 덧붙인다. "어쩌면 라푸스가 우리 도움 없이도 해낼지 몰라." 하지만 말하고 나니 나는 이야기에 등장도 하지 않았다는 걸 깨닫는다.

나는 빌어먹을 딸, 빌어먹을 동생인 데다가 이야기의 해피엔딩조차 해내지 못하는 빌어먹을 이모로군. 나도 라푸스가 죽는 건 바라지 않고, 게다가 이야기꾼으로서 라푸스를 구할 수 있는데도 멍청한 인간이라서 그렇게 하지 않는다.

"어쩌면 이야기가 계속될 수도 있지 않을까?" 내 말에 아이들이 열심히 고개를 끄덕인다.

니코: 다음에 이모가 오면?

나: 다음에 내가 오면.

문간에서 틸다 언니: 그건 그렇고, 집 문제 말이야. 우리가 아마 곧 내려가서 짐을 정리하게 될 거야.

나는 싸늘하게 웃는다. "그건 그렇고"라니. 언니가 책임을 넘겨받는 걸 친절하다고 생각해야 할지, 아니면 불쾌하다고 생각해야 할지 모르겠다. 해야 할 일을, 그리고 '우리'를 나에게 묻지도 않고 자기랑 빅토르로 정해버렸으니까. 정리해야 할 집이 오로지 자기 집이라는 듯이, 버려야 할 물건이 자기 엄마만의 것이라는 듯이, 뭘 버리고 뭘 잊을지 자기가 결정할 수 있다는 듯이. 나도 같이 가겠다고 말해야 하는지도 모르지만 그건 안 된다. 하필 휴대폰이 진동한다. 왜 휴대폰을 비행 모드로 바꾸거나 진동을 끄지 않았을까. 아마 병적인 자기 학대겠지. 아니면 그가 왠지 모르게 아직 거기 있다는 걸 그냥 느끼고 싶거나.

틸다: 라이프가 조금 안됐네.

"나도 그렇게 생각해." 내가 대꾸한다. 언니가 날 동정하지 않아서 짜증이 난다.

기차에 앉아 있는데, '라이프가 다녀갔어'라는 언니의 문자가 내 배에 말뚝을 박아서. 휴대폰을 비행 모드로 바꾼다.

페이즈 10 게임에서 이겼을 때 라이프의 얼굴과 조개 속 진주, 그와 함께 본 해넘이, 충만했던 그와의 시간을 생각한다.

디제이 부스에 있던 그의 얼굴, 마약에 취한 그의 시선, 〈라이프 이즈 라이프〉, 토하고 피를 흘려 텅 빈 내 몸을 떠올리다가 생각하기를 멈추고 맥북을 펼치고 글을 쓴다.

섬에 오르자 갈매기들이 새된 소리를 지른다. 집으로 가는 길에 꽃을 꺾어 마리안네에게 줄 아주 작은 꽃다발을 만들며, 이곳이 조금쯤은 내 집이 된 게 아닐까 생각한다. 어쨌든 틸다 언니네나 다른 그 어느 곳보다 더 집 같다. 지금 몸 상태가 아주 안 좋지만 그래도 두 사람을 만날 일이 기쁘다.

문을 연 크누트는 약간 당황한 듯하다.

크누트: 벌써 왔어? 라이프는 어디 있지?

나: 함부르크에 남았어요.

"이다야?"라고 묻는 마리안네의 목소리가 들린다.

나를 본 마리안네가 미소를 짓더니 다시 도망치지 못하게 날 끌어들이곤 얼른 문을 닫는다. 내가 어디선가 굴러들어 온 낯선 사람이 아니라, 캐나다에 반년 동안 교환학생으로 갔다 온 딸이라도 되는 것처럼 그녀의 눈에 진심 어린 기쁨이 반짝인다.

마리안네는 저녁상을 차릴 기분이 아니라면서 "얼른 그리스 식당에 가자"고 제안하고, 나는 마리안네가 그럴 때면 그리스 식당에 자주 가는지 궁금하다.

마리안네: 오늘을 축하하기 위해서, 그리고 오늘은 토요일이니까.

당연히 이름이 미코노스인 그리스 식당의 꽉 찬 테라스에 앉아 있노라니 여름과 마늘 냄새가 풍겨온다.

나는 엄마와 함께 레스토랑에 간 적이 한 번도 없다.

나: 난 엄마랑 레스토랑에 간 적이 한 번도 없어요.

마리안네: 특별한 날에는 뭘 했니?

나는 특별한 날에 우리가 뭘 했던가 생각한다. 그런데 어떤 날이 특별한 걸까.

나: 입학 날에는 틸다 언니가 피자를 주문했고요. 후식으로는 바닐라 소스를 얹은 푸딩을 먹었어요.

사실 우리는 생일마다 피자를 주문했다.

사각형 패밀리 피자가 아니라, 커다랗고 평범하고 둥근 피자를 각각 하나씩 주문했다. 언니는 커다랗고 평범하고 둥근 하와이안 피자, 나는 버섯 피자, 엄마는 사계절 피자를. 언니가 떠난 후에도 나는 그 의식을 질질 끌며 이어갔다. 그러다가 언젠가 엄마와 내가 자주 시청하던 〈완벽한 만찬〉에서 영감을 받아, 생일마다 직접 요리하기 시작했고, '셰프 쿡' 앱을 발견한 후부터 요리는 나의 새로운 취미이자 불만의 배출구가 됐다. 엄마가 저렴한 PB 냉동식품 파에야를 무척 좋아해서, 언니가 떠나고 엄마의 두 번째인가 세 번째 생일에는 파에야를 만들었고, 내 생일에는 바닐라 소스를 얹은 애플 팬케이크를 직접 구웠는데 언니가 만든 것처럼 맛있지는 않았다. 그 후 몇 년 동안 요리가 조금씩 변해갔고 나는 〈완벽한 만찬〉처럼 점점 더 많은 코스를 준비했다. 당연히 좌우명을 포함한 메뉴 카드도 있었다. 내가 도입한 엄마와 나의 새로운 가족 의식이었다. 엄마도 항상 좀 기뻐했던 것 같다. 대부분은 함께 식사했고, 보통은 술을 많이 마시지도 않았다. 우리는 언제나 접시 옆에 연필 한 자루를 놓아두고 식사가 끝나면 메뉴 카드 뒷면에 만찬의 점수를 매겼다. 나는 늘 지극히 비판적이라서 나에게 4점에서 9점 사이의 점수를, 엄마는 관대하게 7.5점에서 9.5점 사이의 높은 점수를 줬다.

나: 나중에는 생일이 되면 가끔 내가 요리했어요.

실패한 슈바벤식 만찬이 지금도 기억난다. 부서진 마울타셰와 타버린 페이스트리 디저트 논넨퓌르츨레에 나는 실망한 마음으로 4점을 줬지만, 엄마는 8.5점을 줬다. 엄마가 그렇게 높은 점수를 준 이유는 내가 요리를 대접하는 훌륭한 주인이고 엄마가 마울타셰를 좋아하기 때문이었다. 우리가 함께한 마지막 생일은 내 생일이었는데, 콘셉트는 '인디언 섬머'였다. 전체 요리: 사모사(감자와 완두콩, 건포도와 아몬드를 채운 채소 만두)와 달 쇼르바(남인도식 렌틸콩 수프). 메인 요리: 버터 치킨 티카(요거트에 재운 탄두리 닭가슴살 조각을 부드러운 토마토소스에 끓인 요리)와 탄두리 난(납작한 빵). 후식 : 굴랍 자문(피스타치오와 카다멈을 넣은 둥근 도넛을 설탕 시럽에 튀김). 나는 이 인도식 만찬에 8점을 주었지만, 엄마는 함께 식사하지 않고 취한 채 소파에 누워 계속 술을 마셨다.

나는 식욕이 없지만 그래도 아크로폴리스 요리를 주문한다. 이왕 그리스 식당에 왔으니, 그리고 크누트가 아크로폴리스 요리를 주문해서 같이 먹자고 미리 말했기 때문이다. 마리안네는 기로스를 주문한다.

산더미처럼 쌓인 고기를 입에 퍼 넣으면서 나는 어떤 요리가 완벽한 만찬이었나 곰곰이 생각하고, 오늘 틸다 언니 집 초인종을 누른 라이프를 생각하고, 언니 집 문 앞에서 내가 이미 떠났다는 말을 들은 그의 표정이 어땠을까 생각하고, 진동하던 휴대폰과 내가 겁쟁이라서 다시 비행 모드로 바꾸어 두어 더는 진동하지 않은 휴대폰을 생각한다.

마리안네는 이번 주 날씨가 좋아야 한다고, 섬 축제가 있다고, 우리가 아마 함께 갈 수도 있을 거라고 말한다. 잠깐 들르자는 제안이다.

마리안네 : 사실 축제가 내 취향은 아니야.

마리안네에게 왜 축제가 취향이 아닌지 묻지는 않지만, 그녀가 나처럼 혼자 있는 걸 제일 좋아하는 것 같다고 생각한다. 마리안네는 하이킹과 정원 일, 장보기, 시장 나가기, 크누트와 대화, 요리와 케이크 굽기, 이런저런 일정 등 여러 가지 일을 하지만 손님이 온 적은 없다. 내가 이 집에 살기 시작한 이후로 맨디가 한 번도 온 적이 없다는 사실이 가장 어리둥절하다. 맨디도 섬에 산다고 했는데. 하지만 그녀가 왜 오지 않는지 묻지는 않는다. 내가 맨디의 방에 사는 동안은 그녀가 오는 게 두려우니까.

마리안네가 틸다 언니 소식을 묻는다.

나는 바나와 니코가 서로 얼마나 다른지 설명한다. 그러고 몇 년 전 엄마 생일에 요리했던, 내가 생각하기에 완벽한 만찬이었던 식사를 이야기한다. 콘셉트는 유년기. 전채 요리는 토스트 하와이. 메인 요리는 저녁상 차림과 달걀프라이. 후식은 우리가 처음으로 함께 먹은, 아이스크림 카페의 아이스크림.

나: 아이스크림 카페에서 오후에 사온 아이스크림이었어요.

나는 쿨러백에 든 후식이 망가질까 봐 걱정스러워 재빠르면서도 조심스러운 걸음으로 집으로 달려와 냉동고에 스파게티 아이스크림 두 개를 넣었다. 나는 유년기 요리에 9점을 (최소 비용으로 최고 효과를 얻었으므로), 엄마는 본인이 만든 달걀프라이가 더 맛있다며 7.5점을 줬다.

마리안네: 왜 웃니?

나: 하하, 그러고 보니 엄마가 웃길 때도 있었어요.

211

나는 일요일에 푹 잔다. 월요일 아침 식사 때 마리안네가 나더러 사람들이 몰려오기 전에 해변에 가서 누워 있으면 어떨지 제안한다. "제일 좋을 시간이잖니." 마리안네는 뭔가 일정이 있다고 한다. 나는 글을 조금 쓴 후에, 마리안네의 제안은 대부분 나쁘지 않으니 일단 해변에 가서 눕는다. 그녀가 옳다. 실제로 제일 좋을 때다. 별로 덥지 않다. 무더운 여름날이 되리라는 느낌이 들고 냄새도 나기 시작했지만, 그래도 아직은 서늘한 아침 바람이 발트해에서 불어온다. 선크림 냄새를 풍기는 부지런한 가족들이 커다란 가방과 돗자리, 파라솔과 물놀이용 동물 장난감, 아이스박스를 가지고 와서 자리를 잡는다. 여름방학을 맞은 아이가 된 기분이다. 라이프나 엄마 생각이 다시 떠오르려 하자 나는 팔을 세게 꼬집으며 크게 말한다. "안 돼. 둘 다 꺼져." 그리고 물에 뛰어들어, 멀리까지 수영해 나가는 대신 여름방학을 맞은 아이처럼 첨벙거리고, 잠수도 조금 하고, 수면에 등을 대고 누워 둥둥 떠가면서 구름한 점 없는 파란 하늘을 쳐다본다.

아침의 소소한 소풍에서 돌아왔을 때, 마리안네는 여전히 부재중이었다.

드디어 돌아온 그녀는 어딘가 이상하다. 말을 많이 하지 않고, 뭔지 모르게 정신이 다른 데 가 있는 것처럼 보이지만 그게 아까 일정과 관련이 있는지 물어볼 엄두가 나지 않는다. 어쩌면 마리안네는 나더러 이제 슬슬 여길 떠나야 한다고 어떻게 말하는 게 제일 좋을까 고민하는 중인지도 모른다.

저녁 식사 때 나는 마리안네에게 오후에 본 등반 다큐멘터리 〈죽음의 덫 오트 루트〉 이야기를 한다. 그러고 나에게 아주 큰 감동을 준 여러 등반 다큐멘터리들에 대해 계속 수다를 떨면서 공기 중에 감도는 불길하고 기이한 무거움을 몰아내려고 애쓰지만, 마리안네가 그저 고개만 끄덕이거나 억지로 미소를 짓는 통에 성공하지 못한다. 식탁을 치운 후에, 새로운 문제들을 마주하는 게 두려워 방으로 도망친다. 책상에 앉아 생각을 다른 데로 돌리려고 아주 끔찍했던 등반 사고들을 검색한다. 2008년에 여덟 명의 등반가가 K2산에서 사고로 사망했다. 스무 명에서 스물다섯 명의 등반가들이 정상에서 내려오는 중에 약 8,200미터 높이에서 굴러 내려오던 얼음덩어리가 고정 밧줄을 대부분 끊어버렸다. 이 그룹은 밧줄을 이용해서 넘어가야 하는, '병목'이라고 불리는 좁은 지점을 지나고 있었다.

노크 소리. 마리안네의 머리가 보인다.

마리안네: 내일 하이킹 갈까?

나는 고개를 끄덕인다.

마리안네: 잘 자, 이다.

"안녕히 주무세요." 나는 대답만 하고, 무슨 일이 있냐고 묻지는 않는다.

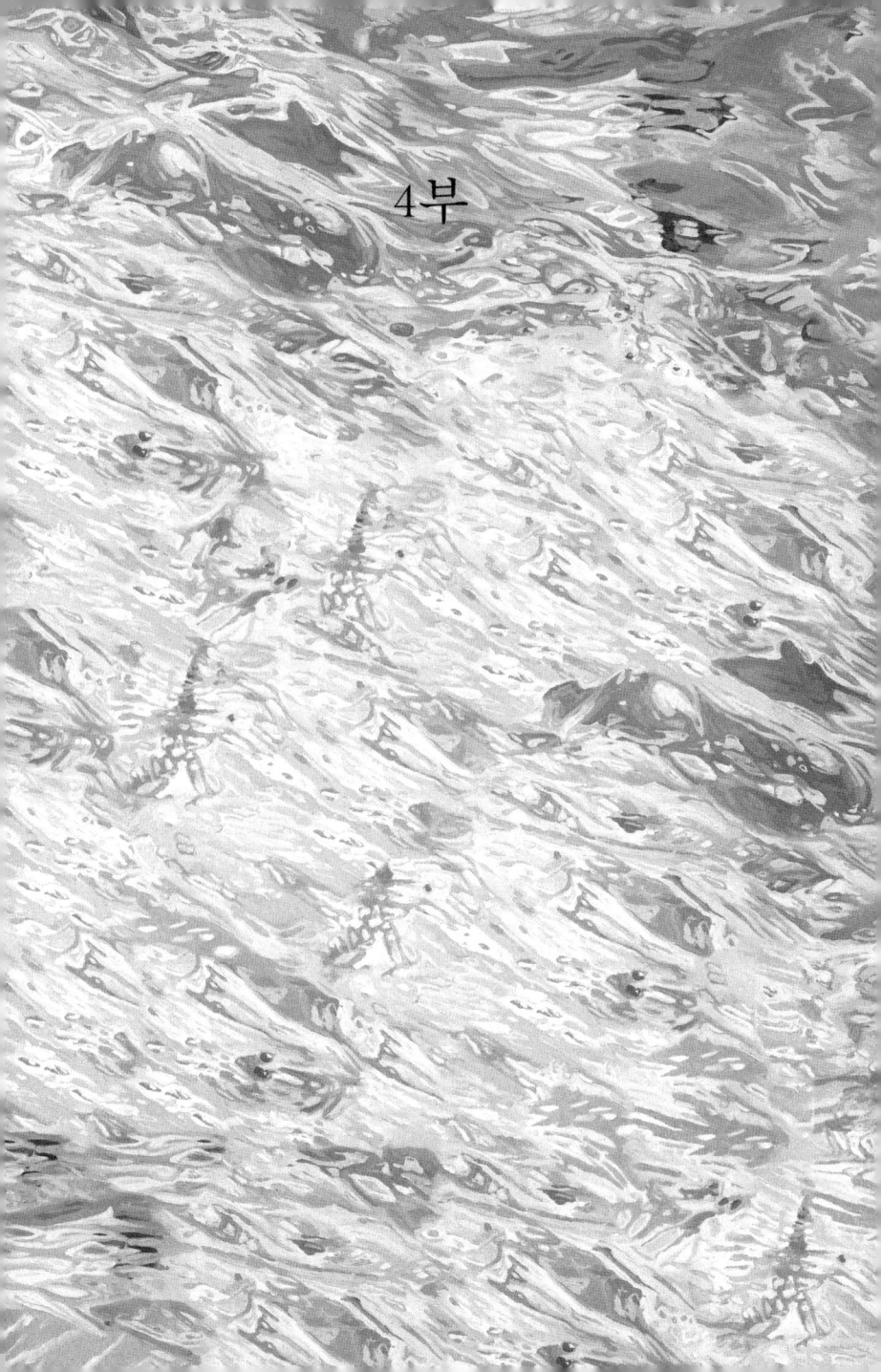

4부

진초록으로 빛나는 숲에서 나란히 걷던 마리안네가 말한
다. "암이 폐와 간, 뼈까지 전이됐대." 나의 세상이 무너진다.

나는 그냥 앉아 있다. 나는 그냥 앉아 있다. 나는 그냥 앉아 있다. 일요일에 내가 자는 동안 마리안네가 탁자에 올려둔, 활짝 핀 꽃을 바라본다. 햇살이 간간이 탁자를 비춘다. 먼지도 조금 보인다. 꽃은 정점으로 만개했고, 곧 시들 것이다. 노랑은 이보다 더 노랄 수 없을 만큼 노랗다. 이제 오렌지색으로, 그 후에는 곧장 갈색으로 바뀔 거라는 사실을 나는 알고 있다. 하지만 늘 그렇듯이 꽃이 갈색으로 시들기 전에 마리안네가 버리겠지. 그런데 꽃은 어떻게 버릴까? 궁금하군. 아마 일반 쓰레기겠지. 하지만 그냥 바깥 아무 데나 던져버리거나 내놓아도 될 듯하다. 거리에 있는 시든 꽃다발이 거추장스럽다고 느끼는 사람은 없을 테니까. 나라면 그 꽃다발이 어떤 일을 경험했는지 궁금할 것 같다. 누가 어디서, 누구를 위해 그 꽃을 꺾었는지, 어디에 있었는지, 언제 시들었는지, 언제 버려졌는지, 지금 왜 거리에 누워 있는지. 꽃은 일반 쓰레기통에 버리는 게 맞겠지. 아닌가? 어쩌면 음식물 쓰레기통이 맞는지도 모르겠다.

나는 맥북을 열어, 질병은 검색하는 게 아니라는 걸 알면서도 구글 검색창에 아주 천천히 '전이'라고 한 글자 한 글자씩 쓴다. 엔터.

"전이란 악성 종양의 파생 또는 암이 림프샘이나 다른 장기로 번진 것을 의미한다. 일상용어로는 암이 '퍼졌다'고 표현한다."

"전이." 내가 중얼거린다.

연구 또는 모든 면에 뛰어나 믿을 만한 취리히 대학병원 사이트로 들어간다.

"전이는 암이 이미 많이 진행된 상태를 의미한다. 원래 종양에서 떨어져 나온 암세포가 다른 곳으로 퍼진 것이다. 전문가들은 종양 부위의 림프샘 전이와 다른 장기에서 생기는 원격 전이를 구분한다. 암 종류에 따라 다르지만 전이는 간과 폐, 뼈와 뇌에서 주로 발생한다. 초기에는 증상이 없는 경우가 흔해서 잘 발견되지 않는다. 암은 완치하기 어려울 때가 많지만 진행을 늦추고 증상을 완화하는 일은 가능하다. 그러므로 암환자들도 상당히 긴 수명 연장을 기대할 수 있다."

'이미 많이 진행된 상태'와 '완치하기 어려울 때가 많지만'이라는 말이 내 머릿속에서 메아리친다. 빌어먹을, '상당히 긴 수명'이 무슨 뜻이지? 몇 년이 상당히 긴 수명일까? 3년이나

7년 또는 10년? 어이, 사랑하는 취리히 대학병원아. 나는 사실과 숫자가 필요하다고.

　"전이—원인은 암세포의 이동 : 전이의 원인은 암세포가 종양에서 떨어져 나와 몸 안을 이동하기 때문이다. 전이 발생 여부와 시기는 암의 종류와 공격성에 달려 있다. 모든 암이 똑같이 위험하지는 않다. 면역 체계가 암세포를 인식해 제거하지 못하는 경우가 흔하고, 그래서 암세포가 림프나 혈관을 통해 다른 장기로 이동한다. 암세포는 그곳에 정착하고 증식해서 조직을 손상한다.

　암의 종류에 따라 '선호하는' 장소가 있어서, 그곳에서 암세포가 전이를 일으킨다. 종양이 어느 위치에서 발생했는지, 그곳에서 혈관이 어디로 향하는지에 따라 달라진다."

　나는 마리안네의 몸에 있는 암세포를, 움직인 그 세포들을 생각하고 증오한다. 그들 모두를 몰살하고 싶다. "꺼져버려."

　"전이 증상은 어떤 장기에서 전이가 발생했는지에 따라 항상 다르다. 폐 전이 환자들은 뼈 전이 환자들과 다른 통증을 겪는다.

　폐 전이 : 폐 전이는 오랜 기간 증상이 없는 경우가 흔하지만 기침(피가 섞인 기침도 포함한다)과 가쁜 숨과 호흡 곤란, 폐렴과 비슷한 통증을 유발하기도 한다."

　마리안네가 기침을 한 적은 없는 것 같은데. 피가 섞인 기침도 기억나지 않는다. 마리안네는 나보다 호흡이 길고 지구력도 더 좋다.

"간 전이 : 식욕 부진과 체중 감소, 전반적인 신체 쇠약과 피부 황변(황달, 고빌리루빈혈증)이 나타날 수 있다."

마리안네는 식욕이 좋고 건강해 보인다. 강하고, 피부가 노랗게 변하지도 않았다. 어쩌면 전이가 아닌지도 모른다. 혹시 의사가 오진을 한 게 아닐까. 내가 그녀와 함께 취리히 대학병원에 가는 게 나을까. 거기서 마리안네를 철저하게 체크해야 해.

뼈 전이와 뇌 전이는 읽고 싶지 않아서 건너뛴다.

"전이─예방과 조기 발견, 예후 : 전이가 발생하지 않게 예방할 수 있는 특별한 방법은 없다. 전이가 없는 암 진단을 받았을 때 암 치료(수술을 할 때도 많고, 화학요법과 방사선 치료)를 되도록 빨리 시작하고, 치료를 중단하지 않는 것이 중요하다. 치료가 몇 달씩 지속되는 일도 흔하므로 인내심이 필요하다. 이렇게 하면 암 종류에 따라 다르긴 하지만, 전이가 발생하지 않을 가능성이 높아진다."

마리안네가 암 투병 경험이 있는지 궁금하다. 어쨌든 나에게 말하지는 않았다. 언제나 내 건강만 챙겼다. 나는 전이는 고사하고 암도 없는데.

"그러나 암을 극복한 지 몇 년이나 지난 후에도 전이가 발생할 수 있다. 전이는 치료가 가능하고, 오랜 기간 진행을 억제할 수 있는 경우도 흔하다."

"오랜 기간이라." 취리히 대학병원, 진심이야? "숫자와 사실을 달란 말이야." 나는 쇳소리를 낸다. 취리히도 이제 과거의 명성에서 멀어졌군.

"전이의 진행과 예후: 림프샘 전이는 암이 이미 다른 위치로 '퍼졌다'는 신호일 뿐이다. 그러나 많은 경우 이때도 여전히 병을 치유할 수 있다. 다른 장기에 발생한 원격 전이는 이와 다르다. 이 경우에 암이 진행된 상태이며 일반적으로 완치하기 어렵다고 간주된다. 그러나 요즘은 이런 '흑백' 논리로 분류하지 않고, 다양한 '회색' 단계가 있다고 보는 의사들이 많다. 조금 전이된 경우 암은 완치 가능성이 높다. 어떤 경우든 전문가들은 전이를 잘 치료하고, 더 퍼지지 못하게 억제할 수 있다. 오랫동안 전이가 억제되는 경우도 흔하다."

"이 경우에 암이 진행된 상태이며 일반적으로 완치하기 어렵다고 간주된다." 머릿속에서 이 문장이 울리며 고함을 지른다.

"원격 전이된 경우, 기대 수명과 생존 가능성이 감소한다. 그러나 진행과 예후는 몇 가지 요인에 따라 달라진다. 예를 들면 암의 종류도 이런 요인 중 하나인데, 상당수 암들은 무척 공격적이라서 치료에도 불구하고 계속 커진다."

"기대 수명과 생존 가능성이 감소한다." 내 머릿속에서 비명이 들린다.

"여러 장기에 전이됐다면 예후는 더욱 좋지 않다. 암이 전이되어도 여러 해 생존할 수 있는 사람도 많다. 암을 억제하고 진행을 늦추는 효과적인 전이 치료가 있기 때문이다."

나는 햇살이 비치는 탁자에 머리를 찧는다. "좋지 않은 예후는 무슨 뜻이지? 빌어먹을, 여러 해는 또 얼마나 되는 거야?" 나는 따뜻하고 축축한 식탁 상판에 고함을 친다.

"전이―다양한 전략을 사용하는 치료: 전문가들은 대부분 전이 치료를 할 때 원 발암 치료에 사용한 것과 동일한 요법을 사용한다. 수술과 항암 화학요법 방사선 치료와 약물 치료와 그 외의 방법들이다."

"수술과 항암 화학요법 방사선 치료와 약물 치료와 그 외의 방법들." 나는 문장을 읽으며 창백하고 약한 암환자들을 생각한다. 머리카락이 빠지고 수술복을 입은 채 생기 없는 인형처럼 병상에 누워 있는 환자들은 마리안네와 공통점이 없다.

나는 꽃병에서 꽃다발을 꺼내 거실로 들고 가서, 거기 앉아 《발트해 신문》을 넘기고 있는 암환자 옆에 앉는다. 그리고 마리안네의 몸 안에 암이 얼마나 전이됐을지를 상상한다.

이 사람은 내가 병이 많이 진행됐다고 상상하는 암환자의 모습과 전혀 다르다. 마리안네의 피부는 갈색으로 그을렸고 머리카락 숱이 풍성하며, 체격이 단단하고 초록 눈동자는 물기 머금은 이끼처럼 생기 있게 반짝인다.

나는 꽃다발을 높이 치켜들고 말한다. "이거 버려야 해요."

마리안네: 아직 꽃이 피어 있잖니.

나: 아뇨. 이제 곧 갈색으로 변할 거예요.

나: 일반 쓰레기통에 버려요, 아니면 음식물 쓰레기통에 버려요?

마리안네: 정원 퇴비 더미에 던져.

나: 오케이.

우리는 저녁 식탁에서, 내가 너무 많이 준비한 빨간 무 빵을 방사선 치료가 암세포를 파괴하듯이 으깨면서 입을 꾹 다물고 있다. 마리안네와 둘만 식사하는데, 내가 왜 버터와 빨간 무와 베게타를 올린 빵을 아홉 조각이나 준비했는지 모르겠다. 하지만 마리안네는 아직 식욕이 좋고, 또 이제 힘이 많이 필요하다. 빵이 한 조각만 남았을 때 마리안네가 말한다. "난 몇 년 전에 유방암을 앓았어."

"많은 암환자들이 상당히 오래 살 수도 있대요." 내가 암환자 마리안네에게 말한다.

그녀가 고개를 끄덕인다. 나는 마지막 빵을 먹고, 빨간 무 빵에 단 한 톨의 부스러기도 남아 있지 않기를 바란다.

나 : 전이를 잘 치료하고, 더 퍼지지 못하게 억제할 수 있다
고 해요.

나 : 오랜 기간 그렇게 하는 경우도 흔하대요.

마리안네가 고개를 끄덕인다.

나는 밤에 바닷가로 가면서 스코트의 〈인어〉를 흥얼거린다.

"네 바위에 사로잡힌 인어가 될래."

바닷물로 몇 걸음 들어간다. '물속으로―들어가기'라는 말이 자살의 완곡한 표현 또는 미화라서 예전에도 당황스러웠다.

"진심이야.

넌 알잖아, 나도 뛰어들 거란걸.

넌 알잖아, 나도 뛰어들 거란걸.

오오, 푸른 바다로.

라라라, 라, 라라라, 라라라, 라."

내가 좋아하는 툰스 교수님은 사실주의 세미나에서 고트프리드 켈러의 『마을의 로미오와 줄리엣』을 다루다가, 전혀 예상치 못하게 자살의 고정적 이미지(Topos)인 '물속으로―들어가기'에 빠져들었다. 그 결과 평소에는 상당히 지루하고 문학적 사실주의에만 집중하던 세미나에서 활발한 토론이 벌어졌고, 교수님은 다음 시간에 이를 좀 더 깊이 있는 부주제로 다루자고 제안했다.

문학은 결국 물속 시신들로 가득하다고, 헤르만 헤세의 『수레바퀴 아래서』와 리하르트 바그너의 〈방황하는 네덜란드인〉, 여섯 명의 아들에게 성폭행을 당한 후에 바다에 몸을 던진 요정 할리아, 그리고 외된 폰 호르바트와 블라디미르 나보코프, 루이 아라공을 생각해보라고 했다. 하지만 모든 물속 시신 중에서 가장 상징적인 것은 여전히 햄릿에게 버림받고 자살한 셰익스피어의 오필리아라고 말했다. 툰스 교수님이 즉흥적인 자살 강연에서 인용한 아르튀르 랭보의 시 「오필리아」는 아직도 기억한다.

별빛이 비치는 고요하고 어두운 물결 위에
베일에 감싸인 채 창백하게 떠다니는 오필리아,
커다란 흰 백합처럼 아주 천천히.

그 후에 나는 세미나에 들어가지 않았다. 어차피 사실주의 문학이 죽을 만큼 지루하다고 생각하던 중이었는데, 고트프리드 켈러는 진짜 웃겼다.

나는 물속을 계속 걸으면서 생각한다. 어쩌면 나는 정말로 더는 살고 싶지 않은 건지도 몰라. 하지만 지금 마리안네에게 그런 짓을 하면 안 돼. 왕자를 죽일 수 없어 결국 바다에 몸을 던져 파도 거품이 되어버린 어린 인어를 생각한다. 나는 체코의 그 동화 영화를 정말 좋아하면서도 아주 싫어했다. 결말이 끔찍했다. 어린아이였는데도, 어린 인어공주에게 다른 출구가 없다는 사실을 깨달았다. 인어공주의 마음은 산산이 부서졌다. 나는 마리안네에게로, 집으로 돌아간다.

"라라라, 라, 라라라, 라라라, 라."

아침 식탁은 평소와 다름없어 보인다. 빵 한 바구니, 빨간 플라스틱 숟가락이 꽂혀 있는 잼, 꿀, 치즈 접시, 햄 접시, 은제 통에 담긴 버터, 에스체트 화이트초콜릿. 앵무새와 꽃이 그려진 접시와 컵 받침과 컵 세트 세 개. 늘 똑같은 모습이다. 어제 마리안네가 "암이 폐와 간, 뼈까지 전이됐대"라고 말해서 내 세상이 무너졌음에도.

늘 그렇듯이 나는 빵 하나를 집어들고, 평소 아침처럼 그냥 버터를 바르고 초콜릿 조각을 올리면 혹시 다른 것도 평소 아침과 똑같지 않을까 생각한다. 초콜릿 조각이 평소 아침과 마찬가지로 따끈한 빵 위에서 녹는 모습을 지켜보며, 초콜릿이 이렇게 완벽하게 녹는데 마리안네가 죽을병에 걸렸을 리가 없다고 생각한다. 왠지 모르게 부당하다. 초콜릿에는 왜 전이되어 곰팡이가 피지 않을까? 그렇게 되어도 별 상관없을 텐데. 그러면 빵에 꿀이나 마리안네가 만든 산자나무 열매 잼을 바르면 되니까. 버터를 바른 따뜻한 빵 반쪽에 나이프로 오렌지색 산자나무 열매 잼을 발라야지.

마리안네: 나 곧 장 보러 가려고 해. 맨디가 오늘 바비큐하러 올 거야. 너도 같이 갈래?

나는 초콜릿 조각을 올린 빵 반쪽을 앵무새 접시에 도로 내려놓고 생각에 잠긴다. 이런 빌어먹을, 맨디가 오면 나는 여기서 나가야겠네. 내가 그 사람 방에 머물고 있잖아. 내가 있는 걸 보면 무슨 생각을 할까? 이 여자애가 내 방에서 뭘 하는 거야? 그리고 크누트와 마리안네에게 두 사람이 나와 무슨 관계인지, 낯선 젊은 여자를 자기 방에 재우는 게 이상하지 않은지, 내가 혹시 두 사람의 재산을 훔치려는 게 아닌지, 나에 대해 뭘 알고 있냐고 묻겠지?

마리안네: 짐을 나를 때 네 도움이 필요할 것 같아.

마리안네가 지금 혹시 암 카드를 쓰는 걸까? 이러면 나는 당연히 저항할 수 없다.

나: 네, 장 보는 건 도와드릴게요. 하지만 그 후에 하이킹을 가거나 짐을 챙겨 틸다 언니에게 갈까요? 지금 바로 출발하는 게 제일 좋을지도 모르겠어요.

마리안네: 말도 안 되는 소리.

마리안네: 방금 와 놓고서 어딜 간다는 거니. 좀 더 있으렴.

내가 마리안네에게 묻는다. "하지만 여기 있는 것보다 틸다 언니에게 가는 게 낫지 않을까요? 내가 여기 사는 걸 맨디가 이상하게 생각할 것 같은데요?" 그리고 좀 더 있으라니, '좀 더'가 무슨 뜻인지 궁금하다.

마리안네: 맨디는 네가 여기 있다는 걸 이미 알아.

나는 맨디가 정확하게 뭘 알고 있는지, 또는 내가 여기 있는 걸 그녀가 어떻게 생각하는지 묻고 싶지만 대답을 회피하고 싶어서 물을 엄두가 나지 않는다.

나: 알겠어요. 하지만 바비큐에는 참석하지 않을 거예요.

마리안네: 안타깝구나.

슈퍼마켓까지 가는 길은 늘 그렇듯이 너무 짧다. 마리안네의 차에 앉으면 나는 언제나 차를 좀 더 오래 타기를, 잠들기 좋은 클래식 음악이 흘러나오고 좌석 난방이 몸을 데워주는 이 파사트에 몇 시간쯤 앉아 있기를 바란다. 하지만 5분 뒤 슈퍼마켓 주차장에서, 나는 억지로 차에서 내려야 한다. 우리 위에는 잿빛 하늘이 있고 5단계쯤에 해당하는 강한 바람이 분다. 조금 전에 내가 폭풍이 분다고 하자 크누트는 "보퍼트 풍력 계급 9단계부터 폭풍이라고 부른단다"라고 말했다. 비가 올 것 같고 꽤 서늘하다. 이제 곧 가을이, 그 후에 겨울이 올 거라고 생각하니 소름이 돋고 구역질이 난다. 지금 몸 상태로는 가을과 겨울에 살아남지 못할 것 같다. 마리안네를 건너다 보니, 그녀가 지금의 건강 상태로 가을과 겨울을 살아남을지 궁금해진다.

나: 뭘 굽기에 좋은 날씨는 아니군요.

마리안네: 비만 안 오면 돼.

나: 하지만 비가 올 것 같아요. 안 그런가요?

마리안네가 어깨를 으쓱한다.

나: 몇 명이 오죠?

마리안네: 아마 맨디만 올 거야.

정육 코너에서 마리안네가 바비큐용 고기를 주문하는 동안, 나는 3인분치고는 너무 많다는 말은 하지 않는다. 내가 계산을 잘하지 못하기도 하고, 또 다른 문제가 있기 때문이다. 마리안네는 진공 포장된 열다섯 개짜리 미니 소시지 한 봉지를 쇼핑 카트에 담으며 "돌발 상황에 대비해서"라고 하는데, 어떤 경우가 돌발 상황인지 궁금하다.

나: 맨디는 남편이 없나요?

마리안네: 있어. 로베르트. 하지만 로베르트는 오지 않아.

마리안네는 내가 하지 못한 질문을 눈치챈다.

마리안네: 일을 많이 하거든.

나: 맨디가 그거 아나요?

그거.

마리안네가 고개를 끄덕인다.

그러고 케첩 병을 든다.

그 옆에 있는 병아리콩&라임 맛 또는 비트&페타 맛 등의 여러 소스가 눈에 들어온다.

나: 여기 보세요. 병아리콩&라임 맛, 비트&페타 맛, 카레&오렌지 맛.

나: 이런 거 하나 살까요? 맨디가 비트나 페타를 좋아하나요?

마리안네: 아니, 페타 좋아하지 않아.

마리안네: 너, 비트&페타를 좋아하니?

끄덕끄덕.

내가 식사에 참석하지 않는데도 마리안네는 소스를 카트에 넣는다.

장을 보고 오자마자 나는 얼른 도망치려고 운동복으로 갈아입고, 책상에 잠시 앉아서 데이지를 바라본다. 마리안네가 혹시 나도 그 자리에 참석하길 원할까 봐서다. 비트&페타 소스가 어쩌면 신호였는지도 모른다. 나는 계속 그곳에 앉아 유리창 너머 잿빛 하늘을 내다본다. 어느 땐가부터 비가 부슬부슬 오기 시작한다. 검정 포르쉐 카이엔을 타고 온 맨디와 야스퍼가 보인다. 맨디는 키가 크고 베이지색 트렌치코트 차림이며, 해가 나지 않는데도 선글라스를 쓰고 있다. 초인종 소리와 마리안네의 잰 발걸음, 크누트의 느린 발걸음이 들린다.

나는 자리에서 일어나 문에 바짝 붙어 선 채, 그들이 다이닝 룸에 들어가자마자 살짝 도망칠지 아니면 짤막하게 인사만 하고 상황을 볼지 고민하다가 내 것이자 맨디의 것인 방문을 열고 나가서 가족들 앞에 나선다.

나: 안녕하세요? 이다예요.

맨디가 차갑고 가느다란 손으로 땀에 젖은 내 손을 잡으며 나를 머리끝부터 발끝까지 살핀다.

맨디: 안녕하세요? 맨디입니다.

나는 딱딱한 그녀의 눈길을 피해 야스퍼에게 고개를 끄덕인다: 안녕, 야스퍼.

야스퍼: 안녕, 이다.

살짝 미소 짓는 그에게 나도 미소로 화답하려고 애쓴다.

그 후에 요란한 침묵도 포함하는 어색한 잡담이 억지로 이어진다. 빌어먹을 날씨, 아름다운 외투, 침묵, 일은 어떤지, 내일 폭풍이 온다는데.

나는 맨디가 마리안네를 엄마가 아니라 마리안네라고, 크누트를 아빠가 아니라 크누트라고 부른다는 사실을 깨닫는다. 야스퍼는 마리안네를 할머니라고, 크누트를 할아버지라고 부른다. 공기가 무겁다. 행복한 가정이 어딘가에 존재하기는 하는지 궁금하다.

나: 나는 달리러 가요. 맛있게 식사하세요.

야스퍼: 비 오는데.

나: 괜찮아.

마리안네: 같이 먹지 않을래? 소시지 하나쯤?

나는 마리안네를, 그리고 마리안네를 마리안네라고 부르는 맨디를 본 후에 대답한다. "좋아요. 소시지 하나쯤."

비가 억수같이 퍼붓는다.

나는 우산을 쓰고 문 앞에서 고기를 굽는 크누트와 자리를 바꾸고 싶다.

평소에 마리안네와 크누트와 나만 앉는 식탁은 이제 꽉 찼다. 내가 여기서 뭘 하는지, 역할이 뭔지 모르겠고 모든 게 틀린 것처럼 느껴진다.

마리안네가 맨디에게: 로베르트는 어때?

맨디: 잘 지내.

마리안네가 야스퍼에게: 네 아버지 어떠니?

야스퍼: 잘 지내요.

분위기가 이상하지만, 이런 침묵을 깨려고 일부러 가족 관계를 명확하게 묻는 일은 안 한다. 맨디는 칠면조 고기를 극단적으로 천천히 먹는다. 고기를 아주 작은 크기로 썰어서 한 조각을 너무 오래 씹는 통에 미칠 것 같다. 우리 둘의 시선이 마주친다. 나는 소시지를 하나씩 차례로 입에 쑤셔 넣는다. 이런 분위기를 어떻게 해야 할지 알 수 없고, 마리안네가 고기를 너무 많이 샀는데 맨디가 너무 천천히 먹어서, 그리고 소시지는 돌발 상황을 대비해 산 건데 지금이 왠지 돌발 상황 같기 때문이다.

맨디: 로베르트가 함부르크에 있는 훌륭한 종양학 전문의를 알아.

마리안네: 나를 담당하는 여기 종양학 전문의도 훌륭해.

마리안네: 지난번에 내 주치의였어. 이번에도 그렇게 할 거야.

맨디가 코를 씩씩거린다.

다시 침묵.

야스퍼가 나를 본다. 나는 그에게 고개를 저어, 이 대화에 끼고 싶지 않다는 신호를 보내려고 한다.

야스퍼: 여기 얼마나 있을 예정이야?

나: 나도 모르겠어.

나: 오래 있지는 않을 거야.

나: 곧 떠나야지.

다시 침묵.

크누트가 산더미 같은 고기를 들고 들어오더니, 마리안네와 맨디는 이제 배가 부르다고 하자 자기 자신과 야스퍼와 나에게 고기를 나눠준다.

부담 없는 소소한 이야기로 침묵을 깨고, 나에 관한 이야기나 마리안네의 질병 이야기에서 화제를 돌리려고 맨디에게 묻는다. "예전에 배우가 되려고 했다는 말을 들었어요."

맨디의 청회색 눈동자가 나를 쏘아보다가 마리안네에게로 향한다.

맨디 : 아, 그래요. 마리안네가 또 무슨 말을 하던가요?

나는 마리안네가 맨디에 대해 뭔가 좋은 말을 한 게 있는지 머릿속을 마구 뒤졌지만, 그녀는 정말로 맨디에 대해 말한 게 거의 없었다.

나 : 스타처럼 보인다고 했죠.

마리안네가 칼날 같은 눈길로 나를 흘낏 본다. 폭풍우가 몰아칠 때 내 반석이 되는 크누트가 얼른 끼어든다. "에밀리는 어떻게 지내냐?" 에밀리는 야스퍼의 여자 형제다.

맨디 : 아주 잘 지내.

야스퍼 : 로베르트가 에밀리한테 미니 쿠퍼를 사줬어.

야스퍼 : 랠리 라인이 들어간 걸로.

나는 색깔에 관심이 있고, 에밀리와 그의 아버지가 각각 다른지 궁금한데 후자의 질문을 하지 않으려고 미니 쿠퍼의 색깔이 뭔지 묻는다.

야스퍼 : 빨강.

"멋지다." 내가 대답한다.

다시 침묵.

야스퍼: 이제 뭘 하죠?

마리안네: 항암 화학요법.

맨디: 왜 저번이랑 다르게 이번에는 내분비 치료를 하지 않는 거야?

마리안네: 전이가 너무 많이 됐어.

야스퍼: 빌어먹을.

맨디: 경구 투여야? 아니면 정맥 투여?

마리안네: 정맥 투여.

맨디: 언제 시작해?

마리안네: 일주일 후에.

다시 침묵.

화학요법은 일주일 후에 시작된다. 치료가 어떻게 진행되는지 묻고 싶지만 학살 같은 질문에 동참하기 싫어서 꾹 참고 마리안네를 바라본다. 마리안네는 평소처럼 꼿꼿하게 앉아서 상대방을 똑바로 보며 또렷한 목소리로 대답하고, 자기 기분을 드러내지 않는다. 그녀가 어떤 기분인지 잘 모르겠다. 낯빛이 창백하고 눈은 불투명한 유리처럼 피곤해 보인다. 오늘은 물기 머금은 이끼처럼 반짝이지 않고 흐릿하게 어두운 초록빛을 낸다. 침침한 이끼나 진흙 늪지대처럼 거의 갈색이다. 여러 전투를 치르고 지쳤지만 가장 큰 전투가 아직 남아 있는 기사의 눈 같다. 우리 눈길이 서로 만나자 마리안네는 슬픈 미소를 짓는다. 맨디에게서 그녀를 보호하고 싶다. 맨디의 입에 잘게 썬 칠면조 고기를 마구 쑤셔 넣어 마리안네에게 공격적인 질문을 던지지 못하게 만들고 싶다. 하지만 그냥 자리에서 일어나 바깥으로 나가서 크누트에게 간다.

나는 크누트에게 묻는다. "화학요법은 어떻게 진행돼요?"

크누트: 일주일에 한 번 병원에 가서 주사를 맞아.

화학요법을 어떻게 상상하고 있었지? 그런 적이 없다. 영화 〈나와 친구, 그리고 죽어가는 소녀〉 또는 〈안녕, 헤이즐〉을 떠올리지만, 화학요법이 어떻게 진행됐는지 기억나지 않는다. 아니, 그게 등장하긴 했는지조차 모르겠다. 여자 주인공들이 점점 더 창백해지고 더 자주 누워 있던 것만 생각난다.

나: 입원해야 하지 않아요?

크누트: 아니야.

나: 마리안네는 어떤 일을 겪게 돼죠?

크누트: 나도 자세히 모른단다. 이번에 화학요법을 처음 받는 거니까.

나: 머리카락이 빠지나요?

크누트: 의사 말에 따르면, 치료 후에 하루에서 사흘까지는 피곤하고 속이 불편할 거라고 하더구나. 그래, 머리카락도 빠지고.

나는 햇볕에 그을린 마리안네의 갸름한 얼굴과 초록 눈동자를 떠올리며, 대머리도 잘 어울리겠다고 생각한다.

나: 대머리도 잘 어울릴 것 같아요.

크누트는 마지막 남은 소시지와 고기를 뒤집으며 무미건조하게 웃는다.

나: 다 새까맣게 됐어요.

크누트: 아니, 아직 괜찮아.

크누트: 그리고 이제 배고픈 사람도 없고.

나: 마지막 소시지는 내가 먹을게요.

우리는 담뱃대와 담배를 손에 든 채 우산 아래에 서서 마리안네와 맨디와 야스퍼가 앉은 밝은 곳을 바라본다.

나: 미니 쿠퍼 좋아하세요?

크누트가 고개를 젓는다.

나는 담배 한 개비에 다시 불을 붙인다.

책상 앞에 앉은 나는 점점 작아지는 포르쉐 카이엔의 뒷모습을 바라보며 안도의 한숨을 내쉰다. 그리고 노트북을 열어, 지난번에 이제 더는 검색하지 않겠다고 맹세했으면서도 '항암 화학 요법'을 검색한다.

치료를 받는 동안 원한다면 독서나 음악 감상과 같은 다른 일을 할 수 있다. 무료 음료수와 간식거리를 준비해두는 종합

병원과 의료 시설도 많다. 나는 환자들이 엄청나게 큰 의자에 옆으로 나란히 또는 마주 보고 앉아서 수액을 맞는 사진을 본다. 책을 읽거나 음악을 듣는 사람은 아무도 없다. 음료나 간식도 안 보인다. 환자들은 그저 앉아서 머리를 의자에 기대고 허공만 본다.

부작용 읽기는 원칙적으로 빌어먹을 짓이지만, 나는 부작용이 적혀 있는 페이지로 간다.

감염 취약성과 열, 탈모, 발진과 홍조, 점막 염증, 식욕 부진, 피로와 탈진, 메슥거림과 구토.

속이 메슥거린다. 나는 욕실로 달려가서, 열다섯 개의 소시지 가운데 일부를 변기에 가까스로 토한다. 그러고 머리를 차가운 초록 변기 좌대에 기댄다. 발소리가 들려온다. "불쌍해라." 마리안네가 옆에 온다. 토하는 동안 팔을 내 어깨에 두르고 꽉 안아준다. 예전에 엄마가 토할 때 내가 그랬던 것처럼. 소시지 열다섯 개가 다 나오고 속이 텅 비자 나는 변기를 내려다본다. 소시지에 곁들여 먹은 비트&페타 소스 때문에 토사물이 보라색이다. 나는 토사물을 가리키며 말한다. "비트&페타 소스 때문에 그래요."

마리안네가 묻는다. "소스 맛있었니?" 나는 "네, 무척 맛있었어요"라고 나지막하게 대답한다. 마리안네가 양팔로 나를 안는다. 아주 세게 힘을 준다. 그녀가 나를 포옹하기는 이번이 처음이다. 그 포옹에 기대어 내 안에 있는 다른 쓰레기도 모두 쏟아낸다. 내 눈물도 보라색일지 궁금하다.

밤새 집이 미친 듯이 신음하며 삐걱댄다. 이번에는 마리안네와 크누트의 집이 버티지 못할 것 같다. 4시 20분에 알람이 울려 일어난다. 오늘은 속이 텅 비어 수영할 수 없지만 해돋이가 틀림없이 극적으로 아름다울 테고, 지금 그 어느 때보다도 더 바다가 필요하다. 잠옷 셔츠 위에 커다란 후드티를 입은 다음 현관문을 억지로 열고 보니 정신이 멍하다. 평생 이런 폭풍은 처음이다. 틀림없이 초속 20미터 이상이다. 돌풍이 사방에서 몰아치고 바닥에 나뭇가지와 쓰레기들이 굴러다닌다. 해변으로 가는 길은 전투를 치르는 것 같다. 그 후 눈에 들어온 광경이 무척 극적이고 무엇보다도 엄청나게 아름다우므로 치를 만한 가치가 있는 전투다. 춤추는 수천 개의 뾰족한 진회색 파도, 꼭대기의 하얀 물거품, 구름과 어두운 청록색 하늘 사이의 수평선에서 떠오르는 불덩이. 나는 모래에 앉아 전이와 화학요법에 관한 모든 생각을 춤추는 파도에 던지고, 잔뜩 긴장한 채 곧 펼쳐질 색의 향연을 기다린다. 그런데 갑자기 파도 틈에서 위아래로 흔들리는 분홍색 돛이 시야에 들어온다.

저 사람이 죽을 작정인가. 그는 파도에 세 번 휩쓸려 엄청나게 부서진다. 한 번은 너무 높이 도약했다가 장비에서 떨어져 나오는 바람에 발코니에서 던진 인형처럼 물속으로 날아간다. 그렇지만 계속 다시 보드에 올라온다. 그러나 네 번째 추락했을 때는 다시 올라오지 못한다. 그가 보이지 않는다. 빌어먹을. 그러다가 머리가 다시 보인다. 보드를 꽉 잡은 그는 수영해서 뭍으로 돌아오려고 애쓰는 것처럼 보이는데, 해변에서 점점 더 멀어진다. 뭔가 일이 생긴 것 같다. 나는 후드 티를 벗고 해변을 따라 달려서 돛과 같은 위치까지 간 다음, 물에 뛰어들어 돛까지 자유형으로 수영해서 가려고 애쓴다. 엄청나게 차가운 물결이 사방에서 나를 에워싼다.

물결이 나를 끌어당긴다. 방향 감각을 잃어 어디가 좌우인지, 어디가 위아래인지 알지 못한다. 처음에 목표로 정한 방향을 어떻게든 유지하려고 애쓴다. 숨이 가쁘고, 파도에 휩쓸린다. 도저히 안 되겠다. 이제 어떻게 하지? 도저히 안 돼. 해변으로 돌아가야 할까? 빌어먹을. 그러다가 분홍색 뭔가가 시야에 다시 번쩍 들어오고, 드디어 그곳에 도착한 나는 숨을 헐떡이며 그의 옆에서 보드에 꽉 매달린다. 라이프는 내가 마치 자기를 바다 밑바닥으로 끌어내리려는 물귀신이라도 된다는 듯이 완전히 정신이 나간 표정이다.

"여기서 뭐 해?" 그가 웅얼거린다.

나는 대답하지 않는다.

나: 너, 다쳤어?

라이프가 고개를 끄덕인다: 발을.

나는 해변을 향해 허우적거린다. 다행히 바람이 바다 쪽으로 불지 않지만, 안타깝게도 육지 쪽으로 불지도 않는다. 파도는 예상보다 거세고, 라이프와 그의 장비도 예상보다 무겁다. 높은 파도가 덮쳐오자 나는 우리가 어쩌면 헤쳐 나가지 못할 수도 있다는 현실을 깨닫는다. 우리가 죽을지도 모른다는 사실을. 오늘. 여기서. 발트해에서. 익사. "안 돼." 내가 소리친다. 우린 죽고 싶지 않아. 익사하고 싶지 않다고. 마리안네는 내가 의도적이라 생각할 테지. 나는 그녀가 그렇게 생각하기를 바라지 않는다. 난 익사할 생각이 없다는 걸 마리안네가 알아야 한다. 하지만 파도가 우리에게 맞서 싸우고, 내 힘은 해변까지의 거리보다 더 빠르게 사라진다. 파도가 우리를 계속 덮치고, 호흡이 가빠진다. 폐에 불이 붙은 것 같고, 팔다리는 감각이 없고 마치 내 것이 아닌 것처럼 텅 빈 느낌이다. 물이 얼굴을 때리자 나는 빌어먹을 파도에게 고함을 지른다.

나: 그만해!

나: 우릴 그냥 내버려둬!

나: 꺼지라고!

나: 우린 익사하기 싫어!

"이제 더는 못 해!" 나는 또 다가오는 빌어먹을 파도에게 고함을 지른다. 그 파도는 우리를 덮치고, 내 고함이 하찮은 파리라도 된다는 듯이 삼켜버린다.

나는 라이프를 보며 새된 소리로 말한다. "라이프, 나 이제 못 버텨."

라이프는 "할 수 있어"라든가 "정신 차려"와 비슷하게 들리는 말을 웅얼거린다.

"꺼져버려." 나도 웅얼웅얼 대꾸한다. 그는 보드에서 돛이 고정된 자리를 만지며 손보다가 돛을 풀어 파도에 던진다. 우리는 마주 본다. 그가 내 손을 잠깐 쥐고 고개를 끄덕인다. 나도 고개를 끄덕이고 마지막 힘을 짜내 미친 듯이 해변을 향해 허우적거리며 헤엄친다. 해변이 점점 가까워진다. 발밑에 모래가 느껴진다. 인생 최고의 순간 중 하나다. 우리가 해냈어. 함께라면 우린 뭐든지 해낼 수 있어. 모래밭에 쓰러지면서 나는 잠깐 이런 생각을 한다. 기침을 하다가 이 바보 같은 문장 때문에 웃음이 터지지만, 이 말은 100퍼센트 진심이다. 우리는 손을 맞잡은 채 모래에 등을 대고 나란히 누워 힘이 생기기를 기다리며 날아가는 구름을 쳐다본다. 얼마나 그렇게 누워 있었는지 모르겠다. 어느 순간 고개를 라이프 쪽으로 돌려

보니, 그의 얼굴은 이미 나를 향해 있다. 심장이 파르르 떨린
다. 그가 그리웠다. 라이프의 젖은 머리카락을 얼굴에서 쓸어
올리고 입술을 깨물고 싶지만 참는다. 그도 내 머리카락을 얼
굴에서 쓸어 올리고 내 입술을 깨물 수 있으니까. 하지만 라
이프는 내 머리카락을 얼굴에서 쓸어 올리지도, 입술을 깨물
지도 않는다. 그의 눈길에는 분노가 어려 있다.

라이프: 엄청나게 위험했어. 너, 돌았어? 죽고 싶어?

"고마움을 모르는 개자식." 나는 이렇게 중얼거리고 잠시
더 누워 있다가 내 손을 그의 손에서 빼고는 여전히 너무 지
쳤지만 그냥 일어난다. 맞바람을 맞으며 후드티가 있는 곳으
로 달려가려고 하지만 그렇게 할 수 없다. 젖은 옷차림으로
차가운 바람 벽에 막혀 거의 직진하지 못하는 현실이 너무나
굴욕적이다.

현관문을 열었는데, 폐와 간과 뼈에 암세포가 전이된 마리
안네가 팔짱을 낀 채 내 앞에 서 있다.

마리안네: 미쳤니?

나: 아뇨, 미치지 않았어요.

"그리고 죽을 생각도 없고요." 나는 내 방으로 도망치며 고
함을 지른다. 몸에 달라붙는 윗옷을 벗고 침대에 몸을 던진
다. 죽을병에 걸린 마리안네에게 고함을 지른 데 양심의 가책

을 느끼며 마른 셔츠를 입고, 그녀가 아침 식사를 준비하는 부엌으로 간다. 접시 세 개와 컵 세 개, 컵 받침 세 개를 찬장에서 꺼내 식탁을 차린다. 지금은 6시 24분인데도 괘종시계가 네 번 울린다. 우리는 꽤 오랫동안 모래에 누워 있었다. 나는 부엌으로 다시 돌아와, 오븐용 빵을 철판에 올리는 마리안네의 맞은편 싱크대에 기대선다. 평소와 똑같이 내 빵 두 개, 크누트의 빵 세 개, 마리안네의 빵 두 개다.

나: 시계가 방금 네 번 울렸어요.

그녀가 내 쪽으로 몸을 돌린다.

마리안네: 나도 들었어.

나: 죄송해요.

마리안네가 고개를 끄덕인다.

나: 신경이 날카로운 상태였어요. 원래는 바다에 들어갈 생각이 아니었는데, 일이 좀 생겼어요.

해변에서 그의 상처를 전혀 안 봤다는 데 생각이 미친다.

마리안네가 또 고개를 끄덕인다.

마리안네: 난 네가 미쳤다고 생각하지 않아.

나: 미치긴 했지만, 괜찮아요.

화학요법 시기가 다가오면서 크누트와 나는 폐암에 걸리고 싶다는 듯이 담배를 점점 더 많이 피운다. 열네 살에 담배를 처음 피우기 시작하고, 긴 쉬는 시간이 끝나면 언제나 니

247

코틴 쇼크로 힘겹게 수업 시간에 앉아 있던 때처럼 이따금 속이 심하게 메슥거린다. 하지만 크누트와 내가 담배와 파이프를 입에 물고 서서 정원을 바라볼 때면 불편한 질문들이 쉽게 입 밖으로 나온다.

나: 과정이 어떤가요? 크누트가 마리안네를 태우고 가서 기다렸다가 다시 집으로 오나요?

그가 고개를 젓는다.

크누트: 마리안네 혼자 가.

나: 차를 타고요?

크누트: 항암 택시를 타고.

항암 택시라니. 나는 침을 꿀꺽 삼킨다.

나: 항암 택시가 뭐예요?

크누트: 일반 택시야. 언젠가 택시를 불러 종양학과에 가자고 했을 때, 운전사가 마리안네에게 이게 항암 택시냐고 물었다고 해. 그래서 마리안네가 그렇게 불러.

나: 재미있네요.

나는 담배 한 개비에 또 불을 붙이며, 그 이야기는 그저 조금만 재미있다고 생각한다.

나: 왜 크누트가 운전해서 가지 않아요?

크누트: 마리안네가 혼자 가고 싶어 해.

나: 그동안 마리안네는 음악을 듣거나 책을 읽나요?

그는 무슨 말이냐는 듯이 나를 본다.

크누트: 택시를 타고 가는 동안? 10분밖에 안 걸려.

나: 항암 수액을 맞는 동안 말이에요.

크누트: 그동안 뭘 할지 나도 모르지. 이다, 마리안네는 화학요법을 받아본 적이 없단다.

나는 속이 메슥거린다.

화학요법이 시작되기 사흘 전, 부엌에서 나는 고기 완자를 빚고 마리안네는 케이퍼 소스를 젓고 있을 때 그녀가 내일 하이킹 가겠냐고 묻는다. 지난번 하이킹의 나쁜 기억 때문에 나는 완자를 빚던 손을 불쑥 멈춘다. 완자에서 눈을 떼고 마리안네를 쳐다보지만, 그녀는 양념과 케이퍼 소스에 집중한다. 이번에는 무슨 말을 하려고 그러지? "크누트도 암에 걸렸어" "네가 떠나야겠다" 같은 걸까? 게다가 날씨는 여전히 좋지 않고, 마리안네의 면역 체계는 공격받으면 안 되는데.

나: 날씨가 너무 안 좋아요.

마리안네: 내일은 해가 난다더구나.

나는 어깨를 으쓱하고, "원하신다면요"라고 대답한다. 전혀 가고 싶지 않지만, 암환자가 원하는 걸 거절할 수는 없다.

해는 나지 않고 이슬비가 내린다. 안개 낀 숲을 나란히 걷는 동안 마리안네가 말한다. "네가 떠나는 편이 나을 것 같다." 이미 부서진 내 세상이 이제 완전히 무너진다.

나는 그 자리에 멈춰 선다.

나: 왜요?

마리안네도 걸음을 멈추고, 물기 머금은 이끼처럼 여전히 반짝이는 초록 눈동자로 구슬프게 나를 바라본다.

마리안네: 일이 진행되는 동안 네가 옆에 있으면 안 좋을 것 같아.

나: 난 옆에 있을 수 있어요.

"감당할 수 있다고요." 나는 거짓말을 한다.

"죽어가는 사람을 지켜본 적도 한 번 있어요"라는 말은 하지 않는다.

마리안네: 내가 변해가는 모습을 네가 보는 게 싫어.

나는 그녀가 변해가는 모습을 보고 싶다고 말하기 싫다. 그건 사실이 아니니까. 그녀의 그런 모습을 보고 싶지 않다. 하지만 나는 마리안네를 보고 싶고, 그게 최우선이다.

마리안네: 나는 약하고, 점점 더 약해질 거야. 아마 자주 누워 있게 될 테고, 너와 함께 아무것도 하지 못할 테지.

나: 괜찮아요.

나: 나도 같이 누워 있죠, 뭐.

"이다." 그녀가 한숨을 내쉰다.

"알겠어요." 나는 나지막하게 대답하고 몸을 돌려, 이제 더는 내 집이 아닌 집 쪽으로 향한다. 워킹 스틱으로 진흙 바닥을 너무 세게 딛고 너무 빨리 걷는다. 폐와 간과 뼈에 암세포가 전이된 마리안네는 나를 따라올 수 없지만, 나는 이제 더는 내 집이 아닌 곳으로 달리다시피 한다. 눈에 불이 붙고, 폐와 간과 뼈에도 불이 붙은 것 같다. 뒤에서 마리안네의 발소리가 점점 멀어진다. 나도 전이가 되었기를 바란다. 발소리가 더는 들리지 않자 나는 걸음을 멈추고 젖은 숲 바닥을 스틱으로 세차게 내리치고는, 어깨 너머로 마리안네가 스틱을 짚고 구슬픈 초록 이끼 눈동자를 바닥으로 향한 채 천천히 다가오는 모습을 지켜본다. 빗방울이 내 뺨으로 흘러내린다.

나: 죄송해요.

마리안네: 아까 치즈케이크 4분의 1을 녹이려고 꺼내놓았어. 커피와 케이크 어때?

나는 고개를 끄덕인다.

마리안네가 커피와 케이크를 준비하는 동안, 나는 분홍색 벨벳 실내복을 입고 내 짐을 파란색 하드 캐리어에 쑤셔 넣는다. 짐을 너무 빨리 싸버려서, 가방을 닫곤 침대에 앉아 내 소유 전부가 들었지만 어떻게 되어도 상관없는 캐리어를 바라보며 마리안네가 "이다, 커피 준비됐어"라고 외치기를 기다린다.

마리안네가 소리친다. "이다, 라이프가 왔어!"

초인종이 울리고, 나는 깜짝 놀라 벌떡 일어나서 문으로 달려간다.

한 손에 목발을, 다른 손에 잼 한 병을 든 라이프가 문 앞에 서 있다. 통 넓은 청바지와 느슨한 분홍 긴팔 윗도리, 머리카락은 아직 젖었고 쏘아보는 눈은 맑다. 치즈케이크를 좋아하지 않는 라이프가 이번에도 치즈케이크를 먹으려 할 때 들렀다는 사실이 재미있다. 지난번에 왔을 때와 같은 케이크다. 마리안네는 그때 케이크 절반을 얼렸다. 그녀가 마지막 남은 케이크 4분의 1을 녹일 때도 라이프가 또 올지 궁금하지만, 그때면 나는 이미 이곳에 없다.

라이프: 안녕.

나: 안녕.

라이프: 산책 갈까?

오늘 난 이미 충분히 산책했는데.

나는 그의 목발을 고갯짓으로 가리킨다: 할 수 있겠어?

라이프: 바닷가까지 잠깐만.

"치즈케이크가 아직 완전히 녹지 않았어. 해변에 얼른 다녀와." 마리안네가 부엌에서 소리친다.

우리는 입을 다문 채 바닷가로 걸어간다. 함부르크, 나의 도망, 마리안네, 바다에서의 일, 그의 다친 발이 우리 사이에 있어서 무슨 말을 꺼내야 좋을지 모르겠다.

라이프는 잼 병을 여전히 손에 들고 있다.

나: 내가 잼을 들까? 넌 목발도 들고 있잖아.

라이프: 아참, 이거 너 주려고. 딸기잼이야.

나는 직접 쓴 하얀 라벨이 붙어 있는 병을 받아든다. 아이가 쓴 듯한 인쇄체 대문자로 '딸기'라고 크게 적혀 있다.

나: 네 할아버지가 만들었어, 아니면 샀어?

라이프: 아니, 내가.

나: 네가 잼을 만들었다고?

라이프가 고개를 끄덕인다.

나: 멋지다.

라이프: 아까 고마웠어.

나는 고개를 끄덕이고, 발 상태가 많이 안 좋은지 묻는다.

"아니." 그가 대답한 후에 다시 침묵이 찾아든다.

바닷가에서 우리는 젖은 모래 위에 나란히 앉는다. 그의 오른쪽에는 목발이, 내 왼쪽에는 잼 병이 놓여 있다. 오늘 발트해는 짙은 초록색이고 파도가 심하게 친다. 바다 위로 어두운 구름이 흘러가고, 그 사이로 연파랑 하늘이 보인다. 늘 그렇듯이 아름답다. 하지만 곧 비가 올 테지. 발트해와 바람의 요란한 소리가 분위기를 돋운다. 이러면 침묵이 그다지 위협적이지 않다.

"알고 있어?" 나는 아름다운 발트해에서 시선을 떼지 않은 채 묻는다.

라이프: 응.

어쩌면 섬 전체가 마리안네의 암 전이 소식을 알지도 모른다. 섬은 소도시보다 더 끔찍하다.

시간이 흐른다. 명상이란 숨을 쉴 수 있고 거의 바다가 내는 소리만 몸을 채우는 지금 상태와 똑같거나 비슷한 느낌일 것 같다.

구름이 짙어지고 바람이 거세진다. 발트해가 쏴쏴거리는 소리도 커진다. 오늘이 어쩌면 마지막일지도 몰라서 나는 라이프를 더 많이 보려고 곁눈질한다. 매일도 볼 수 있다. 라이프는 정말 잘생겼다. 그와 발트해 둘 중 하나를 고를 수 있다면 그를 선택할 테지만, 나에게 선택권이 있는 게 아니다. 라이프가 시선을 눈치채서 나는 변명한다. "나, 섬을 떠날 거야."

늘 그렇듯이 그의 얼굴에는 표정 변화가 없다.

라이프: 왜?

나: 마리안네가 그러기를 원해.

라이프: 언제?

나: 사실 지금 바로. 화학요법이 이틀 후에 시작되는데, 마리안네는 그때 내가 없기를 바라.

우리는 다시 서로에게서 눈길을 돌려 바다를 보고, 바다의 소리에 귀를 기울인다. 구름과 파란 하늘은 이제 사라지고, 발트해에서 천천히 우리에게 다가오는 거무스름한 강우 전선과 잿빛 하늘만 보인다. 바다가 쏴쏴 소리를 내고, 라이프가 말한다. "너, 여기 남아야 해."

내 말을 못 알아들은 걸까?

나: 마리안네가 원하지 않는데 내가 남을 수는 없어.

라이프는 거의 짜증을 내듯이 고개를 젓는다.

라이프: 마리안네는 네가 남아 있길 원해.

나는 화가 나서 고개를 젓는다.

라이프: 이다, 지금 마리안네에게는 네가 필요해.

이슬비가 내리기 시작하지만 우리는 그냥 앉아 있다. 이슬비가 굵은 비로 바뀌고 강우 전선이 우리를 부드럽게 에워싸도 우리는 그대로다. 누군가에게 내가 왜 필요한지 의아하다. 마리안네에게 내가 정말로 필요한지, 정확히 나의 무엇이 필요한지 궁금하다.

마리안네에게 내가 정말 뭔가 줄 수 있는지 고민하는데, 지난번 조개 이야기보다 더 아름다운 문장을 라이프가 꺼낸다.

라이프: 그리고 나도 네가 남아 있기를 원해.

우리 둘 다 흠뻑 젖고 몸이 떨리지만 아무도 바닷가를 떠나려고 하지 않는다. 라이프가 팔을 내 어깨에 두르자 느낌이 무척 좋고 따뜻하다. 머리를 그의 어깨에 기대니 그가 나를 꽉 안는다. 양팔로 나를 포옹한다. 나는 머리를 그의 가슴에 기대고 얼굴에 묻은 비를 그의 셔츠에 닦고서 양손을 꼭 쥐어 빼지 못하게 한다. 평소와 달리 요즘 나는 자주 안기는데, 그게 마음에 든다.

비가 억수같이 쏟아져서 나는 그의 손을 놓고, 우리는 자리에서 일어난다. 우린 죽고 싶은 게 아니니까. 다친 사람은 라이프인데 그가 나를 부축해 일으킨다. 그는 목발을 오른손에, 나도 딸기잼 병을 오른손에 들고 있다. 나는 잼을 왼손으로 옮기고, 라이프가 이제 비어 있는 내 오른손을 왼손으로 잡아주길 바란다. 라이프가 그렇게 한다. 비를 뚫고 마리안네의 집으로 가면서 나는 깍지 낀 손을 내려다보며, 어쩌다가 이런 난리 아우성인 상태에 빠지게 됐을까 생각한다. 집이 보이자

256

내 안에서 고함이 울려 퍼진다. 이제 그는 다시 떠날 거야!

마리안네는 얼마 전과는 달리 커튼 뒤에 서 있지 않다. 내가 문을 열고, 우리는 입구에 있다. 나는 안에, 그는 바깥에. 라이프는 왠지 모르게 긴장한 것 같은데, 평소답지 않다. 바람과 비에 헝클어진 머리카락을 얼굴에서 여러 번 쓸어 넘기고 내 눈을 바라보다가 다시 바닥을 본다. 이제 어떻게 작별해야 할지 망설이는 눈치다.

그러다가 그가 말한다. "내가 경고했잖아. 나는 너에게 전혀 필요하지 않은 사람인 것 같다고." 이렇게 멍청한 문장은 정말이지 지금 전혀 필요하지 않다.

나: 허접한 하이스쿨 로맨스 영화에서처럼 말하지 마. 그리고 나에게 전혀 필요하지 않은 사람이 안 되면 되잖아.

내 안의 드라마 퀸이 그의 코앞에서 문을 쾅 닫는다. 극단적인 반응에 놀란 나는 이런 극적인 성향을 분명히 엄마에게서 물려받았을 거라고, 하지만 그래도 괜찮다고 생각한다. 문을 다시 연다. 그가 재밌다는 듯이 얼굴과 눈에 미소를 살짝 띤 채 여전히 문 앞에 서 있다.

나: 치즈케이크 먹을래?

라이프는 여전히 치즈케이크를 좋아하지 않지만 고개를 끄덕인다.

마리안네가 라이프에게 크누트의 옷을 찾아주는 동안, 나는 물이 뚝뚝 떨어지는 벨벳 실내복을 벗고 내가 좋아하는 엄마의 옷을 찾느라 이미 싸둔 캐리어를 절반이나 뒤엎는다. 호피 무늬 원피스를 입고 그 위에 분홍색 양모 스웨터를 걸친다. 크누트의 빛바랜 청바지와 양털 스웨터를 입은 라이프는 자라 모델처럼 보인다.

치즈케이크를 먹는 자리에서 라이프는 놀랄 만큼 마리안네와 대화가 잘 통한다. 지난 며칠 동안 크누트와 내가 식탁에서 무척 서툴고 어색하게 행동한 반면, 라이프는 자신감 있고 능수능란하게 대화를 이끌어간다. 그는 탁 트이고 직접적인 방식으로 마리안네에게 질병에 관해 묻고, 자기 할아버지의 상황 등에 관한 질문에 솔직하게 대답하면서 마리안네와 눈을 마주한다.

라이프: 긴장되나요?

마리안네가 고개를 끄덕인다.

마리안네: 화학요법을 할 생각은 전혀 없었어.

라이프: 그러고 싶은 사람이 누가 있겠어요?

암환자에게 너무 짓궂게 구네. 내가 생각한다.

마리안네: 나에게 화학요법은 죽음 전의 마지막 단계야.

마리안네: 안 그러니?

라이프: 네, 무슨 말씀인지 알아요.

아이고, 참 위로가 되는 대답이군. 나는 라이프에게 마땅찮다는 시선을 던지지만, 그는 치즈케이크를 보느라고 그걸 눈치채지 못한다.

라이프: 하지만 화학요법도 예전과 달라요. 이제 부작용을 아주 잘 억제할 수 있대요.

라이프: 치즈케이크 맛이 환상적이에요.

마리안네: 고마워.

나: 네가 치즈케이크를 좋아하지 않는 줄 알았는데.

라이프: 우리 할머니가 만든 것만 안 좋아했나 봐.

마리안네가 웃음을 터뜨린다. 마지막으로 저렇게, 그러니까 눈도 같이 웃었던 게 언제였더라. 나는 그녀의 눈을, 그다음에 라이프의 눈을 보며 어떤 초록색이 더 아름다운지 고민한다.

라이프: 장을 보는 일이든, 정원 일이든, 다른 뭐든 도움이 필요하면 연락주세요.

마리안네가 날 내쫓으려 하는 결심을 돌리려고 그 문장을 따라 말해볼까 고민하지만, 그랬다가 그녀가 나에게 또 나가라고 하면 정말로 끝일까 봐 두려워서 말할 엄두가 나지 않는다.

마리안네: 라이프, 고마워.

라이프: 정말이에요. 도움을 청하는 건 정상이고 괜찮은

일이에요.

도움을 청하는 게 정상이라고? 진심인가? 말기 암환자와 침착하게 식탁에 앉아, 도움을 청하는 게 정상이라고 말하지만, 정작 본인은 절대로 도움을 청하지 않고 자신에 관해서는 거의 아무것도 털어놓지 않는 이 라이프는 누구지? 나는 그가 말했던 "지금 사는 게 힘들어"라는 말을 떠올린다. 그 말의 이면에 정확하게 뭐가 있는지, 질병과 죽음을 잘 다루는 그가 어떤 일을 겪었고 그의 마음이 어떤 상태인지 궁금하다. 내가 인내심을 가져야 한다는 것, 궁금한 일들을 모두 알게 되는 경우는 결코 없을 거라는 사실을 깨닫는다. 하지만 그래도 괜찮다고 생각한다.

마리안네: 네 할아버지는 어때?

라이프: 그냥 그래요.

라이프: 상태가 좋은 날도 있고 나쁜 날도 있어요. 그런데 점점 더 악화되기는 해요.

마리안네: 앞으로 어떻게 하지? 네가 계속 할아버지를 돌볼 수는 없잖니.

라이프: 얼마 전에 할아버지와 함께 베르겐에 있는 요양원을 둘러보려고 했어요.

마리안네: 거기 좋다더라.

라이프: 할아버지가 들어가려고 하지 않았어요.

라이프: 입구에 도착했을 때, 할아버지가 뿌리박힌 듯 그 자리에 서서 고개를 저었지요. "라이프, 난 안 들어간다." 계속 이렇게 말씀하셨어요. 아주 잠깐만 안에 들어갔다가 나왔는데, 할아버지는 차에서 울기 시작했어요. 아주 나지막하게.

라이프: 난 할아버지가 우는 모습을 그때 처음 봤어요.

마리안네: 마음이 아프구나.

나도 마음이 아프다.

뭔가 말해서 대화에 끼어들고, 병과 죽음에 관한 화제를 다른 데로 돌리려고 나는 날씨가 계속 이 상태일지 묻는다.

나: 비와 폭풍 말이에요.

마리안네: 아니야. 다음 주는 고기압이 올 거야. 그러면 제대로 더워지겠지.

"다행이에요." 나는 사실 더운 걸 좋아하는 사람이 아니고 또 다음 주에는 어차피 이곳에 없을 테지만 대답한다.

치즈케이크를 먹은 후에 나는 할아버지가 있는 집으로 돌아가야 하는 라이프를 문까지 바래다준다.

"마리안네에게 그냥 있겠다고 해. 반대하지 않을 거야." 그가 나를 안으며 속삭인다. 그리고 목발을 짚고 차로 가다가 다시 한번 서서 어깨 너머로 나를 보며 말한다. "또 만나자."

나는 저녁 식사 자리에서 말한다: 고민해봤는데, 나 여기 그대로 있으려고요.

마리안네는 내가 아무 말도 하지 않았다는 듯이 치즈 빵을 그냥 계속 먹지만, 눈은 나를 향해 있다.

나는 캐묻는다: 내가 가지 않는다면 내쫓으실 건가요?

마리안네: 아니.

나: 좋아요, 그럼 여기 있을래요.

저녁에 침대에 누워, 비 오는 소리를 들으며 천장을 바라본다. 휴대폰이 진동한다. 라이프에게 온 문자다: 남을 거야?

그가 달콤한 말을 쓰지는 않았지만, 비죽비죽 터져 나오는 웃음을 억누르지 못한다. 어쨌든 문자를 보냈으니까.

나: 응.

나: 일단은.

라이프: 좋아.

라이프: 이다, 잘 자.

나: 라이프, 잘 자.

"내일 화학요법 시작이네." 아침에 잠에서 깨자 이 생각이 머리를 스친다.

아침 식탁은 평소와 똑같아 보이지만, 빵 색깔이 약간 검어졌다. 마리안네가 한 번도 하지 않던 실수다. 딱딱한 빵을 자르면서, 분위기를 풀기 위해 무슨 말을 해야 할까 고민한다. 하지만 마리안네에게 오늘 뭘 할 건지 묻고 싶지는 않다. 분명히 화학요법과 관계 있는 뭔가를 하거나 아니면 내일 치료가 시작되니 아무것도 하지 않으려 할 테니까.

어제 라이프가 다녀간 뒤로 마리안네의 질병과 관련한 대화에 내가 무척 서투르다는 사실이 더욱 확실해졌다. 하지만 크누트도 나보다 나을 게 없어서 이번에도 날씨에 관한 이야기를 꺼내고, 나도 기꺼이 동참한다.

나: 고기압권이 언제 와요?

크누트: 아마 목요일에.

나는 고개를 끄덕이고 말한다. "잘됐네요."

마리안네: 오늘 뭐 할 거니?

나: 모르겠어요. 마리안네는요?

마리안네: 장 보러 갈 거야.

나: 같이 갈게요.

이번 장보기는 틸다 언니가 집에 왔다가 다시 베를린으로 가기 직전을 떠오르게 한다. 떠나기 하루 전인가 당일에 우리는 차로 슈퍼마켓에 갔고, 언니는 내가 먹을 음식을 사느라 몇백 유로를 썼다. 마리안네도 당장 세계대전이나 팬데믹 또는 파국적인 해일이 일어나기라도 할 것처럼 카트에 물품을 집어넣는다. 이곳에 이따금 해일이 일어날까?

나: 이곳에 이따금 해일이 일어나요?

마리안네: 응, 가끔.

해일을 한번 보고 싶다는 생각이 든다.

감자, 쌀, 파스타, 페스토 소스, 멸균우유, 수많은 즉석식품. 즉석식품이 너무 많다.

마리안네가 금방 다시 장을 보거나 요리를 할 수 없다고 생각하는 것 같아서 마음이 아프다.

예전과 비슷하거나 그때보다 더 안 좋은 기분으로 나는 틸다 언니가 아니라 마리안네의 뒤를 따라 터벅터벅 걸어간다. 언니와 함께 장을 볼 때 정말 싫었다. 그건 이별을 의미했기 때문에, "원하는 거 모두 담아"라는 말도 즐기지 못했다.

사실 오늘 나는 마리안네의 기분을 북돋우려고 했다. 이 장보기가 작별은 아닌데 그녀가 카트에 담은 페스토 소스 병이 지나치게 많았다. 우린 페스토 소스를 얹은 파스타를 먹은 적이 한 번도 없는데도.

마리안네: 아침 식사로 토스트나 콘플레이크도 괜찮니?

나: 우린 언제나 빵을 구워 먹잖아요?

마리안네: 돌발 상황에 대비해서.

나는 지난번의 소시지 돌발 상황을 생각하며 고개를 끄덕인다.

마리안네: 토스티는 사실 구운 빵과 거의 똑같은 맛이잖아. 알고 있니? 통밀 좋아해?

나는 토스티를 한 번도 안 먹어봤고 통밀도 별로 좋아하지 않으면서 고개를 끄덕인다. 마리안네가 토스티 여섯 봉지를 카트에 던진 후에 내가 끼어든다.

나: 마리안네, 여섯 봉지나요?

마리안네: 얼릴 수도 있어.

군것질거리 선반을 지나갈 때 마리안네가 말한다. "원하는 거 모두 담아." 나는 해피 히포 비스킷 한 통을 담는다. 그녀의 기분을 망치고 싶지 않아서, 그리고 해피 히포가 정말 맛있기 때문이다.

냉동식품 칸에서 마리안네는 나에게 어떤 피자를 좋아하는지 묻는다. 내가 톤노 피자 빼고는 다 좋아한다고 대답하자 그녀는 하나씩 차례로 담는다. "사계절 피자를 제일 좋아해요." 사계절 피자는 엄마가 제일 좋아하는 거고 내가 제일 좋아하는 건 버섯 피자인데도. 마리안네가 사계절 피자 다섯 판을 카트에 담자, 크누트와 나를 전혀 믿지 못하는 그녀가 약간 무례하다고 느껴질 정도다.

나: 마리안네, 나도 요리할 줄 알아요.

나: 그리고 장도 볼 줄 알고요.

나: 크누트도 마찬가지잖아요. 계속 메트로 슈퍼마켓에 가

고요.

　　마리안네: 그래, 나도 알아. 하지만 있으면 있는 거니까.

　　나: 난 사실 요리를 꽤 잘해요.

　　나: 오늘 점심에 내가 요리할게요.

　　산더미 같은 피자와 토스티를 보니 왠지 뭔가 증명해 보이고 싶어서 나는 아주 제대로 상을 차릴 생각이다. 어떻게 마리안네를 놀라게 해줄까 고민한다. 축하할 일이 있는 건 아니므로 3코스 요리는 하지 않을 생각이다.

　　내가 잘할 수 있는 요리를 고민하다가 넓적한 파스타를 곁들인 살팀보카와 후식으로는 스파게티 모양 아이스크림을 내놓기로 결정한다.

　　나: 감자 프레스 있어요?

　　마리안네: 응.

　　분위기를 살짝 가볍게 만들 화이트와인과 아페롤 스프리츠를 곁들이기로 한다.

　　나는 장바구니를 하나 가져와서 식재료를 얼른 담다가, 이미 가득 찬 카트에 마리안네가 대용량 화장지 네 개를 넣으려고 애쓰는 모습을 목격한다. 나는 그녀의 손에서 화장지를 빼앗아 하나로는 내가 고른 식재료를 가리고 나머지는 다시 선반에 가져다두고, 넘치게 담긴 카트를 고갯짓하며 말한다. "이제 다 산 것 같은데요." 계산대에서 마리안네가 내 식재료를 못 보게 하고 싶지만, 돈을 안 가져온 탓에 내 것만 따로 계산할 수가 없어서, 그것들 위에 종이 봉지를 올리고는 마리안네에게 "보면 안 돼요"라고 말한다. 그리고 피해망상증에 걸린 것처럼 고기와 샐비어, 바닐라 아이스크림과 아페롤 등을 봉지에 던져 넣는다. 약간 멍청하고 과장된 행동 같지만 어쩔 도리가 없다.

라이프의 솔직한 대화 방식에 영향을 받아, 집으로 오는 길에 나는 마리안네에게 이렇게 묻는다. "언제 아팠어요?"

마리안네: 몇 년 전에.

마리안네: 그 빌어먹을 일을 다 겪어냈기를 정말로 바랐는데.

마리안네가 지금까지 '빌어먹을'이라고 말하는 건 못 들어본 것 같다.

나: 그런데 해일이 오면 뭘 하죠?

마리안네: 사실 할 일이 없어. 상황이 나쁠 때는 전기와 가스를 끄고, 해변에 차를 주차하면 안 돼. 보통 해일은 그다지 심하지는 않아. 엄밀하게 말하자면 그저 수위가 높은 해풍일 뿐이야.

나: 〈슈퍼 토이 클럽〉이라는 티브이 프로그램 아세요?

마리안네가 고개를 젓는다.

나: 어린이 게임 쇼예요. 예전에 키카 채널 또는 슈퍼 RTL 채널에서 방송했지요.

나: 여자아이들 팀 대 남자아이들 팀이 게임을 해요. 이긴 팀은 마지막에 토이저러스 상점 안을 뛰어다니면서 짧은 시간 안에 쇼핑 카트에 담은 물건을 모두 가질 수 있어요.

마리안네가 미소를 짓는다.

나: 프렌치토스트나 담프누델처럼 달콤한 음식도 좋아하시나요?

마리안네: 응, 단 음식 좋아해. 그런데 담프누델이 뭐지?

나: 다음에 한번 만들어볼게요.

"라이프가 왔었다." 집에 도착하자 크누트가 알려준다. 기쁨이 배 안에서 팔딱거린다.

나: 왜 왔대요?

크누트: 그냥 잠깐 들렀대.

준비된 음식을 접시에 담아 나누어주고 나니 식전주를 잊었다는 게 생각난다.

"드시지 마세요! 잊어버린 게 있어요." 나는 아주 크게 고함을 지르고 부엌으로 달려가 아페롤 스프리츠를 섞는다. 우리는 2분 후에 건배를 하는데, "위하여"가 내 입에서 너무 빨리 튀어나와서 뭔가 아름답고 용기를 북돋우는 말을 덧붙이고 싶다. "당신을 위하여" 또는 "마리안네를 위하여"는 멍청하게 들리고 "건강을 위하여"도 별로다.

크누트: 항암 치료를 위해 건배.

멋져. 역시 크누트는 믿을 만하다.

"성공적인 항암 치료를 위해." 나는 이렇게 덧붙였지만 더 어색하게 들린다. 그래도 마리안네는 크게 웃음을 터뜨린다. "항암 치료를 위해."

침대에서 나는 라이프에게 문자를 보낸다: 잘 자, 라이프.

그가 3분 후에 답장을 보낸다: 잘 자, 이다.

다음 날, 빵 색깔은 다시 완벽한 황금빛이다. 크누트와 확인해보니 날씨도 나아졌다. 해가 나고, 하늘이 드디어 다시 파란색이다. 바람도 불지 않고 비도 내리지 않는다.

마리안네: 두 사람, 또 날씨 타령이네.

크누트와 나는 뭔가 들킨 느낌이라서 부끄러운 눈빛을 교환한다.

나: 항암 택시는 언제 와요?

마리안네: 오후 1시에.

아침을 먹은 후에 방으로 도망 온 나는 마리안네처럼 항암 택시를 기다린다. 책상 앞에 앉아, 마리안네가 어제 오후에 정원에서 꺾어다준 화려한 색깔의 꽃다발과 벽에 걸린 디들마우스 시계를 번갈아 본다. 뭘 해야 할지 모르겠다. 밖으로 나가기, 달리기, 수영하기. 여기 실내는 너무 시끄럽고, 너무 위험하다. 이런저런 생각들이 내 마음을 일정하지 않은 크기의 고깃덩어리로 날카롭게 자른다. 일어설 수 없다. 마리안네와 함께 기다려야 한다. 지금 마리화나를 하면 좋을 텐데. 하이킹을 하며 전이 이야기를 들은 이후로 아무것도 쓰지 않고 검색만 했던 맥북을 열고 '항암 택시chemotaxi'를 검색한다. "화학 주성chemotaxis이란 전달 물질(케모카인)의 분비나 형성에 의해 염증 반응이 일어난 장소로 면역 체계 세포(예를 들어 백혈구)가 유인되는 것을 의미한다." 이게 무슨 말이람. 나는 '항암-택시'라고 검색하기를 포기하고 일기 예보 사이트로 간다. 고기압권이 정말로 온다고 한다. 33도. 이런 더위가 마리안네에게 괜찮을까? 에어컨이 없으니 집이 너무 뜨거워지지 말아야 할 텐데. 에어컨 가격은 얼마나 하지? 인터넷 쇼핑몰에서 에어컨을 검색한다. 흰색 공기 냉각 장비 가격은 99유로 72센트다. 이 정도면 비상시에 나도 살 수 있겠군. 그런데 이게 제대로 된 에어컨인지는 모르겠다. 세일 품목도 있다. '이게 가장 시원합니다'라고 붙은 에어컨은 279유로 99센트인데, 이것도 비상시에는 살 수 있을 것 같다. 하지만 에어컨이 건강에 좋은지 전혀 몰라서 검색을 그만두고 맥북을 덮고는 디들 마우스 시계를 본다. 9시 58분.

거실에서 클래식 음악이 조용하게 들려온다. 마리안네는 아마 신문을 읽고 있을 테지. 옆에 함께 있으면 좋겠지만 그럴 엄두가 나지 않는다. 그녀의 눈에 서린 불안을 보게 될까 두렵다. 마리안네에게 가려고 여러 번 시도하다 시간이 흘러

간다. 세 번 일어나고, 그중 한 번은 문손잡이에 손까지 올리지만 열기에는 내가 너무 약하다. 공포, 죽음의 공포.

책상 앞에 앉아 팔을 꼬집고, 맥북을 다시 열어 '항암 치료 중 사망'을 검색한다. '사망 원인 항암 치료'이나 '치료 부작용으로 환자들이 사망하다' 또는 '항암 치료는 오히려 해롭다'와 같은 제목이 눈에 들어온다. 호흡이 가빠지고 심장이 찔리듯 아프다. 빌어먹을. 빅토르가 알려준 4-7-8 호흡법으로 들숨과 날숨을 쉰다. 천천히 코로 숨을 들이마시고 4까지 센다. 숨을 멈추고 7까지 센다. 입으로 힘껏 숨을 내쉬며 8까지 센다. 이 과정을 반복한다. 호흡이 진정되고, 심장도 진정된다. 지금 공황 발작은 안 된다. 그건 정말 최악의 타이밍이다.

11시 24분에 맥북으로 〈귀도의 데코 여왕〉 한 편을 본다. '푹신하고 아늑한 최신 유행: 새 카펫으로 집에 편안함을 선사하세요'라는 주제다. 참가자 뮤리엘은 끔찍한 겨자색 플로카티 카펫을 사서, 그러지 않아도 이미 보기 흉한 거실을 시간에 쫓겨가며 계속 망친다. 그중 참가자들이 더 많은 점수를 얻으려고 이따금 끼워 넣는 DIY 프로젝트가 가장 최악이다. 뮤리엘과 그녀의 도우미 카산드라는 다급해 지저분하게 액자 하나를 겨자색으로 칠하고, 흰색 실을 액자 한쪽 모서리에 팽팽하게 고정한다. 마리안네가 집을 비운 사이에 나도 DIY 프로젝트를 시도하는 게 어떨까. 용기에 대한 보상으로 그녀가 돌아오면 선물하는 거다.

12시 37분, 나는 필요에 따라 4-7-8 호흡을 몇 번 더 반복한다.

12시 55분, 마리안네가 현관에서 움직이는 소리가 들리는데, 아마 신발을 신는 것 같다.

12시 59분, 항암 택시가 창문 옆을 지나간다. 평범한 택시처럼 보이고, 사실 평범한 택시다. 겉으로 보기에는 그게 항암 택시라는 걸 아무도 모른다. 대부분은 택시에 아마 관광객이 탔을 거라 생각하겠지. 그게 아니라면 섬에서 누가 택시를 예약할까? 여기 사는 주민은 누구든지 차나 자전거가 있고 움직여야 할 거리도 짧다. 마리안네가 "나중에 봐"라고 외치는 소리와 문을 닫는 소리가 들리고, 나는 "안녕"이라고 중얼거린다. 해가 나는 바깥으로 나가야 하지만 나가지 않는다. 오후 2시. 마리안네는 아마 안락의자에 앉아 항암 주사를 맞고 있을 테지. 마리안네가 주사를 맞는 동안 나는 딱딱한 나무 의자에 앉아서 4-7-8, 4-7-8 호흡을 하고, 〈귀도의 데코여왕〉 한 편을 더 본다. 이번 주제는 '삶의 변화: 새로운 삶, 새로운 공간'이다. 4-7-8 호흡.

오후 3시 35분. 항암 택시가 내 창문 옆을 다시 지나간다. 크누트가 달려가는 소리가 들린다. 지금까지 나는 크누트가 뛰는 소리도 듣지 못했고 뛰는 모습도 못 봤는데. 나지막하게 주고받아서 내용을 알 수 없는 대화가 몇 마디 들린다. 나는 문손잡이에 손을 올린다. 다시 4-7-8 호흡. 엄마의 얼굴, 마리안네의 얼굴. 4-7-8, 4-7-8, 4-7-8, 4-7-8 호흡으로 래퍼 하프트베펠의 트랙을 시작할 수도 있겠다는 생각이 든다.

오후 3시 45분. 거실에서 다시 클래식 음악이 들려오고, 나는 마리안네가 무척 지친 채 하얀 양모 담요를 덮고 소파에 누워 있는 모습을 상상한다. 나는 마비됐고, 아무것도 하지 않는다. 아무것도 할 수 없다. 마지막 몇 주 동안 소파에 누워 있던 엄마가 보인다. 연약하고, 술에 취한 모습이다.

"내가 갔어야 해"라고 고함치는 목소리가 머릿속에서 울린다.

엄마가 소파에 누워 있을 때도 나는 프라하로 떠났다. 그러고 돌아왔을 때 엄마는 사망했다.

오후 5시 59분. 노크 소리가 들린다. 마리안네가 문 앞에 서 있다. 창백한 기색이지만 머리카락은 모두 그대로다.

마리안네: 저녁 식사는?

나는 그녀에게 몸 상태가 어떤지 또는 어땠는지 묻지 않는다. 그대신 "배고프지 않아요"라고 대답하는 내가 싫다.

4-7-8 호흡.

4-7-8 호흡.

내가 갔어야 한다.

문자가 들어온다. 틸다 언니다. 이번 주말에 내려가서 집을 비우고 정리할 거야.

4-7-8 호흡.

틸다: 너도 같이 가고 싶다면, 우리가 너에게 들러서 갈게.

아니, 아니, 안 돼.

나: 아니야.

나는 침대에 엎드려 베개를 물어뜯는다.

이번 주말. 언니네가 집을 정리하는데, 나는 거기 있지 못한다. 함부르크에 다녀왔을 때만 해도 할 수 있을 거라고, 막판에라도 갈 수 있을 거라고 생각했지만 이제는 그러지 못한다. 지금은 안 된다. 마리안네가 항암 치료를 시작한 지금은. 내가 거길 다녀왔는데 그녀가 죽은 후라면 어떻게 하나.

모든 것이 무너질 것 같다. 모든 게 무너진다.

4-7-8 호흡.

노크 소리가 들린다. 제발 이러지 않으면 좋겠는데. 문 쪽으로 고개를 돌린다. 크누트의 머리가 나타난다. 치즈 빵을 담은 접시를 손에 들고 있다.

크누트: 이다, 괜찮냐?

나는 괜찮거나 말거나 아무 상관도 없어서 그대로 엎드려 있다.

나: 네, 아주 괜찮아요. 그냥 배가 좀 아파요.

나: 그래서 엎드린 거예요.

"일단 책상에 두마." 크누트가 치즈 빵을 책상에 둔다.

나: 고맙습니다.

크누트: 얼른 낫길 바란다.

나: 크누트, 고맙습니다.

그러다가 피로가 밀려온다. 깜박 졸다가 잠결에 엄마를, 마리안네를 발견한다. 4-7-8 호흡을 하고 일어나, 운동복을 입고 에어팟을 귀에 꽂은 다음 살그머니 집을 빠져나와 아주 시끄러운 음악을 들으며 숲으로 달려간다.

울타리를 넘어 나무우듬지 산책로를 달려 올라간다. 빙빙도는 동안 모든 게 떠오른다. 아주 깊숙하게 묻어두었던 엄마의 마지막 몇 주가 표면으로 올라온다. 달려 올라가는 동안 모든 게 떠오른다. 소파에 누워 있는 엄마. 뭔가 바른 빵을 가져다두었다가 거의 줄지 않은 접시를 그대로 다시 가지고 나오는 내 모습. 엄청나게 값비싼 식사 대용 셰이크와 단백질 바를 가져다두었지만 역시 거의 손대지 않아 다시 가지고 나오는 내 모습. 엄마가 일어나서 화장실이 아니라 부엌으로 가고, 술이 든 냉장고가 아니라 귀리 가루와 콘플레이크, 군것질거리, 쌀과 파스타 등이 들어 있는 찬장 서랍을 여는 소리가 들리면 기뻐하던 내 모습. 엄마가 필요하다고 하면 보드카를 가져다주던 내 모습.

엄마는 내가 보드카에 물을 섞으면 늘 눈치챘다. 여우 같으니라고. "이다, 또 이러다니." 언젠가 엄마는 웃음을 터뜨리기까지 했다. 내가 프라하로 간다고 말하자 엄마는 "재밌게 놀아"라고 대답했다. 나는 프라하로 가면서 틸다 언니에게 집에 오라고 전화하지 않았다. 엄마 상태가 얼마나 안 좋은지 언니에게 말하지 않았다. 마지막에는 언니에게 전혀 연락도 하지 않았다.

느린 발걸음 소리. 문과 서랍 여는 소리. 콘플레이크를 그릇에 담느라 부스럭거리는 소리. 술이 아니라 우유를 꺼내느라고 냉장고 문을 여는 소리. 서랍에서 숟가락을 꺼내는 소리. 발소리. 그 소리를 다시 한번 들을 수 있다면 무엇이든 할 텐데. 시간을 돌릴 수 있다면 무엇이든 할 텐데. 그러면 모든 것을 예전과 다르게 할 텐데. 언니에게 전화를 걸겠지. 아마도 우리가 마지막으로 크게 싸웠던 그날 저녁에. 엄마가 "더는 살고 싶지 않아"라고 말한 후에, 또는 내가 "그러면 그냥 그만두든가"라고 말하자 엄마가 "못된 년"이라고 말한 후에 언니에게 전화를 걸 텐데. 다 포기해 무표정하게 텅 빈 엄마의 눈에 대해 말하겠지. 무표정하게 텅 빈 엄마의 눈에서 죽음을 봤다고 말할 거야. "엄마는 이제 더는 못 해"라고 언니에게 말할 텐데. "그리고 나도 더는 못 해"라는 말도 아마 덧붙일 거고. "엄마는 이제 더는 못 해." 나는 40미터 아래를 향해 고함을 지른다. "그리고 나도 이제 더는 못 해." 다음 날 언니가 와서 모든 것을 넘겨받는다. 언니는 무슨 일을 해야 할지 알고 있다. 자살 위험 때문에 어쩌면 입원이 필요한지도 모른다. 법에 따르면 자기 자신 또는 타인을 해칠 급박한 위험이 있을 때는 강제 입원이 이루어진다. 언젠가 검색해보니 그랬다. 엄마는 자기가 정신병원이나 재활 병원에 입원하게 된다면 자살할 거라고 늘 위협했다. 하지만 어쩌면 입원이 엄마가 자살하지 않는 데 도움이 되었을지도 모르고, 어쩌면 더 늦게, 나중에 자살했을 수도 있다. 엄마의 자살 충동이 얼마나 강했는지 궁금하다. 나와 둘만 남았을 때 더 강해졌을까. 엄마는 틸다 언니와 함께 살았을 때도 약물 과다 복용으로 두 번 병원에 갔다. 그때 나는 엄마가 정말로 죽으려 했다고는 생각하지 않았고, 틸다 언니도 아마 그랬던 것 같다. 무엇보다도 알코올 중독이 문제였다. 항우울제나 어쩌다 벌어진 약물 과다 복용은 보드카에 그냥 따라오는 거였다. 언제부터 자살 충동이라고 말하는지, 언제부터 자기 자신 또는 타인을 해칠 급박한 위험이 있다고 보는지 궁금하다. 그걸 어떻게 확인하지? 지금 내가 독수리 둥지를 내려다보며, 난간을 넘어가는 게 얼마나 간단한지 생각하는 게 이미 자살 충동일까? 스스로 목숨을 끊는 일이 사실 너무 쉽다는 생각이 든다. 선로에서 두 걸음만 가면, 약 한 움큼만 먹으면, 가슴 높이까지 오는 난간을 넘어 한 발만 나가면.

4-7-8 호흡.

나는 난간을 움켜쥐고 서서 아래를 내려다보며 엄마를, 틸다 언니를, 마리안네를, 치즈케이크를 생각하다가 난간을 놓고 반바지에서 휴대폰을 꺼내 라이프에게 문자를 보낸다.

나: 안녕.

답장이 없다. 아마 자는 중이겠지.

전화를 걸다가 끊는다. 그에게서 뭘 기대하는 거지? 여기 와서 날 구해주기를? 아래를 내려다보지 않을 수 있도록 여기 와서 날 데리고 내려가기를? 휴대폰을 반바지에 다시 넣었는데, 잠시 후에 소리가 들린다.

"라이프에게서 전화왔습니다." 시리의 말에 나는 전화를 받으려고 왼쪽 이어폰을 두 번 두드린다.

라이프의 목소리가 에어팟에서 들린다: 이다, 별일 없어?

4-7-8 호흡.

나: 으음.

라이프: 이다?

"안녕, 라이프." 새된 목소리가 나온다.

라이프: 이다, 괜찮아?

라이프: 어디야? 집?

나는 아래를 내려다보지 않으려고 몸을 돌리고, 난간을 따라 미끄러져 내려와 바닥에 앉는다.

나: 아니.

울면 안 돼.

4-7-8 호흡.

나: 독수리 둥지, 위에.

라이프: 내가 갈게.

뭔가 부스럭거리는 소리, 문 닫는 소리가 들린다.

라이프: 이다, 전화 아직 안 끊었지?

계단을 달려 내려오는 소리, 문과 자동차 문 소리, 모터가 요란하게 켜지는 소리.

라이프는 운전하면서 나와 통화한다. 그는 자기 할머니가 만든 케이크 중 가장 끔찍했던 것은 반죽을 덮은 사과파이였다는 이야기를 한다. 할머니는 사과만으로도 이미 충분히 달다고 생각해서 설탕을 넣지 않았다고 한다. "하지만 사과가 충분히 달았던 적은 한 번도 없었어." 라이프가 말한다. 그리고 아까 〈석세션〉을 몇 편 봤다고, 사람들이 왜 다들 그 드라마를 엄청나게 칭찬하는지 이해하지 못하겠다고 한다. "무진장 지루하고 장황해." 그가 말하고, 차에서 내리는 소리가 들린다. 발을 다쳤는데도 숲 바닥을 딛는 빠른 발걸음 소리.

라이프: 이다, 도대체 여기 어떻게 들어왔어?

나: 기어올랐지.

라이프: 빌어먹게 높은데.

나: 난 기어오르기를 잘하니까.

바닥으로 뛰어내리는 소리를 들으며, 나는 불쌍한 그의 발을 생각한다. 영원처럼 느껴지는 시간이 지나자 그의 빠른 발소리가 드디어 에어팟을 뚫고 들린다. 나는 왼쪽 이어폰을 두 번 두드린 후에 복서 쇼츠에 스웨터 차림인 그를 본다. 라이프도 나를 보고, 마지막 몇 걸음도 빠르게 달려와서 내 손을 잡는다. 그의 손을 잡자 그는 나를 일으켜 세우고 꽉 껴안는다.

"내가 엄마를 죽게 내버려뒀어." 그러고 있다가 그의 가슴에 대고 중얼거린다.

라이프가 내 머리를 쓰다듬는다.

"못 견디겠어." 그의 가슴에 대고 또 중얼거린다.

나: 마리안네 말이야.

라이프: 이다, 천천히 숨을 쉬어.

나: 알아. 4-7-8 호흡법.

"마리안네가 죽으면 어떡하지." 내가 소곤거린다.

"쉿." 그가 내 머리를 쓰다듬으며 말한다.

"이다, 내가 옆에 있어"라고도 한다.

그가 양손으로 내 얼굴을 잡고 엄지로 얼굴에서 빗방울을 쓸어낸다.

그러고 내 얼굴을 잡은 채 다시 한번 말한다. "이다, 내가 옆에 있어." "너, 말을 반복하네." 내가 이렇게 말하고 묻는다. "정말로 옆에 있어?"

라이프가 내 눈을 들여다보며 대답한다. "응."

나: 계속 옆에 있을 거야?

라이프는 여전히 내 눈을 보며 다시 한번 말한다. "응."

"응이라고?"

"응." 그가 다시 대답한다.

"약속한 거야?" 내가 또 묻는다.

라이프는 여전히 내 눈을 보고, 내 얼굴은 여전히 그의 양손에 들어가 있다. 그가 대답한다. "약속했어."

나: 좋아.

지금 그의 눈동자가 너무 진한 초록색이어서 나는 그의 가슴에 얼굴을 다시 묻는다.

"마리안네도 죽을까 봐 너무 무서워." 나는 그의 가슴에 대고 중얼거린다.

라이프: 죽지 않아. 마리안네는 강해.

나: 나를 멀리하는 게 좋을 거야. 내가 사랑하는 사람은 모두 죽어.

"쉿." 라이프가 다시 말한다.

나는 말을 멈추고 내 호흡과 그의 체취에 집중한다.

나: 난 아직 엄마 무덤에도 가지 않았어.

라이프: 공동묘지는 별로잖아.

그 말이 맞다. 나는 어릴 때 이미 묘지 맞은편에 살던 같은 반 마라이케가 안됐다고 여겼다. 죽음과 그렇게 가까이 살다니. 그 아이는 죽은 사람들이 누운 관이나 죽은 사람들의 재로 채워진 유골함을 계속 봤다. 관이나 유골함은 어떤 식으로든 땅에 묻혔다. 게다가 죽은 사람을 찾아오는 슬픈 사람들도 늘 보며 지냈다.

나: 공동묘지 맞은편에 살던 같은 반 친구가 있었어.

라이프: 불쌍해라.

나: 집이 아름다웠지.

유리창이 아주 많은 새집이었고, 수영장도 있었던 것 같다.

나: 수영장도 있었던 거 같아.

라이프: 그래도 안됐어.

"응, 빌어먹을 일이지." 나는 그의 가슴에 대고 중얼거린다. 우리는 여전히 서로를 안은 채 서 있는데, 얼마 전에 엄마를 땅에 묻고 슬퍼하는 남매처럼 보일 것 같다. 하지만 여기에 있는 사람은 우리 둘뿐이다. 내가 묻는다. "내려갈까?"

라이프는 포옹을 풀 생각을 전혀 하지 않고 말한다. "사실은 해가 뜰 때까지 기다려야 해. 안 그래?"

나: 여기 위에서 보면 아름다워?

라이프: 몰라. 새벽 5시에 와본 적이 없으니까. 하지만 그럴 것 같아.

우리는 바닥에 앉아 난간에 등을 기댄다. 라이프는 내 어깨에 팔을 두르고 나는 그에게 기댄 채 말없이 해돋이를 기다린다. 이제 우리는 연인 같을 테지만, 여기 위에 있는 사람이라고는 여전히 우리 둘뿐이다.

위에서 보는 해돋이는 정말 아름답다.

나: 아름다워.

멋진 해돋이를 본 후에 우리는 손을 맞잡고 말없이 나무우듬지 산책로를 내려온다. 라이프는 복서 쇼츠, 나는 반바지와 커다란 셔츠 차림이고 라이프는 다리를 살짝 절뚝인다. 주차장에서 뤼겐이라고 쓰인 셔츠를 입은 중년 남자 둘이 맞은편에서 오다가 그중 한 명이 중얼거린다. "아이고, 다시 젊어지면 좋겠다."

저 사람이 내 처지를 안다면 저런 말을 할까.

우리는 라이프가 작은 빵집 앞에 주차할 때까지 아무 말도 하지 않는다. 지난번에 내가 독수리 둥지에 다녀온 후, 우리가 커피 두 잔을 테이크아웃으로 주문했던 빵집이다.

라이프: 커피 마실래?

나: 응. 그런데 너 복서 쇼츠 차림이야.

라이프: 지금 이렇게 입으면 안 돼?

나: 응.

"그러면 할 수 없이 레나테가 견뎌야지 뭐." 그가 차에서 껑충 뛰어내리며 대답한다. 문을 열자 막 구운 빵 냄새가 풍겨온다. 오랜만에 맡아보는, 아주 좋은 향기다.

나: 크누트와 마리안네가 먹을 빵 사갈까?

그러면 빵을 굽거나 토스티를 토스트하지 않아도 된다.

라이프가 고개를 끄덕인다.

레나테: 여어, 라이프.

라이프: 여어, 레나테.

라이프: 테이크아웃 커피 두 잔이랑 빵 주문할게.

레나테: 몇 개?

나 두 개, 크누트 세 개, 마리안네 두 개.

나: 우리는 일곱 개. 넌 몇 개 먹을 거야? 세 개?

라이프가 우리와 같이 아침을 먹으면 좋겠다.

라이프: 열한 개.

라이프: 라우겐 빵 세 개, 양귀비 씨앗 빵 세 개, 깨 빵 두 개, 호박씨 빵 하나, 호밀빵 두 개.

초콜릿 크루아상이 내 눈에 들어온다.

나: 그리고 초콜릿 크루아상 한 개.

이왕 빵집에 빵을 사러 왔으니까.

우리가 돌아왔을 때 마리안네와 크누트는 아직 자고 있다. 우리는 조용히 식탁을 차리고, 라이프가 커피를 끓인다. 준비를 마친 후에 우리는 각자 싱크대에 기댄 채 마주 보고 서서, 그사이에 식어버린 테이크아웃 커피를 홀짝거린다.

나: 이건 안 사도 될 걸 그랬어.

나는 빈 컵을 뒤쪽 조리대에 놓는다.

라이프: 난 레나테가 만들어주는 커피가 좋아.

라이프: 식어도 맛있거든.

나는 고개를 끄덕이고 그를 보며, 그가 내 얼굴에서 "고마워"라는 표현을 읽기를 기대한다.

나: 라이프, 고마워.

나: 와줘서.

나: 한밤중에.

라이프: 이제 우리 비긴 거야.

그가 미소를 짓는다.

나: 발은 어때?

라이프: 다시 괜찮아졌어.

나: 절뚝거리잖아.

그가 어깨를 으쓱한다. "괜찮아."

라이프: 너는? 좀 나아졌어?

나: 응, 갑자기 불러내서 미안해. 모든 게 너무 힘들어서.

그에게 설명을 해야 한다.

나: 마리안네가 어제 첫 치료를 받았어.

나: 그리고 틸다 언니가 주말에 집을 정리하러 간다고 문자를 보냈고.

나: 그래서 모든 게 다시 떠올랐어.

라이프가 고개를 끄덕인다.

라이프: 언제든 전화해도 돼.

나: 우리 이제 다시 친구가 된 거야?

그가 장난꾸러기처럼 히죽 웃더니 컵을 싱크대에 내려놓고 한 걸음, 또 한 걸음 나에게 다가온다. 바로 앞까지 와서 걸음을 멈추고 고개를 살짝 옆으로 기울인다.

라이프: 아니기를 바라.

"이다, 너와 친구가 되기 싫어." 그가 속삭인다. 그의 코끝이 내 코끝에 거의 닿을 것 같다.

나: 그럼 뭐가 되길 원해?

라이프가 싱긋 웃는다.

나: 말해.

그가 여전히 웃고 있다.

라이프: 내가 왜 말해야 하지?

나: 나도 몰라.

나: 그러는 게 수행적인 행위니까.

라이프: 그게 수행적인 행위라서 내가 말한다면, 되돌릴 수 없어.

나: 응. 그러면 내가 어떤 식으로든 동의하거나 똑같은 말을 해야 해.

라이프가 웃음을 터뜨린다.

라이프: 이다, 난 너와 함께하고 싶어.

나는 만족스럽게 미소를 짓고, 함께하기가 정확하게 무슨 뜻이냐고 묻지 않는다. 그런 문장은 청소년들이나 한다는 말도 하지 않고, 드디어 내 코끝을 그의 코끝에 가져다댄다.

나: 거봐, 말할 수 있잖아.

나는 양손으로 그의 얼굴을 잡고 키스하며, 오늘이 내 삶에서 무척 끔찍한 동시에 무척 아름다운 날 가운데 하나라고 생각한다.

그러다가 어느 순간, 연파랑 파자마를 입은 마리안네가 부엌 문간에 서 있다. 약하고 피곤해 보이지만 머리카락은 아직 그대로다. 나는 목에 뭔가 덩어리가 걸린 것 같은 기분이다. 마리안네가 우리 둘을 머리끝부터 발끝까지 훑어본다. 라이프는 여전히 복서 쇼츠 차림이다.

라이프: 마리안네, 안녕히 주무셨어요?

마리안네: 너희 둘 다 잘 잤니. 여기서 뭐 하니?

나: 아침 식탁을 차렸어요.

나: 빵도 사왔고요.

마리안네: 너, 여기서 잤니?

라이프: 절반쯤은요.

마리안네: 절반쯤이라니?

마리안네의 입술에 가벼운 미소가 서린다. 조금 창피한 상황이기는 하지만, 그녀의 미소를 보니 반갑다.

나: 마리안네가 생각하는 거 아니에요.

라이프: 몸 상태는 어떤가요?

마리안네: 아주 좋아. 그냥 약간 피곤하고 속이 좀 울렁거려.

마리안네: 크누트를 깨우고 나도 옷 갈아입어야겠다.

크누트: 여어.

눈이 붓고 눈 아래 진한 다크서클까지 생겨서 평소 아침 식사 때보다 더 피곤해 보이는, 아직 잠이 제대로 깨지 않은 크누트는 라이프가 여기 있다는 사실에 전혀 놀라지 않는다.

크누트: 초콜릿 크루아상 먹을 사람?

나: 내가 먹을 거예요.

나는 크루아상을 들고 막 베어 물려다가, 마음을 바꿔 반을 잘라서 더 작은 쪽을 크누트에게 건넨다.

크누트: 오늘 무척 더워질 거야. 너희 둘이 해변에서 하루 종일 보낼 수 있겠군.

나는 웃음을 터뜨린다. 저승사자가 식탁에 함께 앉아 있지 않다면 이 모든 일을—크루아상 반쪽, 라이프가 달걀에 얹을 차이브가 있는지 묻자 정원에서 차이브를 뜯어오려고 바로 일어나는 마리안네, 늘 그렇듯이 날씨 얘기를 하며 해변에서 하루 종일 시간을 보내라고 제안하는 크누트— 더 많이 즐길 텐데. 저승사자는 마리안네의 옆에 앉아서, 오늘 무척 활발해 보이고 속이 울렁거린다면서도 라우겐 빵에 버터과 달걀과 소금을 정성스럽게 올린 마리안네의 어깨에 느끼하고 엉큼한 놈처럼 아주 구역질나게 팔을 두르고 있다. 나는 그에게 칼을 던지고 싶다.

크누트: 라이프, 이제 계획이 어떻게 되지? 아직 디스크자키 일을 하냐?

라이프: 여전히 디스크자키이긴 한데 지금은 디제잉을 하지 않고 있어요.

나는 함부르크에서 본 그의 공연, 그리고 지금과 다른 모습이었던 라이프를 떠올리고 크루아상 반쪽을 접시의 앵무새 그림 위에 내려놓는다. 라이프의 계획이 도대체 뭔지 나도 궁금하다. 내 계획은 뭐지? 크누트의 계획은 뭘까? 무엇보다도 마리안네의 계획은? 아직도 미래를 계획하기는 할까? 저승사자는 마리안네를 위한 계획이 뭔지 자기 마음대로 결정할 수 있나? 아니면 마리안네에게도 발언권이 있을까? 그녀가 아주 강하다면 저승사자의 계획을 방해할 수도 있을까, 아니면 어차피 모든 게 다 결정됐나?

크누트: 네가 조부모 집에 뭔가 짓는다고 들었다.

라이프: 네, 여기서 오래 머물게 되면 일하려고 스튜디오를 만들고 있어요.

크누트: 아하. 그렇구나. 그런데 일한다는 게 무슨 뜻이냐?

라이프가 싱긋 웃는다.

라이프: 음악을 하는 거죠.

크누트는 지금 어떤 임무를 수행 중인 걸까? 날씨 이야기를 좀 하려던 게 아니었나? 하지만 어쨌든 나야 좋지 뭐. 라이프가 질문을 견뎌내고, 그래서 난 내가 사랑하게 된 이 남자에 대해 드디어 뭘 좀 알게 되니까.

크누트: 네가 섬으로 완전히 돌아올 수도 있다는 뜻이냐?

라이프는 여전히 웃고 있다.

라이프: 네, 크누트. 어쩌면요. 지금 그런 생각을 하는 중이에요.

라이프가 어쩌면 섬으로 완전히 돌아올 수도 있다는 생각을 하는 중이라니.

이제 크누트가 그럼 함부르크는 어떻게 되냐고 물어야 한다. 그곳 집을 완전히 포기할까? 할아버지 집으로 들어오나?

마리안네: 크누트, 이제 그만해. 라이프, 잼이 정말 맛있어. 이다 말로는 네가 직접 만들었다더구나.

라이프: 고맙습니다. 맞아요. 정원에 딸기가 너무 많아서 어쩔 수 없이 잼을 만들어야 했어요.

나는 이제야 처음 맛보는 잼 한 숟가락을 초콜릿 크루아상 반쪽에 얹고 크게 한입 베어 문다.

라이프: 글쓰기는 어떻게 되어 가?

사실 나는 지금까지 대화에 끼어들지 않아도 되는 상황, 직접 질문하거나 반대 질문을 받지 않으면서도 라이프의 계획을 조금씩 알게 되는 이 상황을 즐겼다. 그리고 글쓰기는 정말이지 마리안네의 질병이나 엄마의 죽음과 더불어 내가 전혀 다루고 싶지 않은 대화 주제다.

"별로." 나는 입에 빵을 가득 문 채 접시의 앵무새 그림을 내려다보며 웅얼거린다.

나: 바닐라가 들어 있어?

라이프: 응, 조금.

나는 바닐라를 무척 좋아한다.

열한 개의 빵과 크루아상을 다 먹고도 우리는 커피와 찻잔을 앞에 두고 30분쯤 더 앉아서 톰 크루즈를 포함해 이런저런 이야기를 나눈다. 크누트는 열렬한 톰 크루즈 팬인 것 같다. 티브이 잡지를 넘기다가 오늘 프로그램에서 〈잭 리처〉를 발견한 그의 얼굴에 지금껏 한 번도 보지 못했던 환한 빛이 떠오른다.

크누트: 오늘 이거 볼까?

마리안네: 벌써 수십 번 봤잖아.

크누트: 좋은 영화니까.

라이프: 새 영화 〈탑 건: 매버릭〉 보셨어요? 그것도 나쁘지 않아요.

크누트: 아니. 아직 티브이에서 볼 수는 없지?

라이프도 톰 크루즈 팬인 모양이군. 두 사람은 톰 크루즈의 어떤 영화를 제일 좋아하는지 서로 이야기한다. 나는 그가 감정이 없고 으스스하게 보여서 기이하다고 생각한다. 게다가 그는 사이언톨로지 신자다. 또 나는 액션 영화를 좋아하지 않는다. 그러나 분위기를 망치고 싶지 않아서, 그리고 잠깐이나마 모든 것이 지극히 평범하게 느껴져서 둘의 이야기에 끼어들지 않는다. 어느 순간 마리안네가 식탁을 치우기 시작한다. 그녀도 어쩌면 톰 크루즈가 으스스하다거나 두 사람의 대화가 지루하다고 생각하는지도 모른다. 내가 마리안네를 돕자,

톰 크루즈 열성팬 두 명도 자리에서 일어나 돕기 시작한다. 내가 식기세척기에 접시를 넣을 때 라이프가 내 아래팔을 부드럽게 쓰다듬지만, 이젠 당연히 소름이 돋지 않는다.

라이프: 자, 이제 우리 할아버지가 뭘 하시는지 보러 가봐야겠어요.

나는 그를 배웅하러 문간으로 간다. 라이프가 문을 열고 햇볕이 드는 바깥으로 나가서 몸을 돌려 마주하고 선다. 나는 문간에, 그는 햇볕이 드는 바깥에. 입맞춤과 내 위팔 쓰다듬기. 소름은 돋지 않는다. 한 문장. "네가 원한다면 내가 같이 갈게." 그러고 따라오는 말. "네 엄마 무덤에." 이번에도 소름은 돋지 않는다. 입에도, 머리에도, 배에도 대답이 없지만 나는 고개를 끄덕인다.

"또 만나." 복서 쇼츠 차림의 그가 크게 외치고, 랜드로버로 걸어가면서 어깨 너머로 돌아보며 미소 짓는다. 나는 문간에 그대로 서서 라이프가 흰색 랜드로버에 오르는 모습을 지켜보며 마음이 무척 복잡해진다. 시간을 돌릴 수 있기를 간절히 바란다. 마리안네가 전이 이야기를 하기 전으로 돌아갈 수 있다면. 마리안네가 건강하기를 간절히 바란다. 그렇게 된다면 내 머리 위쪽에는 모든 것에 그늘을 드리우는 엄마 구름뿐일 텐데. 잠깐이라도 엄마를 잊어버리고 행복을 느끼기만 하면 늘 나타나 어둑해지는 엄마 구름만이. 이제는 엄마 구름 옆에, 잠깐이라도 마리안네를 잊어버리고 행복을 느끼고 있자면 나타나서 곧장 짙어지는 마리안네 구름도 있다.

내가 흰색 랜드로버의 뒷모습을 바라보는 동안 차는 멀어지며 어두운 색으로 바뀐다. 라이프도 구름으로 변한다면 나는 그 무엇도 장담할 수 없다. 라이프는 불행을 가져오는, 아주 어두운 폭풍 구름으로 변할 위험이 크기 때문이다. 그렇게 된다면 나는 견딜 수 없겠지. 그러면 폭우가 쏟아질 테고. 라이프는 틀림없이 모든 것을 쓸어가 버리는 해일을 일으킬 거다.

문간에 서서 텅 빈 거리를 내다보는데, 나의 영원한 햇살 크누트가 담배를 같이 피우겠냐고 묻는다.

나: 폭풍 다음에는 뭐가 오나요? 그러니까 폭풍보다 더 센 건 뭐예요?

크누트: 폭풍 뒤에는 무거운 폭풍, 그다음은 대형 폭풍 같은 폭풍, 그다음은 대형 폭풍이지. 대형 폭풍은 보퍼트 12에 해당해. 보퍼트 풍력 계급에서 가장 높은 단계란다.

나: 그럼 회오리바람과 허리케인은요?

크누트: 허리케인은 대서양과 북태평양에서 발생하는 열대성 회오리 돌풍이야. 허리케인은 최소한 대형 폭풍과 같은 세기지.

크누트: 그리고 태풍과 사이클론이 있어. 모두 열대성 회오리 돌풍이야. 발생하는 지역에 따라 이름은 다르지만 사실 모두 똑같은 날씨 현상을 말한단다.

크누트는 뭐든지 알고 있다.

크누트: 20세기 중반에 보퍼트 풍력 계급은 다섯 단계 더 확장됐어. 그때는 가장 높은 풍속이 보퍼트 17이었지.

나는 고개를 끄덕인다. 크누트는 정말 뭐든지 다 안다.

크누트: 하지만 확장된 계급은 나중에 20세기 말쯤에 다시 12단계로 축소됐어.

크누트는 위키피디아보다 낫다.

크누트: 지금 확장된 계급을 사용하는 곳은 아마 타이완과 중국뿐일 거야.

크누트피디아.

크누트: 그곳에서 풍속 17은 슈퍼 허리케인 또는 슈퍼 태풍이라고 불리고, 시속 220킬로미터보다 강한 풍속은 하이퍼 허리케인 또는 하이퍼 태풍이라고 불리지.

"하이퍼 태풍." 나는 중얼거리며, 그가 '하이퍼'라는 단어를 말하는 게 약간 재미있다고 생각한다.

크누트: 하지만 걱정하지 마라. 여긴 열대성 회오리 돌풍이 없으니까.

나: 회오리바람은요?

나는 도로시와 그녀의 개 토토를 마법의 나라 오즈로 데리고 간 회오리바람을 떠올린다.

크누트: 이따금 독일에서 발생하기는 해. 하지만 드물어. 최근에 발트해에서 물기둥 세 개가 나란히 목격됐단다.

크누트: 육지에서는 회오리바람이라고 하고, 바다에서는 물기둥이라고 하지.

나: 회오리바람은 정확하게 뭔가요?

크누트: 회전축을 중심으로 거의 수직으로 회전하는 공기 소용돌이야. 대형 뇌우 구름 아래에서 따뜻한 공기가 상승할 때 발생하지. 그때 바람의 방향이 서로 다르면 회전하는 상승 기류 호스가 만들어진단다.

크누트: 회오리바람은 폭우나 거친 날씨를 동반할 때가 잦아.

나: 여기엔 회오리바람 경보 같은 게 있나요?

크누트는 내가 바보 같은 질문을 하기라도 했다는 듯이 웃음을 터뜨린다. 아마 내가 정말로 바보 같은 질문을 했기 때문일 테지.

크누트: 회오리바람은 예보할 수 없어. 순식간에 발생하기 때문이지. 하지만 기상학자들은 보통 언제 어느 곳이 회오리바람 시즌인지 알아.

크누트: 그리고 여기는 독일이고, 뤼겐은 회오리바람이 자

주 발생하는 '토네이도 앨리'도 아니니까.

나: 크누트는 날씨나 이런저런 걸 어떻게 이렇게 잘 알고 있어요?

크누트가 어깨를 으쓱한다.

크누트: 아마 육지에 비해 섬에서는 날씨나 바다와 함께 살아가는 일이 더 많기 때문이겠지.

나: 그런가 봐요.

크누트: 내가 어릴 때 아버지가 언젠가 물고기와 개구리 비가 내렸다고 말한 적이 있단다. 물기둥에 빨려온 거지. 그 이야기가 잊히지 않더구나.

나: 그런 일이 정말 일어날 수 있어요?

크누트: 그래. 그런 걸 '물고기 비'라고 부르지. 하지만 내 생각에 뤼겐에서 벌어진 일은 아닐 거야.

크누트: 그런데 왜 이렇게 많이 물어보냐? 폭풍우나 회오리바람이 두려워?

나는 물고기와 개구리가 하늘에서 떨어져 바닥에 부딪쳐 터지는 모습을 상상하고 고개를 끄덕인다.

나: 네, 아마 좀 그런 것 같아요.

크누트: 넌 완전히 다른 것들을 두려워해야 하는데.

우리는 담배를 다 피우고 말없이 나란히 서서, 다가오는 먹구름을 바라보다가 마주 보며 슬쩍 미소를 짓는다. 마치 우리가 마법으로 불러내기라도 한 것처럼 먹구름이 다가오기 때문이다. 지금 회오리바람이 일어나고 하늘에서 물고기 비가 내린다면, 우린 정말로 마술을 부릴 줄 아는 것이다.

크누트: 라이프는 지금 그다지 안정적인 상태가 아니야.

나는 갑작스러운 화제 변화에 깜짝 놀라, 여전히 구름을 쳐다보고 있는 크누트를 슬쩍 곁눈질한다. 예전에 나는 영화에서 보는 것과 같은 아버지와 딸의 대화를 늘 원했다. 영화에서 아버지는 못된 남자들로부터 딸을 지키려고 한다. 하지만 지금 라이프에 대해 크누트와 대화를 나누는 걸 어떻게 생각해야 할지 모르겠다.

이다: 나랑 다르게 말이죠.

크누트가 기침을 하며 짧게 웃더니, 이 대화와 자기가 말하는 모든 문장이 엄청나게 힘들다는 듯이 문장 사이에 계속 쉬면서 말을 잇는다.

크누트: 난 이곳 섬에 소문이 많이 도는 게 언제나 싫어.

정적.

크누트: 그리고 난 그 애를 좋아해.

정적.

크누트: 하지만 조심하렴.

나: 왜요?

정적.

크누트: 그 애는 어린 말썽꾸러기였지. 못된 일을 많이 저질렀단다.

나: 어떤 못된 일 말인가요?

크누트는 대답하지 않고 고개를 젓다가 결국 입을 연다.

크누트: 뭐, 사소한 일들이지. 교사들의 차를 망가뜨리고, 야스퍼 새아버지의 보트를 훔쳐 타고, 상점에서 좀도둑질을 하고, 마약을 하고.

나: 그래서 라이프가 조부모님 댁에서 지낸 건가요?

크누트: 걔 엄마가 감당하기 힘들었지. 하지만 상황이 정확히 어땠는지는 나도 몰라.

정적.

크누트: 말했다시피 나는 그 애를 좋아해. 그리고 너희가 친구인 것도 좋다고 생각하고. 친구든 뭐든 말이야.

정적.

크누트: 라이프는 이제 더 단단해지고 더 이성적인 생각을 하는 것 같더라.

정적.

크누트: 섬이 그 애에게 도움이 되는 거지.

정적.

크누트: 여긴 그 아이 집이니까.

정적.

크누트: 돌아오길 잘한 거야.

나: 흐음.

크누트: 그냥 이 말을 하고 싶었다.

나: 알겠어요.

크누트는 나에게 무슨 말을 하고 싶은 걸까?

나: 무슨 말씀을 하고 싶으신 거예요?

크누트: 아, 사실은 아무것도 아니야. 내가 그 아이를 좋아한다는 것, 그리고 이 섬이 그 아이에게 좋다는 것.

정적.

크누트: 그리고 너에게도 좋고.

나: 네, 좋아요.

잠깐의 정적.

크누트: 라이프랑 상관없이 말이야.

나: 노력하고 있어요.

나: 하지만 크누트도 몸조심하세요.

"내 걱정은 하지 마라." 그가 말한다. 하지만 크누트와 내가 마리안네를 걱정하고, 크누트와 마리안네가 내 걱정을 하니 누군가는 크누트 걱정을 해야 한다. 그의 아내는 중병을 앓고 있고 그 역시 원래는 은퇴할 나이지만 거의 매일 저녁부터 밤 늦게까지 일한다. 피곤해 보인다. 나는 함부르크에 다녀오고 마리안네의 전이 소식을 들은 뒤로, 저녁에 그녀를 혼자 집에 두고 나가기 싫었으므로 물개에 더는 출근하지 않았다. 그 일을 입에 올리는 사람은 없었다.

"물개에 가지 않아서 죄송해요. 마리안네 혼자 집에 있는 게 싫었어요." 내 집이 아니지만 나는 이렇게 말한다.

크누트: 괜찮아. 지금은 어차피 바쁘지도 않단다.

크누트: 저녁에 네가 마리안네 옆에 있는 게 나도 좋아.

"마리안네의 건강이 좋아지면 다시 갈게요." 그가 내 말에 고개를 끄덕여서 기쁘다. 이제 곧 그녀의 건강이 좋아진다는 데 우리 둘이 의견 일치를 본 거니까.

나는 다가오는 먹구름을 향해 고갯짓을 한다.

나: 해변에서 하루 종일 시간을 보낼 날씨는 아닌데요?

"그래, 물고기 비 냄새가 풍기는구나." 크누트가 구름과 나에게서 몸을 돌려 안으로 들어간다.

나는 크누트가 좋다.

점심 식사로 페스토 소스를 얹은 파스타가 처음 나온다. 이게 신호인지 궁금하다. 마리안네의 상태가 좋지 않은 걸까?

오후에 마리안네와 나는 거실에 앉아 있다. 마리안네는 소파에 앉아《발트해 신문》의 지역 소식란을, 나는 그 옆에서 관심도 없는 경제면을 무릎에 내려놓은 채 그냥 앉아 있다.

나는 페스토 소스 파스타 식사 이후로, 임신한 주인 옆을 떠나지 않는 고양이처럼 잠시도 마리안네의 옆을 떠나지 않는다. 마리안네의 상태가 어떤지 알 수 없기 때문이다. 언젠가 사마라가 자기 할머니의 고양이들은 할머니가 아프면 그 옆에 누워 있다고, 가끔 아픈 부위 옆에 정확하게 눕기도 한다고 이야기했었다. 나는 마리안네도 통증을 느끼는지, 느낀다면 어디인지 궁금하지만 그녀에게 통증이 있는지, 있다면 어디인지 묻지는 않는다. 내 배에도 종양이 있기 때문이다. 이 종양은 점점 더 커지고, 내가 쉴 새 없이 던지는 온갖 질문들을 끈적끈적하게 불타오르는 묵직한 하나의 덩어리로 녹여버린다. 이 종양은 두려움인데, 나는 거기서 단 하나의 질문도 꺼낼 엄두를 내지 못한다. 종양에서 어떤 질문을 먼저 끌어내야 할지 모르기도 하고, 그랬다가 종양이 더 커질까 봐 두렵기 때문이다. 이 병은 정확하게 어떤 의미인가요? 마리안네, 이 질병의 예후는 어떤가요? 기대 수명은 어때요? 화학요법이 효과가 없으면 어떻게 되는 거죠? 이런 질문은 단 하나도 꺼내지 않은 채, 대답과 또 다른 질문들이 너무나 두려워서 끈적끈적하게 불타오르는 종양이 점점 더 커지고 무거워지게 내버려둔다.

마리안네: 해변으로 잠깐 산책 가겠니?

나: 괜찮으세요?

마리안네: 이다.

나: 페스토 소스를 얹은 파스타를 먹었잖아요.

마리안네: 크누트와 내가 페스토 소스 파스타를 얼마나 자주 먹었는지 네가 안다면 좋을 텐데.

마리안네가 나 때문에 다양한 요리를 하는구나.

나: 기압이 너무 낮지 않아요? 비가 쏟아질지도 몰라요. 아니면 회오리바람이 불거나.

마리안네: 그럼 나 혼자라도 가야겠다. 밖에 나가고 싶어.

내가 여기 온 이후 이렇게 더웠던 적이 없다. 해변을 따라 산책하는 우리 위편 하늘이 새까맣고 바람은 완벽하게 잔잔하다. 나는 맨발로 물을 찰박거리며 걷고, 마리안네는 곁에서 모래 위를 걷는다. 몇몇이 수영하는데, 대부분은 나체다. 사람들이 나체로 돌아다니는 모습을 볼 때마다 나는 계속 당황한다. 내가 왜 당황하는지, 그리고 무엇보다도 나는 왜 저렇게 다니지 못하는지 궁금하다.

나: 두 분은 나체로 수영하세요?

마리안네: 아니.

나: 나도 못 할 것 같아요.

마리안네: 왜?

나: 모르겠어요. 왜 그런지 나도 궁금하네요.

나: 흐음, 나를 너무 많이 드러내고 싶지 않은 거겠죠. 내가
외적으로나 내적으로 어떤 모습이든 아무도 상관할 필요가
없어요. 사람들이 벗은 내 몸을 바라보면 엄청 화가 날 것 같
아요. 평소에 그냥 나를 보는 것보다 더 많이 말이에요.

마리안네가 고개를 끄덕인다.

나는 아름다운 조개껍데기 하나를 발견한다.

나: 이것 좀 보세요.

마리안네: 새조개.

나: 이름이 정말로 그런가요?

마리안네가 고개를 끄덕인다.

나는 새조개처럼 딱딱하고 튼튼하지는 않은, 살짝 부서진
조개껍데기를 또 하나 발견한다. 그래도 어딘지 모르게 특별
하고 아름다워 보인다. 하지만 새조개보다 더 나은 이름은 있
을 수 없으므로 그 조개의 이름이 뭔지 묻지는 않는다. 나는
두 개 모두 슬링백에 넣는다.

마리안네: 너, 글을 쓰니?

또 이 주제가 나왔군.

나: 지금은 아니에요.

마리안네: 소설이야?

나는 어깨를 으쓱한다.

마리안네: 내가 한번 읽어봐도 될까?

나: 읽은 사람이 아직 아무도 없어요. 내 에이전트조차 읽지 않았는걸요.

마리안네: 에이전트도 있어?

나는 또 어깨를 으쓱한다.

나: 쓴 게 별로 없어요.

나: 그리고 지금은 전혀 쓰지도 않아요.

당신의 그 바보 같은 전이 이야기 이후로 말이야. 나는 속으로 생각한다.

천둥이 치기 시작하고, 우리는 몸을 돌려 입을 다문 채 집으로 향한다.

내가 열네 살인가 열다섯 살일 때 몰스킨 수첩에 글을 쓰고 있는데 엄마가 방에 들어왔다. 당연히 노크는 하지 않았다.

"그런데 너, 언제 그림을 그만두고 글을 쓰기 시작했지?" 엄마는 "별일 없니?"라든가 "어때?"라는 말도 없이 불쑥 그것만 물었다.

나는 어깨를 으쓱했다. 언젠가부터 그림을 그리면 안 좋은 상황에 깊게 빠져든다는 느낌이 들었다. 그림이 점점 어두워졌고, 그리는 동안이나 그린 후에는 대부분 그전보다 기분이 나빠졌다. 그러다 자연스럽게 글쓰기로 넘어갔다. 어느 날 수학 숙제가 적힌 방안지 노트의 페이지를 넘기고, 선원 아버지를 찾으러 배를 타러 갔다가 그곳에서 처음으로 물고기를 죽이게 된 남자아이에 관한 단편을 썼다. 그 후에는 글쓰기를 멈출 수 없었다. 이 말이 실제보다 과장되게 들릴지는 몰라도, 그때 글쓰기는 자거나 먹는 것처럼 생활의 일부였다. 글쓰기와 이야기는 어딘지 모르게 내 언어였고 내 소유였다. 그리고 이야기하기는 읽기보다 도피 수단으로 더 잘 작동했다. 집중해야 했기 때문이다. 중요한 것은 내 이야기를 하면 안 된다는 점뿐이었다.

"나도 예전에 글을 썼어." 질문에 그저 어깨를 으쓱하는 걸로만 대답하자 엄마는 나를 아주 오랫동안 가만히 바라보다가 말했다. 왜 언제 뭘 썼냐고 묻지 않았을까. 이 질문을 다시 할 수 있다면 약지 발가락을 잘라낸다고 해도 괜찮을 텐데.

책상 앞에 앉아 천둥소리에 귀를 기울이며, 마리안네에게 읽으라고 글을 줄까 고민한다. 저녁 식사 시간에, 어쩌면 글을 읽게 해줄지도 모른다는 말을 꺼내지 않는다. 침대에서 라이프에게 문자를 보낸다: 크누트가 나더러 너 조심하래.

라이프: 하하.

여전히 천둥이 치고, 이제는 바람까지 더해진다. 보퍼트 5단계는 될 것 같다.

나: 하지만 이제는 너무 늦었어. 안 그래?

라이프: 응, 너무 늦었지.

나 : 그리고 난 지금 조심하고 있기도 하고 말이야.

라이프 : 너 스스로를.

대답할 말이 생각나지 않아 휴대폰을 협탁에 내려놓고, 심장이 너무 빨리 흉곽을 쿵쿵 두드리는 동안 빗방울이 떨어지기를 기다린다. 4-7-8 호흡. 그러다가 어느 순간 빗방울이 떨어지기 시작한다.

나 : 그런데 나도 너희 집에 가도 돼?

대답이 없다.

라이프가 입력 중이다.

입력을 중단한다.

라이프가 입력 중이다.

라이프 : 응.

그가 자기 집 위치를 보낸다. 이미 오래전부터 그의 주소를 알고 있다는 말은 하지 않는다.

다음 날 나는 맥북 앞에 앉아 원고의 처음 몇 장을 피디에 프 파일로 변환하고 '마리안네 1'이라는 이름을 붙인 다음, 유 에스비에 저장한다. 그리고 '뤼겐 복사 가게'를 검색한 후에 크누트를 찾아 나선다.

나: 내가 탈 만한 자전거가 있나요?

크누트: 응, 그런데 일단 공기를 넣고 기다려봐야 해.

나는 크누트가 여성용 자전거의 브레이크와 조명을 확인 하고, 타이어에 공기를 넣고, 체인에 기름칠하는 모습을 지켜 본다. 그가 정비를 마치고 나는 시운전을 해야 한다. 자전거 타기에 너무 서툴고, 마지막으로 타 본 게 언제인지 기억도 나지 않아서 약간 창피하다. 틸다 언니는 나에게 자전거를 총 네 번 선물했다. 마지막의 복고풍 경주용 분홍 자전거는 대학 교에 입학하면서 받았다. 무척 아름다웠지만 한 번밖에 사용 하지 못했다. 학교에 타고 가다가 신호등에서 넘어졌다. 안장 과 손잡이가 너무 높았다. 도로의 차량 흐름은 나를 긴장하게 만드는데, 긴장하면 바보 같은 실수를 저지른다. 이번 빨간색 여성용 자전거에는 놀랄 만큼 쉽게 올라탄다. 높은 탑 튜브 같은 방해가 될 만한 게 없어서다. 조심스럽게 페달을 밟고 출발한다. 자전거는 무척 편안하다. 똑바로 앉은 자세로 거리를 따라 달리고, 문제없이 방향을 바꾸고, 차고 옆에 있는 크누트 앞에 와서 거의 우아한 동작으로 다시 내린다.

크누트 : 안장을 약간 낮춰야겠다. 그리고 바구니를 하나 달아주마. 바구니가 있는 게 좋을까?

나 : 네, 그럼요!

자전거를 타고 복사 가게로 가면서 마지막으로 자전거를 탔던 때를 떠올린다. 지난겨울, 사마라와 안트베르펜에 갔다. 날씨가 끔찍했다. 우리가 묵은 에어비앤비에서는 자전거 두 대를 이용할 수 있었는데, 사마라는 그걸 철저하게 활용하자고 말했다. 우리는 사마라의 말에 의하면 아는 사람들만 안다는 아주 특별한 장소인 해변 카페를 찾으려고 해변을 따라 자전거를 달렸다. 그러다가 한참이 지나고서야 우리가 잘못된 방향으로 갔다는 걸 깨달았다. 방향을 돌리자 엄청난 맞바람이 불어오고 진눈깨비까지 내리기 시작했다. 바람과 진눈깨비에 맞서서 해변 산책로를 따라 돌아오는 길은 아주 힘겹고 굴욕적이었지만, 우리는 휘핑크림을 얹은 뜨거운 코코아와 따뜻한 와플을 먹으며 죽어라고 웃었다. 이런 일은 전형적인

'사미다 행동'이었기 때문이다.

나는 넘어지지 않고 자전거를 잠깐 세운 후에, 자전거에 앉은 셀카를 한 장 찍어서 사마라에게 보낸다.

나: 살아 있다는 신호.

나: 어쩌면 마지막이 될.

그러다가 이런 농담을 더는 할 수 없다는 걸 깨닫고 '농담이야'라고 덧붙인다.

사마라: 보기 좋아.

사마라: ♡

내가 쓴 원고 40쪽을 손에 들고 있는 느낌은 묘하다.

복사 가게 직원: 제본하실 건가요?

나: 제본 가격은 얼마죠?

복사 가게 직원: 스프링 제본은 8유로, 무선 제본은 10유로, 하드 커버 제본은 11유로, 각인이 들어간 하드 커버 제본은 20유로입니다.

나: 스프링 제본으로 해주세요.

스프링 제본이 된 40쪽짜리 원고를 손에 들고 있는 기분은 더욱 묘하다.

바구니에 '마리안네 1'이 담긴 자전거를 끌고 소규모 쇼핑가를 지나다가, 기념품 상점에서 물개가 인쇄된 오렌지색 황마

가방을 보고 사야겠다고 생각한다. 상점에 들어가니 선글라스를 쓴 갈매기가 포즈를 취한 일러스트가 있는 커다란 분홍셔츠가 나를 확 끌어당긴다. 그것도 사야겠다는 생각이 든다.

나: 지금 바로 입어도 되나요?

내 옷과 '마리안네 1' 원고를 황마 가방에 넣고 이제 어디로 갈지 생각하다가, 슬링백에서 휴대폰을 꺼내 라이프의 집으로 가는 길을 확인한다. 10분 후엔 사랑스러운 벽돌집 앞에 서 있다. 사실 뭔가 다른 풍경을 예상했었다. 잘 손질된 앞마당에는 화려한 꽃들이 피어 있고, 집 뒤에는 온실이 보인다. 위쪽 발코니에도 꽃이 피어 있다. 할머니는 돌아가시고 할아버지는 치매니까 라이프가 꽃을 가꾸는 게 틀림없다. 아니면 그의 엄마가? 아니면 할아버지가? 치매라고 정원 일을 하지 못할 이유는 없다. 어쩌면 같이 가꾸는지도 모르지. 나는 그의 가정사를 잘 모르고 그저 힘들다는 것, 엄마가 감당하지 못한 '어린 말썽꾸러기'가 조부모님 집에서 자랐다는 것, 그의 할머니가 치즈케이크와 사과파이를 잘 굽지 못했다는 것, 그의 할아버지는 치매인데 요양원에는 가지 않으려고 한다는 것만 안다. 그의 엄마도 섬에 살까? 아버지는? 왜 지금까지 아버지를 한 번도 언급한 적이 없지? 아버지가 없나? 크누트가 "걔한테 그냥 직접 물어보렴"이라고 했던 말이 생각난다. 직접 물어보는 게 나을 것 같다. 어쩌면 지금 당장. 일층 문 옆의 유리창에 김이 서려 있다. 혹시 라이프가 요리하고 있는 걸까? 위층 발코니 문이 열려 있다. 나는 자전거를 세우고, 초인종을 누르지 않은 채 김 서린 유리창으로 도둑처럼 살금살금 다가가 창문 너머로 안을 슬쩍 살피다가, 식탁에 앉아서 창문을 보는 하인츠의 얼굴을 바로 마주하고는 깜짝 놀란다. 하인츠는 나를 발견하지 못한다. 그의 시선은 허공을 향해 있다.

나는 자전거가 있는 곳으로 달려가 도망친다. 지금은 물어볼 수 없다. 관광 명소를 안내하는 여러 표지판이 붙어 있는 기둥 옆에서, 18킬로미터를 가려면 시간이 얼마나 걸릴지도 모르면서 '자스니츠 방파제 등대. 18킬로미터'로 결정한다. 달리면 두 시간 안에 갈 수 있을 테니 자전거로는 틀림없이 두 배 빨리 갈 테지.

아름다운 길이다. 특히 처음에 숲을 지날 때는 더욱 그렇다. 이 소풍 덕분에 기분이 너무 좋아져서 한 번은 미소도 나온다. 왜 이렇게 느낌이 좋은지 알 수 없다. 오래된 여성용 빨강 자전거를 타는 일, 기둥에서 안내판을 하나 골라 발트해의 향기를 풍기는 숲을 자전거로 지나는 일이 그냥 좋다. 숲에서는 수많은 나무들 때문에 구름이 거의 보이지 않는다. 하지만 숲이 끝나자 느낌상 세 시간쯤 국도를 달려야 하고, 그러는 내내 다른 자전거와 자동차들이 나를 추월해 지나간다. 땀에 흠뻑 젖은 채 자스니츠에 도착해, 이 항구에서 라이프와 했던 산책을 떠올리고 다시 한번 미소 짓는다. 지나온 18킬로미터에 자긍심을 느끼며 자전거를 방파제 앞에 세워두고 초록색 등대로 걸어간다. 라이프는 등대가 바다의 선원들에게 길을 안내하고 위험을 경고한다고 말했다. 내게도 등대가 있다면 좋겠다. "이쪽으로 가면 안 돼. 이다, 안 돼. 위험해. 심연이야. 스톱." 하지만 나는 아마 등대조차 무시할 것이다.

관광객들이 많이 보인다. 셔츠와 황마 가방 차림에도 불구하고 내가 관광객 같지는 않다.

"독수리 둥지에서 해돋이를 한 번 보셔야 해요." 나는 맞은편에서 오는, 서른 살쯤으로 보이는 한 쌍에게 말한다. 그들은 당황한 표정으로 나를 보며 아무 대꾸도 하지 않는다. 당황하고 텅 빈 얼굴을 보아 하니 그들이 독수리 둥지에서 해돋이를 구경할 것 같지는 않아서, 나는 해돋이를 보려면 울타리를 넘어야 한다는 말은 하지 않는다. 못 보면 본인들 탓이지, 뭐.

저녁에 힘이 다 빠진 채 저녁 식사를 무척 기대하며 집으로 돌아와 초인종을 누른다. 깜박 잊고 열쇠를 안 가져갔기 때문이다. 크누트가 곧장 달려와 문을 열고 말한다. "나 지금 바로 물개로 가야 해. 마리안네는 이미 잠자리에 들었단다. 마리안

314

네가 네 빵과 치즈케이크 한 조각을 냉장고에 넣어뒀어."

나: 벌써 잠자리에 들었다고요? 아직 6시도 안 됐는데요.

크누트: 피곤하대. 감기 기운이 있나 봐.

엎친 데 덮친 격이다.

내 방에 와서 원고가 든 뤼겐 황마 가방을 옷장에 던져 넣고 옷장 문을 쾅 닫는다. 온 세상이 나를 중심으로 돌아간다고 생각하다니, 얼마나 멍청한가.

부엌에 있는데 마리안네가 갑자기 잠옷 차림으로 문간에 서 있다. 창백하다. 하지만 머리카락은 아직 그대로다. 잠을 자고 일어났는지 눈이 아주 작다.

마리안네: 아이고, 어디 갔었니?

나: 자전거를 타고 주변을 좀 둘러봤어요.

마리안네: 아까 라이프가 왔었어.

나: 정말요? 언제요? 왜 왔죠?

마리안네: 네가 오기 조금 전에. 그냥 잠깐 들렀다더라.

마리안네: 크누트가 정원에 물 주는 걸 도와줬어.

두 남자가 무슨 이야기를 나눴는지 궁금하다. 나에 대해서? 아마 톰 크루즈 이야기를 했을 테지.

마리안네: 새 티셔츠구나?

마리안네가 미소를 짓고, 나도 미소로 화답한다.

나: 감기 기운이 있는 것 같다면서요?

마리안네: 응, 그런가 봐. 오늘 몸이 별로네.

나: 차를 끓여드릴까요?

마리안네: 응, 좋아.

나: 가져다 드릴게요. 페퍼민트?

마리안네가 고개를 끄덕인다: 그래, 이다 고마워.

그러고 자리를 뜬다.

물이 끓는 동안 건빵 같은 건강한 스낵이 있는지 찾아본다. 소금 막대 과자를 찾아내고 과일도 곁들일까 고민한다. 하지만 감기 기운 정도에 과장하고 싶지 않을 뿐더러 마리안네도 침대에서 음식 먹기를 좋아하는 사람 같지는 않다.

아직 마리안네와 크누트의 침실에 가본 적이 없어서, 문을 노크하며 살짝 흥분한다. 마리안네와 크누트의 체취가 많이 풍겨온다. 침대 위쪽 벽에 유화 한 점이 걸려 있다. 알프스 그림이다. 하얀 시트, 양쪽 협탁에 놓인 스탠드, 쌓여 있는 책더미, 독서용 안경과 물 한 병. 마리안네 쪽 협탁에 놓인 알록달록한 약이 잔뜩 들어 있는 커다란 약통이 보인다. 크누트 쪽에서는 창문 너머로 초록 정원이 내다보이고, 그 앞에는 자수가 놓인 커튼이 있다. 마리안네 쪽에는 유리 덮개가 있는 1970년대 스타일의 목제 서랍장이 있다. 그 위에 거울과 향수병 두 개, 작은 보석함, 작은 꽃다발, 립스틱 한 개가 놓여 있다. 립스틱 색깔이 궁금한데, 마리안네가 립스틱을 바른 모습은 상상하기 어렵다.

옆으로 누운 마리안네가 나에게 미소를 짓고, 나는 차와 소금 막대 과자가 담긴 접시를 협탁에 내려놓는다.

나: 마리안네, 얼른 나아요.

마리안네: 고마워, 우리 아기 이다.

엄마는 가끔 나를 우리 아기 이다 또는 우리 아가 이다라고 불렀다.

나: 립스틱 색깔이 뭐예요?

마리안네: 산호색.

나: 예쁜 색이네요. 안녕히 주무세요.

마리안네: 이다, 잘 자라.

노트북을 들고 아주 일찍 침대에 들어갔는데 틸다 언니의 문자가 뜬다: 이다, 마지막 제안이야.

틸다: 내일 아침 일찍 데리러 갈까?

아니. 나는 답장을 보내고, 언니가 묻지 말고 그냥 나를 데리러 오기를 바란다. 언니가 나를 알기에, 날 그냥 데려갔으면 한다는 걸 알 것이다. 그 자리에 참석하지 않으면 내가 스스로에게 많이 화가 나리라는 것, 내가 '응'이라고 대답하지 못한다는 것도 안다. 예전이라면 언니가 그냥 왔을 텐데. 언니는 내가 오지 말라고 말하기 시작한 이후에도 내 생일이면 언제나 왔다. 나는 사실 언니가 오기를 원했지만 오지 말라고 말했다. 그러다가 언젠가 싫다고 너무 크게 고함을 질렀다. 아마 열아홉 살 생일 직전이었던 것 같다. 그 당시에 엄마 상태가 끔찍했고, 라이프치히 대학에 불합격해서 화가 나고 슬펐다. 내가 원하는 걸 언니도 인정해. 이건 내 생일이야. 언니 기분 내키는 대로 그냥 여기 나타나면 안 돼. 그리고 사마라와 여행 갈지도 몰라. 쓰는 게 더 간단하고 구속력이 있었으므로 언니에게 문자를 보냈다. 나는 사마라와 여행을 가지 않았고 갈 계획도 없었다. 그 주말에 사마라는 마흔다섯 명의 사촌 중 한 명의 결혼식에 갔기 때문이다. 그러자 틸다 언니는 오지 않았다.

오늘은 글을 쓸 수 없어서 노트북을 책상에 두고 티브이를 켠다. 제2공영방송 다큐멘터리 채널의 나치 다큐멘터리를 보며 나보다 더 불행한 사람들이 있다고, 그러니 이렇게 투덜거리면 안 된다고 생각한다. 나치 다큐멘터리를 보면서 오로지 자학적인 이유로 오늘 저녁 함부르크행 기차를 검색한다. 내가 오늘 밤 문 앞에 서 있다면 틸다 언니가 얼마나 기뻐할까 상상한다. 그러다가 마리안네의 나지막한 발소리를 세 번 듣고 볼륨을 줄인다. 한 번은 부엌으로, 두 번은 욕실로 가는 발소리다. 마리안네가 뭘 하는지, 혹시 지금 상태가 많이 안 좋은지 궁금해하며 그대로 누워 있다가 그녀가 침대로 가고서야 볼륨을 올린다. 도움이 되는 거라고는 나치 다큐멘터리가 유일하다는 생각이 들 때가 가끔 있다. 잠들기 전에 라이 프에게 문자가 온다: '잘 자.' 나도 '잘 자'라고 답장을 보내고, 라이프 생각을 깊이 하며 그가 아까 잠깐 들렀을 때와 크누트 와 함께 정원에 물을 주던 모습을 상상한다. 그 상상을 하니 기분이 좋아진다.

구운 빵이 다시 식탁에 놓였지만, 저승사자는 오늘도 식 탁에 앉아 있다. 게다가 어제보다 더욱 볼썽사납게 마리안네 의 어깨에 팔을 올리고, 빌어먹게 착착 달라붙는 고양이처럼 자기 머리를 마리안네의 목에 대고 있다. 마리안네는 창백하 고, 코를 자주 풀어 코가 새빨갛고, 눈 밑에 다크서클이 늘어 져 있다. 머리카락은 아직 그대로다. 우리 셋 중 제대로 된 대 화를 시작하고 싶은 사람은 아무도 없다. 크누트가 오늘 슈퍼 마켓에 가도 될지 묻자, 마리안네는 퉁명스럽게 느껴질 정도 로 "당연히 되지. 안 될 이유가 뭐야?"라고 대답한다. 평소 마 리안네는 퉁명스러움을 모르는 사람이지만, 지금 그녀의 태 도가 완전히 이해된다. 내가 그녀라면 누구에게나 고함을 지 르고 때리거나 침묵할 거고, 평범한 대화를 이어갈 상태는 전 혀 아닐 테니까. 우리는 말없이 빵을 입에 밀어 넣고 커피와 차를 마셔 같이 삼키며 앵무새 그림 접시를 내려다본다. 나도 지나치게 좋아서 화가 날 정도인 날씨에 대해 수다를 떨 힘이 없다. 메트로 슈퍼마켓에서 파스타든 뭐든 사 올 게 없는지 묻는 크누트에게 내가 대답한다. "3년 동안 먹을 파스타를 마리안네가 이미 사뒀어요." 그 말에 오늘 처음으로 마리안네가 진심이 담긴 미소를 살짝 짓는다. 아침에 "이다, 안녕"이라고 말할 때는 가짜 미소였는데.

아침 식사가 끝난 후 마리안네가 소파에 눕는다. 나는 그녀가 소파에 눕는 걸 한 번도 본 적이 없다. 티브이를 볼 때를 포함해서 언제나 몸을 꼿꼿하게 세우고 앉아 있다. 그녀는 전직 초등학교 교장이기에 단정하지 못한 자세로 앉는 것은 전혀 고려하지 않는다. 나는 마리안네의 맞은편 안락의자에 바른 자세로 앉아 그녀의 뒤쪽 창밖을 내다본다.

틸다 언니와 빅토르는 지금 차를 탔을 거야. 아이들도 데려갈지 궁금하다. 아마 아니겠지. 내가 알지 못하는 친구들에게 분명히 맡겼을 것이다. 인근에 아이들을 돌봐줄 가족은 없다. 가족이라고는 나밖에 없는데, 물론 나라면, 나에게는 절대 아이들을 맡기지 않을 거다. 내가 아이들을 맡아서 니코와 바나의 성장에 더 많이 참여하면 좋을 테지만, 인생은 신청곡을 받는 음악회가 아니다.

바깥에는 해가 나고 하늘이 새파랗게 반짝인다. 해변은 막 사람들로 채워지기 시작하겠지. 행복하고 화목한 가족들이 햇빛 차단 텐트와 아이스박스로, 행복하고 화목한 가족들이 하루 종일 해변에서 지내는 데 필요한 온갖 잡동사니들로 그들의 요새를 짓고, 햇빛이 암을 일으킬 수 있으니 자외선 차단 지수 50짜리 선크림을 아이들에게 아주 많이 바를 것이다. 그리고 나이 든 노인들은 벌거벗은 채 기름에 절인 정어리들처럼 모래에 누워, 햇빛이 암을 일으킬 수 있는데도 피부를 점점 더 갈색으로 태우려고 오일을 바를 테고. 누가 또 해변에 있을까 생각하는 동안, 낯빛이 창백하고 감기에 걸렸으며, 기름에 절인 정어리들과 같이 모래에 누워 있는 게 아니라 암 투병으로 소파에 누워 있는 마리안네가 하필이면 나에게 무슨 일이 있냐고 묻는다.

나: 아무 일도 없어요. 왜 그러세요?

마리안네: 네가 오늘 너무 조용해서.

나: 배가 아파요.

마리안네: 배에 대고 있을 만한 따뜻한 걸 줄까?

나: 아이고, 마리안네.

나: 차를 한 잔 끓여드릴게요.

마리안네: 배 아플 때 마시는 차가 있어. 맛은 별로지만 복통에 도움이 돼.

나: 아뇨. 마리안네는 차를 끓이면 안 돼요. 내가 목을 따뜻하게 해주는 차를 끓여올게요. 난 배가 아프지 않아요.

나: 어쨌든 제대로 아픈 건 아니라고요.

마리안네가 소파에서 제2북독일 방송을 듣는 동안, 나는 아주 깨끗한 욕실과 다이닝 룸과 부엌을 굳이 청소하기로 마음먹는다. 부엌에서 찬장을 다 비우고 닦은 다음, 각종 기구와 식료품이 어디 있는지 전체적으로 조망한다. 그러면 내가 요리할 때 조금 도움이 될 테니까. 안타깝게도 치킨 수프를 만들 재료는 없어서 청소를 끝내고 얼른 슈퍼마켓에 다녀오려 한다.

나: 두 분 침실을 청소해도 될까요?

"이다, 너 정말로 청소할 필요 없어." 마리안네가 느낌상 스물두 번째 반복해서 말한다.

나: 하고 싶어요. 재미있으니까요.

정신을 다른 데로 돌릴 수 있고, 고민하면서 창밖만 내다보는 것보다 의미 있는 일이다.

나: 두 분 침대 시트, 내가 갈아도 돼요?

마리안네: 겨우 일주일 전에 갈았어.

나: 염증이 있으면 이틀이나 사흘 주기로 갈아야 해요. 자, 그러니 해도 되죠?

마리안네: 그래, 당연히 그래도 돼.

마리안네: 고맙다.

나는 마리안네와 크누트의 침실을 조금 더 환하게 만들려고 꽃이 인쇄된 분홍색 시트를 고른다.

마지막으로 내 방을 청소하고 시트도 바꾸는데, 나비가 인쇄된 연파랑 색 시트로 결정한다. 청소 마라톤에 지쳐서 나비들 위에 털썩 등을 대고 눕지만 그들을 죽이지는 않는다. 잠깐 눈을 감는다.

초인종 소리에 놀라서 벌떡 일어난다. 내가 도대체 얼마나 잔 걸까. 이런 일은 처음이다. 원래 낮잠은 안 자는데. 다른 아이들은 낮잠을 자며, 그게 건강에 좋다는 말을 들은 틸다 언니가 나를 재우려 했을 때 나는 눈 감기를 거부했다. 그런 내가 낮잠을 잘 수도 있다니, 몰랐던 사실이다. 나는 냉동식품 배달이나 우편집배원이 아니기를, 제발 라이프이기를 빌며 현관으로 달려가 문을 활짝 연다. 거기 라이프가 서 있다. 이번에도 잼 병을 들고서.

나: 딸기-바닐라 혼합?

라이프: 아니, 블랙베리.

나: 바닐라도 들어갔어?

라이프: 조금.

라이프가 잼을 건네고 키스한다. 두 가지 모두 반갑다.

우리는 내 방에 와서 나비 위에 앉는다. 라이프는 조금 전에 마리안네가 그랬듯이 무슨 일이 있는지 묻고, 나는 똑같이 대답한다. "아무 일도 없어. 왜 그래?"

라이프는 검지를 내 미간에 올려놓는다.

라이프: 신경 쓰는 일이 있을 때 언제나 너는 여기 걱정 주름이 잡히니까.

라이프: 아니면 분노 주름. 너, 화가 난 것처럼 보여.

나는 얼굴 긴장을 풀고 주름을 펴려고 하지만 쉽지 않다.

나: 틸다 언니와 빅토르가 오늘 내려가서 집을 정리한대.

라이프: 같이 가지 않은 걸 후회해?

나는 어깨를 으쓱한다.

라이프: 우리, 거기에 가자.

물을 것도 없고, 내가 내려야 할 결정도 아니어서 나는 이렇게 대답한다. "좋아."

나: 언제?

라이프: 지금?

나: 좋아.

나: 마리안네에게 괜찮은지 얼른 물어볼게. 오늘 몸 상태

가 별론 거 같던데.

마리안네는 여전히 소파에 누워 있다. 지금은 잠들었는데, 관자놀이 머리카락이 축축하다. 이마에 손을 올려보니 분명히 뜨겁다.

라이프가 내 옆에 와서 선다.

나: 우리 못 가겠는데.

나: 마리안네 상태가 안 좋아. 열도 조금 있는 것 같아. 크누트는 물개에 있어.

나: 마리안네를 여기 혼자 둘 수 없어.

라이프: 알았어.

라이프: 그럼 우리가 오늘 마리안네를 돌보자.

라이프: 네 엄마는 다음에 찾아가고.

라이프: 어디 도망가시지 않을 테니까.

나는 웃으며 대답한다: 그래, 아마 도망가지 못할 거야.

목록을 써주자 라이프는 장을 보러 간다. 나는 마리안네 옆에 남아 물에 적신 차가운 수건을 이마에 올리고, 어제 끓인 차가 거의 그대로 남아 있지만 차를 한 주전자 새로 끓인 다음 체온계를 찾으러 간다.

체온계를 가지고 돌아와 보니 마리안네가 눈을 떴고 젖은 수건은 거실 탁자에 놓여 있다.

마리안네: 나 열 없어. 그냥 피곤한 거야.

나: 아아아아.

마리안네는 "아아아아" 소리를 내지 않고 입만 벌린다.

체온계 수치는 37.7도를 가리킨다.

마리안네: 내가 그랬잖니.

나: 37.7도면 미열이에요.

마리안네: 아니, 37.7도는 그냥 체온이 약간 높은 거야.

마리안네: 38.1도부터 열이라고 해.

나는 치킨 수프에 넣을 채소를 가위질하며, 오늘 마리안네를 돌볼 계획을 어떻게 짜면 최선일지 곰곰이 생각한다. 치킨 수프는 최소한 세 시간 동안 뭉근하게 끓이는 게 가장 좋다. 그럼 그걸 저녁에 먹고, 지금은 얼른 뭔가 다른 걸 점심으로 만들어줘야겠군. 마리안네는 그저 체온이 약간 높을 뿐이라지만, '열이 날 때 음식'을 검색해본다. 사방에서 치킨 수프를 제일 먼저 추천하는 걸 보니 살짝 반가운 마음이 든다. 가벼운 식사. 신선한 과일과 찐 채소, 그중에서도 특히 당근. 소금 막대 과자.

버터 토스트와 사과 몇 조각, 길게 썬 당근, 소금 막대 과자를 접시에 담고 있는데 라이프가 장 본 것을 가지고 돌아와 초인종을 누른다.

"전지가위 어디 있어?" 그가 장 본 것을 부엌으로 나르면서 묻는다.

나: 차고에. 왜?

라이프가 시장 가방을 조리대에 내려놓는다.

라이프: 장미 넝쿨을 얼른 자르려고. 나뭇가지 몇 개가 신경 쓰여서.

접시를 가지고 가보니, 다행스럽게도 마리안네가 다시 앉아 있다. 나는 흔들의자에 앉아 몸을 흔들며 마리안네가 식욕이 좀 있기를 바란다. 토스티 절반이 금방 사라지는 걸 보니 마음이 놓인다.

마리안네: 라이프는 갔니?

나: 아니요, 앞마당에서 무슨 장미 넝쿨을 정리하는 중이에요. 가지 몇 개가 신경 쓰인대요.

마리안네: 귀엽네.

그리고 사과도 먹는다. 먹는 모습을 지켜본다는 느낌을 주지 않으려고 나는 《발트해 신문》을 집어든다. 마리안네는 오늘 아직 신문을 읽지 않았다.

나: 기사를 읽어드리거나 클래식 음악을 틀어드릴까요?

마리안네: 내가 직접 읽을 수 있어.

마리안네: 이다. 이건 그냥 심하지 않은 감기일 뿐이야.

마리안네: 그리고 첫 번째 항암 치료의 후유증이고.

나: 알겠어요. 그래도 읽어드릴 수 있어요.

마리안네: 꼭 읽어줘야겠다면 지금 말고 나중에.

그녀가 미소 짓는다.

마리안네: 지금은 이런 게 읽고 싶은 것 같아.

그리고 전이 이야기를 하며 걷던 날 내가 추천한 소설을 거실 탁자에서 집어 든다. 안타깝게도 결말이 무척 안 좋다.

마리안네: 클래식 음악은 틀어주면 좋겠어.

자리에서 일어나 클래식 음악을 틀고 방으로 가서 옷장 문을 연다. '마리안네 1' 원고가 들어 있는 오렌지색 황마 가방을 꺼내, 마음이 바뀌기 전에 거의 달리다시피 해 거실로 돌아와 원고를 거실 탁자에 놓고, 아무 말도 없이 라이프가 있는 바깥으로 나간다.

라이프는 통화 중이다. 왼손에 나뭇가지 여러 개와 전지가위를 들고 있다.

라이프: 전자레인지에 잠깐 넣으세요. 냉장고에 파란 그릇이 있어요. 아니, 전기레인지에 올리지 말고요.

마리안네가 원고를 다 읽으려면 틀림없이 30분은 걸릴 테고, 그녀의 건강이 나아진다면 우린 잠깐 산책할 수도 있다.

라이프: 할아버지, 그럼 이따 봬요.

나: 잠깐 산책할까?

우리는 손을 맞잡고 해변을 따라 말없이 걷는다. 좋다.

나: 할아버지 음식, 어떤 거 미리 요리해뒀어?

라이프: 치킨 프리카세. 거의 이틀에 한 번은 만들어. 할아버지가 그걸 아주 좋아하셔.

라이프: 치킨 프리카세 이야기가 나왔으니 말인데, 네가 나한테 점심 먹고 가라고 하지 않았잖아. 우리 피자 사 갈까?

나: 아니면 케이크?

우리는 케이크를 산다. 꿀과 아몬드를 넣은 비넨슈티히 두 조각, 도나우벨레 케이크 한 조각, 귤 치즈케이크 한 조각, 잼 버터쿠키 두 개, 쿼크 치즈 한 개, 미니 블루베리 케이크 한 조각, 그리고 마리안네가 먹을 브레첼 두 개. 젊은 제빵사가 하얀 종이 받침에 케이크 조각들을 올리고, 그 사이에 비닐을 한 장씩 끼우고, 가득 찬 접시 두 개를 종이봉투에 넣고, 다시 종이 쇼핑백에 아주 조심히 정성스럽게 담는 모습이 멋져 보인다. 나는 라이프가 너무 경솔하게 나를까 봐 걱정되어 쇼핑백 두 개를 모두 내가 들겠다고 고집을 부린다. 그에게는 브레첼만 들고 가라고 준다.

현관문을 들어서자 커피 분쇄기가 도는 소리가 들린다. 프린스 롤 비스킷과 쇼트브레드 비스킷, 그리고 또 다른 쿠키들이 예쁘게 담긴 접시가 식탁에 놓여 있다. 평소에 사용하는 앵무새 무늬가 아니라 아름다운 흰색과 금색이 섞인 컵 세 개와 컵 받침 세 개도 있다.

마리안네: 자, 얘들아. 커피 마실래?

라이프: 아이고, 죽었다가 살아나셨군요?

마리안네가 크게 웃고, 나도 웃음을 참지 못한다.

나는 전체적인 조화를 깨지 않으려고 케이크도 접시에 옮겨 담을까 고민하다가, 종이 접시에 그대로 둔다. 제빵사가 무척 정성스럽게 포장했으니까.

마리안네는 혈색이 다시 좋아졌다. 이제 입에서 말이 나오고, 잼 버터쿠키가 들어간다.

그녀와 라이프는 평소처럼 섬에 관해 수다를 떤다. 나도 그 사이에 몇몇 이름은 알게 됐다. 라이프가 야스퍼의 새아버지인 로베르트가 휴가용 아파트 신축 건설 프로젝트를 시작하는 것 같다고 말하자 마리안네는 이곳이 너무 개발되고 있다고, 자연 보호 측면에서 정말 안타깝다며 격하게 화를 낸다. 나도 그 점은 안타깝지만 무엇보다 마리안네가 자기 섬을 이렇게 열정적이고 활기차게 방어하는 게 기쁘다.

내가 마리안네를 볼 때마다 시선이 마주친다. 그녀는 가볍게 미소 지으며 눈빛으로 뭔가 말하려는 듯한데, 무슨 말인지 알 수 없다.

그러다가 마리안네가 쿼크 치즈를 먹고 있는 라이프에게 등나무 가지도 좀 정리해줄 수 있는지 묻는다. 라이프는 나머지를 얼른 입에 쑤셔 넣고 벌떡 일어나 음식을 가득 문 채 대

330

답한다. "그럼요."

마리안네와 둘만 식탁에 남게 되자 나는 그녀를 볼 엄두가 나지 않아서 하나 남은 잼 버터쿠키를 집어 든다.

마리안네: 이다. 정말, 정말 좋아.

마리안네: 언젠가 책으로 손에 들게 되면 좋겠구나.

마리안네를 바라볼 엄두가 거의 나지 않지만, 그녀의 눈을 보자 그 말이 진심이라는 걸 깨닫고, 매 순간 나를 죽일 듯 괴롭히는 질문을 할 용기를 낸다.

나: 늦어도 언제까지 그 책을 끝내야 할까요?

마리안네: 내가 노력하면 몇 년쯤은 괜찮을 것 같아.

나: 그럼 우리 둘 다 노력하기로 해요. 알겠죠?

마리안네가 고개를 끄덕인다.

자리에서 일어나 마리안네에게 다가간다. 그녀도 일어난다. 내가 마리안네를 안고, 그녀도 나를 안는다. 내가 먼저 사람을 안는 경우는 드물고 보통은 안기는 쪽이다.

"틸다 언니와 빅토르가 이번 주말에 집을 정리해요. 난 너무 약했어요." 나는 그녀를 포옹한 채 나지막하게 말한다. 마리안네가 나를 꽉 잡는다.

나: 그러다가 오늘 라이프와 함께 가려고 했는데, 마리안네의 몸 상태가 안 좋았고요.

마리안네: 이제 훨씬 나아졌어. 그럼 내일 떠나렴.

나는 포옹을 푼다.

나: 하지만 라이프가 여전히 가고 싶어 하는지 모르겠어요.

우리 둘은 정신을 집중한 표정으로 등나무 가지를 자르고 있는 라이프를 부엌 창문으로 내다본다.

마리안네: 확실해. 여전히 그럴 거야.

커피와 케이크, 등나무 정리가 끝난 후에 나는 책 일정이 진행될 수 있도록 '마리안네 1' 원고를 에이전트에게 보낸다. 그 후에 우리는 엘퍼 라우스 게임을 한다. 마리안네가 처음으로 이길 것 같자, 나는 질 것 같은데도 심장이 기쁨으로 잠깐 뛰어오른다.

다 함께 치킨 수프를 먹을 때 마리안네는 라이프에게 오늘 여기서 잘 건지 묻는다. 라이프가 "그래도 된다면요"라고 말하자 허락이 따라온다. 그 후에 라이프와 크누트는 정원에 물을 주고 마리안네와 나는 식탁을 치운다. 접시들을 식기세척기에 넣다가 현실인가 싶어 팔을 세게 꼬집어 본다.

나중에 라이프와 나는 좁은 어린이용 침대에 나란히 눕는다. 오늘은 꽤 많이 피곤했지만, 다행스럽게도 시작할 때보다 좋게 끝났다.

"그렇게 두려워하면 안 돼." 라이프가 속삭인다.

"두려워하지 않아." 나는 거짓말을 한다.

라이프 : 마리안네는 네가 생각하는 것보다 강해.

나 : 나도 알아.

나 : 내일 갈까?

라이프 : 그래.

나는 라이프의 품에서 아기처럼 잠을 잔다.

우리는 아침 8시에 출발한다. 트렁크에는 마리안네가 아침 일찍 만들어준 샌드위치가 가득 든 아이스박스가 있다. 우리 여행이 얼마나 길어질지 몰라서 엄마의 파란색 캐리어를 가져갈까 고민했지만, 그러면 작별이라는 느낌이 너무 심하게 들 것 같았다. 혹시 어딘가에서 자고 와야 한다고 해도, 어차피 집에 옷이 많으니 노트북만 끼고 나왔다. 자야 할 일이 생길지, 그러면 어디에서 자야 할지 전혀 모른다. 그저 우리가 일을 다 끝내고 외박하는 일 없이 돌아오기를 바라지만, 라이프가 잠도 안 자고 열여덟 시간 내내 운전할 수는 없다.

뤼겐 다리를 건너는데, 이제 돌이킬 수 없다는 기분이 든다. 구글 지도에 아직 '집'이라고 저장된 주소를 입력한다.

여정의 처음 절반 동안 우리는 침묵한다. 이건 좋은 일이다. 나는 마리안네가 되도록 일찍 '마리안네 2'를 읽을 수 있게, 되도록 일찍 책을 손에 쥘 수 있게 글을 쓰기 시작한다. 라이프는 음악을 들으며 손가락으로 운전대를 두드린다. 그도 침묵이 마음에 드는 모양이다. 그를 흘낏 건너다볼 때마다 언제나 분노 덩어리의 통증이 잠시 사라지고, 한번은 미소까지 지어진다. 내가 살던 옛집으로 가면서 그가 운전대를 두드리기 때문이다. 라이프가 내게 마약 같다는 생각이 든다. 그가 없다면 나는 마약에 중독될 것 같다.

이따금 그가 내 어깨와 머리카락, 뺨이나 허벅지를 쓰다듬고 나를 바라보며 고개를 끄덕이고 다 괜찮은지 확인한다. 나는 전혀 괜찮지 않으면서도 고개를 끄덕인다.

라이프와 함께 침묵하는 일은 아름답다. 라이프와 아홉 시간 동안 어디론가 차를 타고 가는 일보다 더 멋진 일은 몇 개 없을 것이다. 하지만 우리는 죽은 엄마에게 가고 있다. 이보다 더 끔찍한 일은 상상할 수 없다. 그에 대해 좀 더 알아내는 데 이 시간을 쓸 수도 있지만 지금 상태가 낫다. 나는 가장 중요한 것은 이미 서로 알고 있다고 생각하고, 또 앞으로 알아갈 시간이 많기를 바란다.

라이프는 하필 나이 든 아저씨처럼 "오줌 마려"라는 말로 침묵을 깨고 휴게소로 차를 몰고 간다. 나는 유료 화장실 요금을 내지 않으려고 어린이용 출입문을 뛰어서 통과하다가 머리를 너무 세게 부딪쳐서 별이 보일 정도다. 피가 나지 않는 게 신기하다. 여전히 머리가 지끈거리고 정신이 없는 채로

휴게소 밖으로 나와 보니, 라이프가 두 팔을 위로 뻗고 상체를 아래로 굽히는 동작을 반복하고 있다. 우리 여행이 내 머리 부상으로 중단될 수 있을까, 잠시 바란다. 라이프가 나를 본다.

라이프: 허리 때문에. 장거리를 운전할 때는 이런 운동을 해야 해.

라이프가 몇 가지 동작을 했는데, 너무 멍청하고 대충 지어낸 동작처럼 보여서 정말 그 동작들이 필요한지 아니면 그저 나를 웃기려고 우스꽝스러운 짓을 하는 건지 궁금하다. 눈에 보이지 않는 훌라후프를 돌리듯 엉덩이를 흔들기 시작하자 나는 더 이상 참지 못한다.

나: 바보.

포옹, 입맞춤.

그런 다음 우리는 빵을 먹는다. 속이 여전히 안 좋지만 같이 먹는다.

그가 자동차를 고갯짓으로 가리키자, 나는 다시 한번 어린이용 출입문으로 달려가서 이번에는 더 세게 부딪쳐볼까 고민하다가 차에 올라탄다. 구글 지도는 도착까지 네 시간 남았다는 알림을 주고, 이제 더는 글을 쓸 수가 없어서 노트북을 덮는다. 그리고 나와 내 호흡에 집중하면서 이 여행을 어떻게 하면 중단할 수 있을지 고민한다. 다른 곳으로 가면 어떨까?

표지판을 본다. 프랑크푸르트. 거기가 아주 멋지다던데. 프랑
크푸르트로 갈까? 차를 돌릴까? 속이 메슥거린다. 토해야 한
다. 내 안에서 뇌우와 폭풍과 회오리바람이 일어나고, 그때마
다 힘겹게 밟아두었던 모든 문제를 휘저어 일으킨다.

엄마는 왜 죽으려고 했을까?

얼마나 오랫동안 계획한 걸까?

4-7-8 호흡.

엄마는 행복했던 적이 있을까?

라이프의 손이 내 어깨에 놓인다.

회오리바람 소리가 너무 커서 그가 "이다"라고 부르는 소
리가 거의 들리지 않는다.

라이프: 괜찮아?

나는 말을 하면 호흡이 헷갈릴까 봐 아무 말도 하지 않고
고개만 끄덕인다.

엄마는 그냥 약을 한 움큼 먹은 걸까, 아니면 세어봤을까?
죽으려면 몇 알을 삼켜야 할지 검색해봤나?

4-7-8 호흡.

집으로 가고 싶지 않다. 집으로 가고 싶지 않아.

4-7-8 호흡.

피로와 마비가 밀려오는 걸 알아채면 어떤 느낌일까? 이제
다 끝났다고, 이제 죽는다고, 이제 더는 깨지 않는 걸 느끼면?

4-7-8 호흡.

다시는 깨어나지 않는다는 걸 느끼는데 약간 후회가 된다면 어떤 기분일까? 당장 토해야 한다. 자동차가 멈추고 내 쪽문이 열린다. 라이프의 손이 보인다.

그가 나를 차에서 끌어내어 품에 안는다. 세게 꽉 안는다. 말하려고 하니 과호흡이 밀려온다. "라이프, 나 못 하겠어."

라이프가 원을 그리듯 내 등을 쓰다듬으며, 고함을 지르고 우는 아이를 달래듯이 "쉬이" 소리를 낸다.

라이프: 아니, 할 수 있어.

원을 그리는 동작과 포옹. 회오리바람과 내 심장이 어느 정도 안정된다. 라이프가 놓으면 나는 죽을 것 같다. 그러면 회오리바람이 나를 찢어 버리겠지.

나: 엄마는 빨간 체크무늬 플란넬 잠옷 차림이었어.

나: 틸다 언니와 내가 작년 크리스마스에 선물했던 거야.

나: 엄마는 그 잠옷을 한 번도 입지 않았어.

그가 원을 그리며 내 등을 쓰다듬는다.

나: 머리카락이 반짝거렸어.

나: 금방 감아서.

나: 그리고 집이……

나: ……깔끔하게 정리되어 있었어.

여전히 둥글게 내 등을 쓰다듬는 동작.

나: 엄마가 미리 모든 걸 정리하고 청소한 거야.

그러다가 나는 그의 품을 벗어나지만 죽지 않고 말한다. "이제 계속 가자."

우리는 다시 차에 말없이 앉아 있다. 창밖의 하늘은 잿빛이다. 토할 것처럼 속이 메슥거린다. 공황과 불안. 마음을 진정시키려고 마리안네를 생각한다. 지금 뭐 하고 있을까? 소파나 침대에 누워 있지 않기를 바란다. 앉아 있다면 좋겠는데. 내일 또는 늦어도 모레면 다시 만날 수 있어.

라이프: 네가 쓰는 소설 말이야. 네 이야기야?

나: 아니.

내 소설은 누구, 또는 무엇에 관한 것일까? 그걸 라이프에게 뭐라고 말해줘야 할까.

나: 어떤 여자에 관한 이야기야. 사실은 무척 행복하고, 문학을 공부하고 글을 썼던 여자.

나: 그 사람은 엄마가 되어 학업을 중단하고, 그 후에 내리막길을 걸어.

나: 남편이 떠나고, 여자는 다시 한번 엄마가 돼.

라이프: 네 엄마?

나: 아니.

나: 안타깝지만 엄마 이야기는 할 수 없어. 전혀 모르니까.

야외 수영장.

4-7-8 호흡.

행복로.

4-7-8 호흡.

라이프가 우리 집 앞에 주차한다. 틸다 언니와 빅토르의 차가 보이지 않는다.

라이프: 여기야?

우리 가구들이 집 앞에 놓여 있다. 내 침대. 언니 침대. 엄마 침대. 의자 네 개, 흔들리는 식탁. 틈이 벌어진 엄마 옷장. 내가 옷장을 가리킨다.

나: 난 레슬링 선수처럼 저기에 몸을 던졌어.

라이프가 고개를 끄덕인다.

나는 건물 문을 향해 한 걸음, 한 걸음 힘겹게 나아간다. 열쇠, 복도. 현관문 앞에 늘 놓여 있던, '웰컴'이라고 쓰인 발 매트가 이제 없다.

나는 조심스럽게 불러본다. "누구 있어?"

소리가 메아리친다. 텅 비었다. 그들은 떠났다. 내 방으로 달려간다. 텅 비었다. 벽은 여전히 분홍과 연파랑이고, 거기 걸렸던 그림들 때문에 작은 구멍이 아주 많다. 틸다 언니 방으로 달려간다. 텅 비었다. 엄마 방으로 달려간다. 텅 비었다.

부엌으로 달려가서 찬장 문을 모두 열어본다. 텅 비었다. 냉장고. 비었다. 끝이다.

틸다 언니에게 전화를 건다.

나: 어디야?

틸다: 이다, 너 그 집에 갔어? 우리가 이미 다 끝냈어.

틸다: 이다?

틸다: 이다?

틸다: 네 그림과 옷, 책들은 우리가 다 가지고 왔어.

나는 전화를 끊고 바닥에 등을 대고 드러누워 팔다리를 쭉 뻗는다. 라이프가 내 옆에 앉는다.

나: 우리 가도 돼. 텅 비었어.

라이프: 묘지에 갈까?

나는 고개를 젓는다.

가을이 아닌데도 가을 냄새가 풍겨오고 약한 바람이 분다. 아마 풍속 3단계쯤 될 것 같다. 공동묘지 문을 지나갈 때 내 마음 속 풍속은 최소한 17단계다.

엄마 무덤이 어디에 있는지조차 모른다. 엄마 이름이 쓰인 새 십자가를 찾아야 하는 일은 무척 잘못된 짓 같다. 나무 십자가에 새겨진 죽은 자들의 나이를 나도 모르게 계속 계산한다. 89세. 91세. 75세. 54세. 83세. 84세. 43세. 안드레아 슈미

트. 빌어먹을, 빌어먹을, 빌어먹을, 빌어먹을. 4-7-8 호흡. 나
는 걸음을 멈춘다. 엄마의 무덤 앞에서 걸음을 멈춘다. 사람
들이 엄마 무덤 앞에서 그러듯이. 꽃도, 초도 없다. 십자가와
흙, 흙 속에 묻힌 재뿐이다. 엄마. 엄마는 죽었다.

"엄마, 사랑해." 나는 속삭이며, 내 생의 그 무엇보다도 더
간절하게 엄마가 이 말을 듣기를 바란다. 아름다운 추억을 떠
올리고 싶지만 호흡에 집중하느라 거기에 정신을 쏟을 수 없
다. 라이프가 내 어깨에 팔을 두르고 꽉 안자 회오리바람이
잠잠해진다.

두 번째 학기 마지막 시험이 끝나고 집에 왔는데, 엄마가
호피 무늬 원피스를 입고 부엌에서 파인애플을 자르며 장식
용 작은 우산이 있는지 물었다. 엄마는 술을 약간 마셨지만
취하지는 않은 상태였고, 피냐 콜라다 두 잔을 준비하는 듯했
다. 럼주와 파인애플주스, 코코넛 크림, 휘핑크림뿐 아니라
칵테일 체리와 장식용 파인애플까지 사두고 각 얼음을 얼려
뒀다.

나: 손님이 와?

엄마: 너, 마지막 시험이 끝났잖아. 아니야?

엄마가 그걸 기억했다는 사실이 심장에 와서 박혔다. 나는
엄마에게 말한 기억조차 없는데.

우리는 발코니에 앉아 건배한다.

엄마: 삶을 위하여.

나: 삶을 위하여.

삶에 건배하며 우리는 웃음을 터뜨린다.

피냐 콜라다는 지나치게 진하지만 맛있다.

"피냐 콜라다 좋아해?" 내가 라이프에게 묻는다.

라이프: 응.

라이프: 너도?

나: 응, 나도.

"엄마도." 나는 엄마 이름이 쓰여 있는 십자가를 가리킨다.

라이프와 나는 엄마 무덤 앞에 서 있다. 죽은 엄마, 내가 그리워하고 사랑하는 엄마. 이제 뭘 해야 할까?

나: 이제 뭐 하지?

라이프: 일단 집으로. 어때?

나는 약간 흠이 있지만 왠지 모르게 아름다운 조개껍데기를 슬링백에서 꺼내, 안드레아 슈미트의 무덤에 내려놓는다.

라이프가 바지 주머니에서 빨간 스위스 칼을 꺼내더니 십자가 일부를 자른다. 무덤을 없애고 싶은 나는 그 행위가 무덤 훼손인지 묻지 않는다.

라이프: 이러면 우리가 너무 자주 여기로 오지 않아도 되잖아.

훌륭한 아이디어야. 나는 이렇게 생각하며, 방금까지 조개껍데기 두 개가 들어 있던 슬링백에 작은 나무 조각을 집어 넣는다.

내가 고개를 끄덕이자 그가 내 손을 잡고, 나도 그의 손을 잡는다. 우리는 그렇게 공동묘지를 함께 떠난다.

라이프: 가는 길에 언니에게 들러서 네 짐을 가져갈까?

나는 고개를 끄덕인다.

나: 그리고 너, 나에게 해적 계곡을 보여줘야 해.

감사의 말

우타 발과 프란치스카 발, 앙겔라 차키리스, 안토니아 마르커, 자비네 크라머와 게오르기 코유하로프에게 감사한다.

바네사 구텐쿤스트에게 특별한 감사를 전한다.

폭풍으로 들어가기

초판 1쇄 인쇄 2026년 3월 11일
초판 1쇄 발행 2026년 3월 26일

지은이 카롤리네 발
옮긴이 전은경
펴낸이 김선식

부사장 김은영
책임편집 최찬미 **디자인** 김하얀 **책임마케터** 단비
콘텐츠사업6팀장 박진혜 **콘텐츠사업6팀** 김하얀, 최찬미, 양우림
마케팅사업2팀 오서영, 이현주, 단비 **홍보2팀** 정세림, 고나연, 이다은
브랜드사업본부장 정명찬
브랜드홍보팀 오수미, 서가을, 박장미, 박주현 **영상홍보팀** 이수인, 염아라, 이지연, 노경은
저작권팀 성민경 **편집관리팀** 조세현, 김호주, 백설희
재무관리팀 하미선, 임혜정, 이슬기, 김주영, 오지수
인사관리팀 강미숙, 김재경, 김혜진, 김주림, 황종원
제작관리팀 이소현, 김소영, 유미애, 이지우, 이승협
물류관리팀 김형기, 김선진, 주정훈, 양문현, 채원석, 박재연, 이준희, 최대식

펴낸곳 다산북스 **출판등록** 2005년 12월 23일 제313-2005-00277호
주소 경기도 파주시 회동길 490
전화 02-704-1724 **팩스** 02-703-2219 **이메일** dasanbooks@dasanbooks.com
홈페이지 www.dasan.group **블로그** blog.naver.com/dasan_books
용지 스마일몬스터 **인쇄** 민언프린텍 **제본** 국일문화사

ISBN 979-11-306-7567-1 (03850)

- 책값은 뒤표지에 있습니다.
- 파본은 구입하신 서점에서 교환해드립니다.
- 이 책은 저작권에 의하여 보호를 받는 저작물이므로 무단 전재와 복제를 금합니다.

다산북스(DASANBOOKS)는 독자 여러분의 책에 관한 아이디어와 원고 투고를 기쁜 마음으로 기다리고 있습니다. 책 출간을 원하는 아이디어가 있으신 분은 다산북스 홈페이지 '원고투고'란으로 간단한 개요와 취지, 연락처 등을 보내주세요. 머뭇거리지 말고 문을 두드리세요.